Elizabeth Woods

Böse, böse

Titel auch als E-Book erhältlich

Elizabeth Woods

Böse, Böse

Übersetzung aus dem amerikanischen Englisch
von Anja Hackländer

one

MIX
Papier aus verantwortungsvollen Quellen
FSC
www.fsc.org
FSC® C083411

Dieser Titel ist auch als E-Book erschienen

Titel der amerikanischen Originalausgabe:
»Choker«

Vollständige Neuausgabe des Titels »Caras Schatten«,
erschienen 2012 im Baumhaus Verlag.

Textredaktion: Christina Neiske, München
Umschlaggestaltung: FAVORITBUERO, München
Umschlagmotiv: © shutterstock/Ihnatovich Maryia
Satz: Dörlemann Satz, Lemförde
Gesetzt aus der Adobe Caslon
Druck und Einband: CPI books GmbH, Leck

Printed in Germany
ISBN 978-3-8466-0026-9

5 4 3 2 1

Sie finden uns im Internet unter: www.one-verlag.de

PROLOG

Kleiner Frosch, komm raus, komm raus. Wir bau'n dir ein Nest, wir bau'n dir ein Haus.« Zoes glockenhelle Stimme drang durch das dichte Geißblattgestrüpp. Die neunjährige Cara legte einen weiteren Grashalm auf einen kleinen Haufen und blickte hinüber zu ihrer besten Freundin.

Zoe saß im Schneidersitz auf dem Boden, beleuchtet von einem schmalen Sonnenstrahl, der durch das gewölbte Blätterdach zu ihnen hindurchdrang. Das Sonnenlicht funkelte auf ihrem blauschwarzen Haar wie auf einer Wasseroberfläche. Zoe schien Caras Blick zu spüren, denn sie drehte sich zu ihr um und fixierte sie mit ihren durchdringend violetten Augen. Sie lächelte. »Vielleicht kommt ja heute Nacht ein Frosch und schläft in unserem Nest«, sagte sie.

Cara nickte und tippte auf das Nest, das sie und ihre Freundin im Wald hinter Zoes Haus gebaut hatten. »Und morgen früh schleichen wir uns ganz, ganz leise an und gucken hinein …«

»Und dann liegt er da zusammengerollt und schnarcht!«, beendete Zoe den Satz, und die beiden lachten laut los. Sie grinsten einander an. Dann breitete sich ein Strahlen über Zoes Gesicht. »Hey …« Sie rutschte näher heran, bis ihr Knie Caras Jeans berührte. »Willst du mal ein Geheimnis sehen, das meine Mutter in ihrem Zimmer versteckt hat?«, flüsterte sie. Ihr heißer Atem streifte Caras Wange.

Caras Herz schlug ein wenig schneller. Das tat es immer, wenn Zoe sie mit diesem intensiven Blick ansah. Einem Blick, der besagte, dass irgendetwas Spannendes passieren würde. »Kriegen wir dann nicht Ärger?«, flüsterte sie zurück.

Zoes warme, schwitzige Hand umschloss Caras Finger. »Keine Sorge. Es ist keiner zu Hause.« Sie zog Cara auf die Beine.

Zusammen krochen die Mädchen aus dem Geißblattgestrüpp. Ein Hund, der jenseits eines hohen Maschendrahtzauns ihre Bewegungen hörte, bellte wütend. Cara zuckte zusammen und stolperte über ein rostiges Dreirad, das verlassen auf der Seite lag. Überall in dem kleinen Garten war kaputtes Plastikspielzeug verstreut. Schlaftrunkene Kiefern ließen über dem hohen Gras ihre Äste hängen.

Zoe öffnete die rostige Fliegengittertür und führte Cara in einen schmalen, dunklen Korridor. Im Haus roch es nach faulen Eiern. Überall stapelten sich Kartons. Cara folgte ihrer Freundin eine schmale Treppe hinauf in ein kleines Schlafzimmer, dessen Fenster den Bürgersteig vor dem Haus überblickten.

Zoe schlich sich zu einem winzigen altmodischen Tischchen, das neben dem Bett stand. Cara verspürte ein nervöses Blubbern in der Magengrube. Unwillkürlich musste sie kichern.

»Wird deine Mutter nicht sauer, wenn wir einfach so in ihr Zimmer gehen?«, fragte Cara beinahe flüsternd, während sie sich im Raum umsah. Das Bett war ein Wirrwarr aus zerknitterten Laken und Decken. Über der Rückenlehne eines Sessels und am Boden verstreut lagen zahlreiche Kleidungsstücke, so als hätte jemand Hals über Kopf das Haus verlassen. Durch die verdreckten Scheiben konnte Cara die ordentlichen weißen Fensterläden ihres eigenen Hauses erkennen.

Zoe antwortete nicht. Cara hörte ein kratzendes Geräusch

von Holz auf Holz und richtete den Blick wieder auf ihre Freundin, die sich mit der kleinen Nachttischschublade abmühte.

»Warte, ich helf dir«, sagte Cara und legte ihre Hand über Zoes. Zusammen zerrten sie an dem Griff, bis die Schublade ächzend nachgab.

Zoe griff hinein und holte ein orangefarbenes Röhrchen mit Tabletten heraus. »Hier, ich hab sie!«

Cara riss die Augen auf.

»Das sind Zombiepillen oder so was«, erklärte Zoe. »Davon wird man voll beneeeebelt.« Sie streckte die Arme vor dem Körper aus, die Tabletten in der Hand, und torkelte mit geschlossenen Augen im Zimmer umher, bis sie gegen die Kommode stieß. »Autsch.« Sie kicherte und öffnete die Augen. »Willst du mal sehen?« Zoe hielt ihr das orangefarbene Röhrchen hin.

Vorsichtig nahm Cara es entgegen. Allein die Tatsache, es in der Hand zu halten, war bereits herrlich unheimlich. Sie drehte das Röhrchen, bis sie das Etikett lesen konnte, aber es standen nur lauter medizinische Fachbegriffe darauf, die allesamt auf »-zol« oder »-zin« endeten. Die einzigen Zeilen, die Cara verstand, lauteten: *Eine (1) Tablette am Tag, einnehmen. Keine Einnahme auslassen, da die Symptome ansonsten zurückkehren können.*

Zoe riss Cara die Tabletten aus der Hand und tanzte damit durchs Zimmer. »Zommmbiepillen!«, rief sie und sprang auf dem ungemachten Bett herum. Dabei schüttelte sie das Röhrchen über ihrem Kopf.

»Zommmbies!«, rief Cara ebenfalls und hüpfte neben ihrer Freundin aufs Bett. Die beiden ließen sich der Länge nach in die Laken fallen und brachen in hysterisches Gelächter aus. Cara rollte sich auf den Rücken und sah ihre Freundin an. Zoes Augen waren fest auf sie gerichtet.

»Was ist?«, fragte Cara.

Ein winziges Lächeln zuckte über Zoes Gesicht. Sie setzte sich auf, und mit einer flinken Bewegung hatte sie den weißen Deckel abgeschraubt und die Tabletten vor sich auf dem Bett ausgekippt.

Cara setzte sich ebenfalls auf. Beide starrten den kleinen Haufen leuchtend blauer Kapseln an, als warteten sie darauf, dass die Pillen lebendig würden. Zoe streckte ihre Hand aus und rührte mit dem Finger darin herum. »Probier mal eine«, sagte sie plötzlich.

»Was?«

Zoe nahm eine der Kapseln in die Hand und hielt sie zwischen Daumen und Zeigefinger. »Probier mal eine. Nur um zu sehen, wie es ist.« Sie lächelte, doch ihre Stimme klang leise und beschwörend. Sie hielt Cara die blaue Kapsel hin.

Cara schüttelte den Kopf. »Nee, danke. Ich habe gerade keine Lust, mich in einen Zombie zu verwandeln.« Sie verdrehte wild die Augen, in der Absicht, ihre Freundin zum Lachen zu bringen.

Aber Zoe hielt ihr nur weiter die Kapsel hin. »Na komm schon. Stell dich nicht so an.« Sie rutschte näher an Cara heran. Ihre Gesichter berührten sich fast.

»Ich stell mich nicht an«, sagte Cara matt.

»Dann nimm eine.«

Zoes violette Augen schienen Cara an das Kopfende des Bettes zu nageln. Die Luft im Raum war drückend und schwül. Cara spürte, wie ihr eine Schweißperle das Gesicht herunterlief.

Plötzlich lehnte Zoe sich zurück. »Kein Problem, Car.« Sie lächelte liebenswürdig. »Ich hab *keine* Angst. Ich nehm einfach die erste. Dann siehst du, dass es halb so wild ist.« Langsam hob sie die Finger zum Mund.

»Cara!« Die Stimme drang von draußen zu ihnen herein.

Die Mädchen zuckten zusammen. Zoe ließ die Tablette erschrocken fallen. Sie rollte vom Bett und kullerte in einen staubigen Winkel des Raums. Cara kletterte aus dem Bett und rannte zum Fenster. Ihre Mutter stand unten auf dem Bürgersteig, den Trenchcoat locker über ihr T-Shirt geworfen, und sah sich besorgt um. »Cara!«, rief sie erneut.

Cara wirbelte herum. Zoe hockte auf der Bettkante, die Hände in den Schoß gelegt. Sie hatte die Tabletten zurück ins Röhrchen gefüllt, das nun unschuldig auf dem Nachttisch stand.

»Ich glaub, ich muss los«, sagte Cara.

»Musst du wohl.« Zoe stand auf und ging mit ihr aus dem Zimmer. Zusammen stiegen sie die schmale Treppe hinunter.

Im Flur angekommen, stieß Cara die Fliegengittertür auf. »Sehen wir uns morgen?«

Zoe zuckte mit den Schultern. »Weiß noch nicht. Ich hab vielleicht was anderes vor.« Ihr Gesicht war ausdruckslos.

»Und was ist mit unserem Froschnest?«, stammelte Cara.

Zoe musterte sie für einen Moment. Dann lächelte sie. »Stimmt. Hab ich ganz vergessen. Willst du morgen früh rüberkommen?«

Cara nickte. Zoe streckte die Arme aus und drückte Cara fest an sich.

»Bis morgen«, rief Cara, während sie polternd die Eingangstreppe hinunterrannte.

»Morgen«, hörte sie Zoes vages Echo.

Kapitel 1

Cara Lange stand mit ihrer Pausenbrottasche am Eingang der Cafeteria. Der Lärm plappernder Schüler wogte über das Meer weißer Resopaltische hinweg, und ein dunstiger Geruch von Kartoffeln und Zwiebeln drang aus der Küche. Cara zögerte. Sie war sich nicht sicher, ob sie eine weitere Mittagspause als stummes Anhängsel der Leichtathletikmädels überstehen würde. Sie kam sich vor wie ein verkümmertes Organ – überflüssig und nutzlos. Einen Moment lang erwog sie die Möglichkeit, sich auf den Parkplatz zu flüchten und in ihrem gelben 99er Volvo zu essen. Aber nein. Ganz so erbärmlich war sie nun auch wieder nicht.

Noch nicht.

Cara zwang ihre Beine, sie quer durch den braun gefliesten Raum zu tragen. Die Sherman Highschool hatte nicht viele Neuerungen erfahren, seit sie 1975 erbaut worden war – in jener berüchtigten Phase, die als Brutalismus in die Architekturgeschichte eingehen sollte. Auswärtige, die an dem Gebäude vorbeifuhren, hielten die ausgedehnte Anlage am Stadtrand von Des Moines häufig für ein Gefängnis. Cara hätte ihnen ohne Weiteres bestätigen können, dass sie damit gar nicht so falsch lagen.

Sie schob sich vorbei an den Emo-Typen in ihrer angestammten Ecke, den Hipsters in ihren Retro-T-Shirts und schließlich den Hippies, die ihren Bio-Joghurt löffelten. Ein paar Schüler aus dem Kunstkurs hatten mehrere Stühle zu einem Turm übereinandergestapelt – offenbar eine Art neuartiges Kunstwerk. Die Leichtathletikmädels hatten sich dicht um ihren gewohnten Tisch zusammengeschart. Sarit Kohli, deren langer geflochtener Pferdeschwanz fast bis zu ihrer Taille reichte, stürzte sich auf einen Teller Putenfleisch, während sie Rachael Meade vom gestrigen Training berichtete. Julie Cohen mampfte geräuschvoll einen Apfel und lachte über eine SMS, die Madeline Brazelton gerade verschickte. Cara blieb einen Moment lang unschlüssig stehen, ein vages Lächeln auf dem Gesicht, doch niemand blickte zu ihr auf oder unterbrach sein Gespräch. Schließlich zog sie sich einen Stuhl vom Nachbartisch heran und quetschte sich zwischen Sarit und Madeline.

»Oh, hallo Cara«, sagte Sarit und blickte zu ihr auf. Sie rückte ihren Stuhl ein wenig zur Seite.

»Danke.« Cara setzte sich.

»Kein Problem.« Sarit zuckte mit den Schultern und wandte sich wieder Rachael zu.

Cara ließ sich von den Geräuschen umfangen wie von einer Rauchwolke und zog einen Beutel Babykarotten aus ihrer Nylontasche, um gelangweilt daran zu knabbern. Ihr Blick schweifte durch den Raum zum Eingang der Cafeteria. Prom-Prinzessin Alexis Henning kam gerade zur Tür hereingeschwebt. Ihr honigblondes Haar wogte in perfekt gestylten Wellen über ihre Schultern. Dicht dahinter folgte Ethan Gray, Kapitän des Leichtathletikteams und Gelegenheitsfreund von Alexis, mit dem sie mal zusammen war und mal nicht. Ihre fettgesichtige beste Freundin – Caras Nachbarin, Sydney Powers – trippelte an Alexis' Seite in den Raum. Caras Schultern verkrampften sich unwillkürlich.

Die kleine Gruppe setzte sich lässig auf ihren gewohnten Platz ein paar Tische weiter. Zum millionsten Mal betrachtete Cara Ethans Profil – seine eisblauen Augen, seine hübsche Nase, seinen herrlich verwegenen Dreitagebart. Sein dichtes dunkles Haar streifte den Kragen seines dunkelblauen Polohemds. Cara lehnte sich auf ihrem Stuhl zurück und fuhr ihm im Geiste mit den Fingern über seine kantige Wange.

»*Du hast wohl vergessen, dich zu rasieren*«, neckte sie ihn in ihrer Fantasie. »*Ich hab keine Lust, mich beim Küssen kratzen zu lassen.*«

»*Tja, Pech gehabt*«, erwiderte er. Dann beugte er sich zu ihr herunter, um sie sanft an sich zu ziehen. Sie spürte die harten Muskeln seiner Brust. Sein Mund näherte sich ihrem. Sie schloss die Augen …

Alexis' durchdringende Stimme kreischte ihr in die Ohren. »Du kannst morgen nicht mit zu Sydney kommen, Ethan. Nur Mädels, du Dumpfbacke!«

Cara öffnete die Augen. Drei Tische weiter riss Alexis gerade mit spitzen Fingern den Deckel ihres Zitronenjoghurts ab. Ethan beugte sich zu ihr hinüber und flüsterte ihr etwas ins Ohr. »Ihhh, du bist ja widerlich!« Sie versetzte ihm einen Schlag gegen die Schulter. Ethan grinste.

Cara atmete tief durch. Ihre Finger krallten sich in eine Karotte, und sie musste sich zwingen, ihren Griff ein wenig zu lockern. Sydneys überraschend tiefe Stimme schaltete sich ein. »Meine nächste Party wird nur für Jungs, Ethan – ausgenommen natürlich wir beide.«

Cara widerstand dem Drang, ihr Gesicht in den Händen zu vergraben. Sydneys Haus stand sozusagen in ihrem Garten. Sprich, jeden Freitag- und Samstagabend hockte Cara allein zu

Hause und tat so, als würde sie sich aufgezeichnete Folgen von *Desperate Housewives* angucken, während sie in Wirklichkeit versuchte, das Kreischen und Lachen von Sydneys Terrasse zu ignorieren.

Gott, wenn Zoe doch nur hier wäre. Bei dem Gedanken an ihre beste Freundin machte sich ein vertrauter Schmerz in ihrer Magengrube breit. Sie hatte Zoe nicht mehr gesehen, seit sie in der fünften Klasse mit ihrer Familie umgezogen war. Es fühlte sich an, als würde ein Teil von ihr fehlen.

Cara schob ihr Essen beiseite und holte ihr Notizbuch aus der Tasche. Sinnlos kritzelte sie auf den Seitenrändern herum. Sie hatte lange nicht an Zoe gedacht, aber in letzter Zeit verfolgten sie die Erinnerungen geradezu. Beispielsweise, wie sie zwischen den wilden Weinstöcken im Wald hinter Zoes Haus herumgeklettert waren und Waldprinzessinnen gespielt hatten. Oder wie sie versucht hatten, den verrückten Schäferhund der Nachbarn mit Muffins zu zähmen, und dann laut gekreischt hatten, als er sie anbellte. Oder wie Zoe unzählige Male nachts weinend durch ihr Zimmerfenster geklettert war, um vor ihrem furchtbaren Stiefvater zu flüchten. Zoe war zu ihr unter die Bettdecke gekrabbelt, und Cara hatte ihr seidiges dunkles Haar gestreichelt, bis sie einschlief.

Sie hatten sich nach dem Umzug ein paarmal geschrieben, aber irgendwann war das Ganze eingeschlafen. Cara hatte den Eindruck, ihre Eltern waren froh, Zoe loszuwerden. Die beiden benahmen sich immer ausgesprochen seltsam, wenn Cara von ihrer Freundin sprach, fast so, als wären Zoe und ihre Familie nicht gut genug für sie. Nicht dass ihre Eltern irgendein Recht hätten zu entscheiden, was gut für sie war und was nicht. Cara hatte ihre Kindheit bei diversen Babysittern verbracht, bis sie endlich alt genug war, um allein zu Hause zu bleiben – nur damit ihre Eltern keine Sekunde im Gerichtssaal verpassten.

Cara betrachtete ihr Notizbuch. Ohne darüber nachzudenken, hatte sie den Seitenrand über und über mit winzigen Zeichnungen von sich und Zoe vollgekritzelt. Sie blickte sich rasch um, doch niemand schien irgendetwas bemerkt zu haben. Sarit starrte wie gebannt auf ihr Handy, während Julie sich über ihre Schulter beugte und auf das Display deutete. Die anderen waren damit beschäftigt, sich die Reste ihres Essens in den Mund zu schaufeln. In wenigen Minuten würde es läuten. Hastig riss Cara die Seite heraus und stopfte sie in die Gesäßtasche ihrer abgewetzten marineblauen Stoffhose.

Im selben Moment übertönte ein schrilles Lachen den Lärm in der Cafeteria. Cara blickte auf. Auf der anderen Seite des Raums entdeckte sie Jack Penn, der sich Alexis über seine kräftige Schulter geworfen hatte – wie ein Feuerwehrmann.

»Hör auf, Jack!«, kreischte Alexis vergnügt und trommelte mit ihren manikürten Händen auf seinem Rücken herum. Er wirbelte sie im Kreis herum, und die Mädels an Caras Tisch prusteten gehässig. Schließlich stellte Jack Alexis wieder auf die Füße. Dann beugte er sich zu ihr herunter und flüsterte ihr etwas ins Ohr. Sie lachte wie ein Esel und bleckte ihre Zähne.

Cara heftete den Blick auf Ethan, der den beiden gegenüber am Tisch saß und mürrisch vor sich hin starrte. Sie konnte kaum glauben, dass Alexis vor seinen Augen so schamlos mit Jack flirtete. Ethan beugte sich zu ihr herüber, die Hände auf die Tischplatte gestützt, und sagte irgendetwas. Cara beobachtete, wie die beiden hin und her diskutierten, Alexis mit verschränkten Armen, Ethan mit finsterer Miene. Cara konnte nicht hören, was sie sagten, aber man musste kein Verhaltensforscher sein, um es sich vorzustellen. Ethan drehte sich um, als wollte er gehen. Caras Finger krallten sich so fest in die Tischplatte, dass ihre Knöchel weiß wurden. Doch Alexis schnappte sich Ethans Handgelenk und zog ihn zu sich heran.

Cara schloss für einen gedehnten Moment die Augen. Als sie sie wieder öffnete, waren die beiden in einem leidenschaftlichen Kuss verschmolzen. Er hatte die Arme um ihre Taille geschlungen, sie die Hände um seinen Hals gelegt.

Cara ließ sich auf ihrem Stuhl zusammensinken. War klar. Die alte Leier.

Ethan und Alexis verließen gemeinsam den Tisch und schoben sich durch den überfüllten Speisesaal in Richtung Tür. Ethan blieb alle paar Schritte stehen, um mit irgendjemandem zu reden. Cara beobachtete, wie er die Hand hob und mit Ms Sitwell, der Schulsekretärin, abklatschte. Cara seufzte und stand auf. Sie sollte die Gelegenheit nutzen, um schon mal mit ihren Mathehausaufgaben anzufangen. Sie legte ihren Frischhaltebeutel zu einem ordentlichen Viereck zusammen und steckte ihn in ihre Nylontasche. Dann verabschiedete sie sich mit einem Nicken von den Leichtathletikmädels. Sarit winkte flüchtig, die anderen blickten nicht einmal auf.

Cara steckte sich das letzte Stück Babykarotte in den Mund und schob ihren Stuhl unter den Tisch. Doch eines der Stuhlbeine verhakte sich, und sie stolperte gegen die Tischkante. Sie spürte, wie ihr ein unzerkautes Stück Karotte über die Zunge hinunter in den Hals rutschte und sich in ihrer Luftröhre festsetzte.

Reflexartig öffnete sie den Mund, um zu husten. Doch sie bekam keine Luft. Sie beugte sich nach vorn und versuchte erneut, ihre Luftröhre frei zu husten. Nichts. Panik stieg in ihr auf. Verzweifelt umklammerte sie ihren Hals und krallte hilflos die Finger in ihre Haut. Hektisch blickte sie sich um. Niemand hatte etwas bemerkt. Die Leichtathletikmädels hatten sich um Julie geschart, die ihnen irgendwelche Hausaufgaben in einem Ringbuch zeigte.

Caras Lunge sendete Notsignale an ihren Körper. Sie spürte, wie ihre Brust immer enger wurde und ihre Augen hervortraten. Verzweifelt wedelte sie mit den Händen. *Ersticke, ich ersticke*, versuchte sie zu telegrafieren. Sie würgte, aber die Karotte setzte sich nur noch hartnäckiger in ihrem Hals fest. Die Geräusche um sie herum verschwammen zu einem chaotischen Rauschen.

Ich sterbe, und niemand bemerkt etwas.

Wie aus weiter Ferne hörte sie Sarits Stimme. »Cara? Alles in Ordnung?«

Sie schüttelte energisch den Kopf, die Hände fest um ihren Hals geklammert.

Julies Stimme wurde laut. »O Gott, Cara, was ist los?«

»Mann, sie wird ja ganz blau!«

»Wo? Was ist los?«

Ein Meer von Gesichtern tanzte vor Caras Augen. Plötzlich spürte sie ein Paar starker Arme, die sich wie Eisenbänder um ihre Körpermitte legten. Zwei geballte Fäuste schlugen hart gegen ihr Zwerchfell, einmal, zweimal. Das Karottenstück schoss über ihre Zunge aus ihrem Mund. Sie beobachtete, wie es unter den Tablettwagen kullerte, als wäre es ein kleiner orangefarbener Flipperball.

Cara hustete heftig – ein kräftiges, kehliges, würgendes Husten. Ein Spuckefaden baumelte von ihrer Lippe. Sie wischte ihn hastig weg und wirbelte mit knallrotem Gesicht und feuchten Augen herum.

Ethan stand direkt hinter ihr, die Stirn sorgenvoll gerunzelt. »Geht's dir gut?«, fragte er.

Ihr Nicken brachte sie ins Wanken, sodass sie fast das Gleichgewicht verlor. Ethan packte ihren Arm, und ein feines Kribbeln durchzuckte ihren Körper. Sie hustete erneut. Ihr Hals fühlte sich an, als hätte sie Batteriesäure getrunken. »Ja«, keuchte sie. Dann wischte sie sich über den Mund, der sich peinlich feucht anfühlte. »Mir geht's gut.« Ihre Stimme klang ein wenig rau. Sie bemerkte Alexis und Sydney, die sie über Ethans Schulter hinweg anstarrten. Alexis hatte die Augen leicht zusammengekniffen.

»Zum Glück! Das war echt unheimlich.« Ethan ließ ihren Arm wieder los. Cara nickte stumm und sah sich um. Nachdem die anderen eine Weile mit großen Augen gegafft hatten, machten sie sich nach und nach aus dem Staub. Cara spürte, wie ihr die Nase lief. Hastig suchte sie nach einem Taschentuch. Sie konnte schließlich nicht wie eine Fünfjährige mit triefender Nase vor Ethan Gray stehen, nachdem er ihr gerade das Leben gerettet hatte. Auf einem der Tische erspähte sie eine Papierserviette und griff danach. Während sie sich die Serviette unter die Nase hielt, tätschelte Ethan ihre Schulter. »Cool. Bin froh, dass es dir gut geht.« Er schob sich an ihr vorbei.

»Hey, ähm, dan…«, begann Cara.

Aber Ethan war bereits unterwegs zum Ausgang. Irgendjemand, dessen Deo penetrant nach Wassermelone roch, drängte sich unangenehm dicht an ihr vorbei.

»Unfassbar, was manche Leute für ein bisschen Aufmerksamkeit so alles tun, oder?«, sagte Alexis laut und deutlich zu Sydney.

»Echt wahr!« Sydney warf Cara einen vielsagenden Blick zu,

dann blieb sie stehen. Ein winziges Lächeln umspielte ihre Lippen. »Gar nicht so übel, Würger.«

Dann schwebten die beiden davon und ließen Cara mit ihrer feuchten Serviette und dem umgekippten Stuhl allein.

Kapitel 2

Im Englischunterricht von Mr Crawford bemerkte Cara erneut aus dem Augenwinkel eine flüchtige Bewegung. Sie hatte es schon den ganzen Tag immer wieder wahrgenommen – ein flüchtiges Aufblitzen am Rande ihres Sichtfelds. Diesmal hatte sich das geheimnisvolle *Etwas* bei den Ahornbäumen gezeigt. Cara spähte durch das halb offene Fenster, während sie sich eine Strähne ihres feinen braunen Haars aus dem Gesicht strich.

Nichts. Nur ramponierter Rasen und strahlend blauer Himmel. Das Klappern eines Fahnenmastes. Eine sanfte Herbstbrise, die ihr den Geruch von Laub ums Gesicht wehte. Cedric, der Hausmeister, rollte mehrere Müllcontainer durch die Gegend. Die blaue Arbeitskleidung flatterte um seinen dürren Körper. Vielleicht sollte sie mal ihre Augen überprüfen lassen.

Cara widerstand dem Drang, ihren Kopf auf die zerkratzte Furnierholzplatte sinken zu lassen. Trotz der Hustenpastillen und des heißen Tees mit Honig gestern Abend fühlte sich ihr Hals immer noch an wie ein Reibeisen. Als sie heute Morgen das Foyer betreten hatte, rief ihr irgendein Idiot hinterher: »Guten Morgen, Würger!« Ein gedämpftes Kichern ging durch die umstehenden Schülergruppen. Auf dem Weg zum Klassenraum hörte sie es erneut. »Da ist ja unser Würger«, murmelte jemand, als sie sich durch den überfüllten Flur drängte. Cara hatte den Blick starr nach vorn gerichtet und sich bemüht, eine neutrale

Miene zu bewahren. Gleichgültigkeit konnte ganz schön anstrengend sein.

Sie ließ den Blick durch das sonnige Klassenzimmer schweifen. Die Diskussionen zu *Der Fänger im Roggen* umfingen sie wie sinnentleertes Rauschen. Zehn ihrer Mitschüler waren damit beschäftigt, unter dem Tisch SMS zu schreiben, vier lasen irgendwelche Texte für andere Fächer, und zwei schliefen. Dale Simmons sabberte sogar im Schlaf. Vorn klopfte der Lehrer mit der Kreide an die Tafel. »Nachdenken, liebe Leute. Wen bewundert Holden Caulfield wirklich? Dale, aufwachen.« Dales Kopf zuckte abrupt nach oben. Mr Crawford ließ den Blick über die Klasse schweifen. »Irgendjemand? Alexis?«

Auf der anderen Seite des Gangs ließ Alexis ihr Handy mit einer flinken Handbewegung in der Tasche verschwinden und schenkte Mr Crawford ein strahlendes Lächeln. Eine kleine silberne Schmetterlingsspange glitzerte in ihrem blonden Haar. »Seine kleine Schwester?«

»Richtig, sehr gut.« Mr Crawford schrieb den Namen »Phoebe« an die Tafel. Alexis lehnte sich selbstgefällig auf ihrem Stuhl zurück und schlug ihre sonnengebräunten Beine übereinander. Dann griff sie in ihre riesige Tasche und holte eine Tube Lipgloss heraus, um sich damit über die Lippen zu fahren, bis sie klebrig violett glänzten. Cara konnte den süßlichen Geruch des Weintraubenaromas über den Gang hinweg riechen. Alexis sah sich lässig im Raum um. Rasch wandte Cara den Blick ab, doch zu spät. Alexis lehnte sich zu ihr herüber. »Was glotzt du denn so?«, zischte sie, ihre Stimme schneidend wie Scherben aus Eis. »Hat dir niemand beigebracht, dass es unhöflich ist, andere anzustarren?«

Caras Zehen krallten sich in ihre abgetragenen Turnschuhe.

Sie spürte, wie ein winziger Muskel am Rande ihres Auges zu zucken begann. Alexis bemerkte es ebenfalls. Sie öffnete den Mund, um etwas zu sagen, doch in diesem Moment drehte sich Mr Crawford um. Alexis richtete den Blick rasch nach vorn. Cara atmete leise aus und legte einen Finger über die zuckende Stelle. Sie zwang sich, tief durchzuatmen und sich zu entspannen, bis das Zucken endlich nachließ.

In der nächsten Tischreihe, vier Plätze weiter, legte Ethan seine muskulösen Arme hinter den Kopf. Gestern erst hatten sich diese Arme um ihren Oberkörper geschlungen. Cara fuhr sich mit den Fingerspitzen über die schmerzende Stelle unterhalb ihrer Rippen. Was, wenn dieser Erstickungsanfall nicht vor Tausenden von Leuten stattgefunden hätte? Vielleicht hätte Ethan ihr zu einem Stuhl geholfen und sich dazugesetzt, um ihre Hand zu halten …

»… Zusammenbruch, Cara?«

»Hm?« Sie fuhr auf und stieß mit dem Knie gegen die Unterseite ihres Tisches. Ihr Schnellhefter segelte zu Boden und verteilte einen Stapel Zettel über mehrere Tischreihen.

Die ganze Klasse kicherte. Mehrere Schüler drehten sich auf ihren Stühlen um und starrten sie an. Mr Crawford strich sich geduldig über seinen struppigen Bart. »Glauben Sie, Holdens ›heuchlerische‹ Eltern sind in irgendeiner Weise schuld an seinem Zusammenbruch?« Seine kleinen funkelnden Augen bohrten sich durch die Brillengläser in sie hinein.

Cara spürte, wie ihr die Hitze ins Gesicht stieg. Ihr war bewusst, dass die ganze Klasse zuhörte. »Na ja, ähm … ja?«, murmelte sie.

»Na ja, ärr, *harr-achhh*.« Alexis machte ein ekelhaft würgendes Geräusch, das gerade laut genug war, dass jeder in ihrem Umkreis es hören konnte. Neben ihr prustete Sydney leise los, und ein Lachen breitete sich im ganzen Raum aus. Caras Ohren glühten vor Hitze. Sie blickte Mr Crawford an, in der Hoffnung, er würde jemand anderen drannehmen, doch stattdessen schenkte er ihr nur ein mitfühlendes Lächeln.

»Möchten Sie Ihre Meinung vielleicht am Text belegen, Cara?«, fragte er.

Nein. Nein, ich möchte meine Meinung ganz bestimmt nicht am Text belegen. Aber danke der Nachfrage. Cara senkte verlegen den Kopf und blätterte hektisch in den spröden, vergilbten Seiten. Die schwarzen Buchstaben verschwammen vor ihren Augen. Eine Ewigkeit herrschte Stille im Raum – abgesehen von Caras klopfendem Herzen und Sydneys und Alexis' unterdrücktem Gekicher. Schließlich blickte Cara hilflos zu Mr Crawford auf.

Er nickte leicht. »Sonst irgendjemand?«, fragte er und ließ den Blick über den Rest der Klasse schweifen. »Irgendeine Meinung zu Holdens Eltern?«

Cara sackte in sich zusammen. Sie beugte sich nach vorn und sammelte ein paar ihrer verstreuten Zettel ein. Dann ließ sie sich wieder auf ihren Stuhl sinken. Sie verschränkte die Arme über ihrem alten grünen T-Shirt und starrte die Ahornbäume vor dem Fenster an. Da sah sie es erneut – ein flüchtiges Aufblitzen zwischen den Bäumen. Es kam ihr so vor, als hätte sich da draußen irgendetwas … *irgendjemand* hinter einem der dicken Bäume versteckt. Cara blinzelte. Die Bewegung war verschwunden.

Der Gong ertönte. Mr Crawford erhob die Stimme. »Für Mittwoch Kapitel zwölf bis sechzehn.« Lautes Klappern und Stühlerücken erfüllte den Raum. Cara klappte in Zeitlupe ihren Schnellhefter zu. Sie wollte sichergehen, dass Alexis und Co. den

Flur bereits verlassen hatten, wenn sie aus dem Raum kam. Während die anderen Schüler nach und nach an ihr vorbeischlenderten, kramte Cara im Vorderfach ihrer Umhängetasche und tat so, als würde sie irgendetwas suchen.

Plötzlich blieb jemand neben ihrem Stuhl stehen. Cara rutschte das Herz in die Hose. Wenn Alexis auch nur ein weiteres Wort zu ihr sagte, würde sie höchstwahrscheinlich zusammenbrechen. Vorsichtig hob sie den Blick um wenige Zentimeter. Sie erspähte ein großes Paar Segelschuhe, einer davon mit einem zusammengeknoteten Schnürsenkel, und zwei maskuline Fußgelenke. Cara blickte auf.

Vor ihr stand Ethan. Er hielt den Rest ihrer entwischten Zettel in der Hand. »Hier. Die lagen unter meinem Stuhl«, sagte er. Cara hatte das Gefühl, vom Klang seiner warmen Baritonstimme in Ohnmacht zu fallen. Seine durchdringenden blauen Augen schienen sie auf ihrem Stuhl aufzuspießen.

»Dan…« Ihr Hals schien sich mitten im Wort zuzuschnüren. *O Gott, Cara, kannst du nicht mal »danke« sagen, ohne dich zum Affen zu machen?* Sie räusperte sich. »Danke.« Abrupt stand sie auf und stieß mit den Oberschenkeln gegen die Tischkante, sodass der Tisch gefährlich kippte.

»Hoppla.« Ethan griff danach und stellte ihn sicher wieder hin. »Ich wollte nur fragen, wie's deinem Hals so geht. Du weißt schon, wegen gestern.«

Cara wurde rot. »Mir geht's gut«, sagte sie leise. Sie nahm ihre Zettel entgegen und hielt sie nervös in den Händen.

»Cool. Freut mich. Ich hatte echt Angst, ich brech dir die Rippen.« Ethan grinste. Und wartete. Cara fühlte sich wie versteinert. *Sag irgendwas! Der Typ hat dir gestern das Leben gerettet!* Aber sie brachte nicht mehr zustande als ein albernes kleines

Lächeln und ein Schulterzucken. Ethan wartete noch ein wenig und fummelte an seinem Lederarmband herum.

»Wir sehen uns beim Training.« Er lächelte ihr zu und ging den Gang hinunter. Cara beobachtete, wie er Alexis im Vorbeigehen leicht an sich drückte und dann aus dem Raum verschwand.

Sie steckte ihre Notizen in die Tasche und zog gewaltsam den Reißverschluss zu, ohne sich um die Zettel zu scheren, die an einer Ecke herausragten. Mit hängendem Kopf ging sie den Gang hinunter und nickte Mr Crawford zum Abschied zu. Als sie auf den Flur trat, rempelte sie von hinten jemand an, sodass sie um ein Haar auf den ausgetretenen Linoleumboden gestürzt wäre.

Alexis und Sydney standen hinter ihr und grinsten über beide Ohren. »Seht mal, der Würger!«, verkündete Alexis so laut, dass es jeder auf dem Flur hören konnte. »Wie geht's uns denn heute – *achhh! Harrrch!*« Alexis umklammerte ihren Hals, während sie scheußlich würgende Geräusche von sich gab.

»*Haaarach! Rrack!*« Sydney ahmte sie nach und riss ihre fetten Lippen so weit auseinander, dass Cara die Füllungen in ihren Backenzähnen sehen konnte. Sie ließ ihre aufgerissenen Augen in den Höhlen kreisen, als müsste sie jeden Moment hier im Englischtrakt verrecken.

Cara spürte, wie ihre Schläfen pulsierten. Sie wirbelte herum und ging hastig den Flur hinunter. Den Blick starr geradeaus gerichtet rannte sie im Zickzackkurs an den anderen Schülern vorbei, die auf dem Weg zu ihren Klassenräumen waren. Alexis und Sydney folgten ihr hartnäckig, wobei sie ununterbrochen Erstickungsgeräusche von sich gaben und dabei immer wieder in irres Lachen ausbrachen. »Cara! Cara! Warte mal!«, rief Alexis, als sie sich dem Foyer näherten.

Cara blieb stehen und drehte sich um. »W-was?« Sie versuchte, gelangweilt zu klingen, doch ihre Stimme zitterte.

Mehrere Zehntklässler, die damit beschäftigt waren, einen Flyer für die Schwimmmeisterschaften ans Schwarze Brett zu heften, drehten sich um. Ein paar Kiffer mit Zottelmähnen, die gerade auf dem Weg nach draußen waren, um im Auto eine zu rauchen, blieben ebenfalls stehen und gafften.

Alexis' Augen leuchteten. »*Ooooooohaaaach!*« Sie bekam einen erneuten Pseudoanfall, ihren bislang schlimmsten. Sie fasste sich an den Hals und wirbelte im Foyer herum wie eine durchgeknallte Ballerina.

Cara wollte sich zwingen, erneut kehrtzumachen und weiterzugehen, aber ihre Füße weigerten sich. Ihr Magen hatte sich zu einem schmerzhaften Knoten zusammengezogen. Um sie herum hatte sich eine kleine Menschentraube gebildet.

Alexis blieb stehen. »Das war so was von ekelhaft, dir dabei zuzusehen, wie du dich selbst vollgerotzt hast«, erklärte sie in beiläufigem Tonfall. Cara spürte, wie sich Tränen in ihren Augenwinkeln sammelten. Alexis musterte sie aufmerksam. »Ooch, Cara ist traurig.« Sie zog ein Papiertaschentuch hervor. »Tut mir leid, Cara«, säuselte sie. »Hier – damit du dich nicht wieder vollrotzt.« Sie wedelte ihr mit dem Taschentuch vor der Nase herum.

»Lass mich in Ruhe!«, keifte Cara und stieß Alexis' Hand zur Seite. Ihre Stimme hallte durch das stille Foyer. Ein leises Kichern ging durch die Menge. Ein paar Schüler machten einen langen Hals, um besser sehen zu können.

Alexis lachte sie mit ihren perlweißen Zähnen an. »Weiß du was, Würger – oh, ich meine natürlich Cara –, wenn du dein Essen wie jeder normale Mensch kauen würdest, müssten wir dir wenigstens nicht dabei zusehen, wie du das Zeug wieder auskotzt.

Ich glaube, das Karottenstück liegt immer noch da drinnen auf dem Boden. Kannst du deinen Dreck nicht wenigstens wegräumen, Würger?«

Cara spürte, wie ihr Augenwinkel erneut zu zucken begann. Sie konnte Alexis' makelloses Porzellangesicht kaum noch erkennen. Plötzlich brannten Tränen in ihren Augen. Sie öffnete den Mund, um etwas zu sagen – irgendetwas –, doch es kam kein Ton heraus.

Alexis' grüne Augen verengten sich zu Schlitzen. Sie beugte sich näher an Caras Gesicht heran. »Was ist denn mit deinem Auge los, Würger?«, fragte sie mit lauter Stimme. »Das springt ja in seiner Höhle herum wie eine Spinne.« Sie zeigte mit dem Finger auf Cara, als wollte sie auf ein interessantes medizinisches Phänomen hinweisen.

Ein Murmeln ging durch die Menge. »Wo denn?«

»Was macht ihr Auge?«

»Lass mich mal sehen.«

Die Menge drängte noch dichter heran. Cara sah sich hektisch um. Sie spürte, wie das Zucken immer schneller wurde. Verzweifelt hielt sie sich die Hand vors Auge, wirbelte herum und schob sich durch die Menge.

Das Lachen der anderen dröhnte ihr in den Ohren, als Cara den Flur hinunterstürzte. Die graue Tür der Mädchentoilette lag unmittelbar vor ihr. Cara stieß sie auf, ohne ihr Tempo zu drosseln. Sie stürzte in eine der verbeulten Metallkabinen, beugte sich über die Kloschüssel und kotzte.

Keuchend richtete sie sich wieder auf und wischte ihren Mund mit Toilettenpapier ab. Am Waschbecken rieb sie ihre Hände mit schleimiger rosafarbener Seife ein und starrte ihr Gesicht im Spiegel an. Das kalte Neonlicht zeichnete ihr dunkle

Schatten unter die Augen, die tief in ihren Schädel eingesunken schienen. Ihre Nasenlöcher waren rot geschwollen, und ihr braunes Haar hing ihr in schlaffen Strähnen über die Schultern.

Cara erschauderte. Langsam ließ sie sich an der gefliesten Wand herabrutschen, bis sie auf dem Boden saß. In der Toilette herrschte Totenstille, abgesehen von dem hallenden *Pling Pling* eines tropfenden Wasserhahns. Cara ließ ihren Kopf rückwärts gegen die Wand sinken und zog die Knie an die Brust. Dann schloss sie die Augen und begab sich an einen sicheren Ort in ihrer Fantasie.

KAPITEL 3

Caras Kopf dröhnte, als sie abends um sieben endlich nach Hause kam. Das Training war heute brutal gewesen, und sie wünschte sich nichts sehnlicher als eine heiße Dusche und eine riesige Portion Eis. »Hallo«, rief sie, als sie die Haustür öffnete. Sie bekam keine Antwort. Der geräumige Flur war finster und schattig, das Haus unangenehm kühl, weil es den ganzen Tag über verschlossen gewesen war.

Der getigerte Kater ihrer Mutter, Samson, hatte es sich in einem Sessel im Flur auf ihrer geliebten Fleecejacke bequem gemacht. »Verschwinde, Samson«, versuchte sie ihn zu verscheuchen. Der Kater erhob sich langsam und starrte sie gelangweilt an. »Ihhh.« Sie riss die Jacke unter ihm weg und klopfte die grauen Haare ab, die überall daran festhingen. Samson ignorierte sie und leckte sich über den Bauch.

Ein Stapel Briefe lag in der Nähe des Türschlitzes am Boden. Cara knipste das Licht an und warf die Post in den ohnehin schon überquellenden Ablagekorb auf dem Tisch. Der Rest der Tischplatte verschwand unter einer wirren Ansammlung von Sonnenbrillen, Schüsseln voller Kleingeld und einem Stapel Weihnachtskarten von vor neun Monaten, die mit einer dicken Staubschicht bedeckt waren.

»Mom?«, rief Cara und schlenderte in die Küche. Die letzten Sonnenstrahlen des Tages drangen durch die Fenster und verwandelten das dreckige Geschirr auf der Arbeitsplatte in eine Art Stillleben. Tagealte Zeitungen und juristische Fachzeitschriften türmten sich auf der marmornen Ablagefläche. Am Küchentisch klebte eine Haftnotiz.

Car. Hab heute Abend eine Verhandlung. Suppe ist im Crock-Pot. Hab dich lieb! Mom.

Cara hob den Deckel des elektrischen Kochtopfs an und erspähte rohes Fleisch und Gemüse. Ihre Mutter hatte mal wieder vergessen, das Gerät einzuschalten. Cara wunderte sich nicht – ihre Eltern waren beide Anwälte und hatten schon immer viel gearbeitet, selbst als sie noch klein war. Sie hatte fast ihre ganze Kindheit in der Obhut eines Babysitters oder Kindermädchens verbracht. Allerdings hatte es nach ihrem Umzug in der fünften Klasse eine Zeit gegeben, in der sie eine richtige Familie gewesen waren. Insgeheim nannte Cara dies ihre »gute Zeit«. Sie hatten zusammen die Einkäufe erledigt, waren am Wochenende weggefahren und hatten sich am Abendbrottisch sogar richtig gut unterhalten. Aber als Cara auf die Highschool kam, hatten ihre Eltern wieder angefangen, mehr zu arbeiten, und ihre »gute Zeit« ging langsam, aber sicher zu Ende, so als wäre der Zauber verblasst. Jetzt arbeiteten beide wieder über siebzig Stunden die Woche, genau wie damals, als Cara noch klein war.

Sie hatte sich an die Stille im Haus gewöhnt, und heute Abend war sie sogar froh, mit niemandem reden zu müssen. Es war so ruhig, dass Cara hören konnte, wie die Heizung an- und aussprang. Erschöpft warf sie ihre Schultasche auf einen der antiken Holzstühle und sank am Küchentisch in sich zusammen. Sie stützte die Arme auf ihre verschwitzten Oberschenkel und ließ ihre Hände zwischen den Beinen herabbaumeln. Ihr Kopf hämmerte.

Cara blickte auf, als sie einen Schlüssel in der Haustür hörte. Es folgte ein Rascheln und das Klappern hoher Absätze. Im nächsten Moment kam ihre Mutter in die Küche gerauscht, Burberry Trenchcoat über dem Arm, ihr graues Haar zu einem zerzausten Knoten hochgesteckt. Die Lesebrille steckte ihr im Haar, und ihre Augen waren umrahmt von dunklen Schatten. Sie stellte ihre vollgestopfte Krokodilledertasche an der Tür ab und fuhr erschrocken zusammen, als sie ihre Tochter im Halbdunkel der Küche bemerkte. »Oh! Cara, ich wusste gar nicht, dass du schon zu Hause bist.«

»Ich dachte, du kommst heute später.« Cara stand schwerfällig auf und ging zum Kühlschrank. Sie öffnete die Tür und ließ sich von dem kühlen weißen Licht anstrahlen.

»Ich bin ausnahmsweise mal früher vom Gericht weggekommen. Kaum zu glauben, was?« Ihre Mutter strich sich eine Haarsträhne aus dem Gesicht. »Richter Haney wollte uns eigentlich noch länger dabehalten, aber dann hat sich der Klient der Gegenseite nicht blicken lassen, also hab ich gesagt …« Sie unterbrach sich, als Samson maunzend in den Raum spaziert kam und sich um ihre Beine schlang. »Hey, Süßer!«, säuselte sie. Sie nahm den Kater auf den Arm und gab ihm einen Kuss auf die Schnauze.

Cara schloss die Augen. Als sie sie wieder öffnete, stellte ihre Mutter gerade ein Schälchen Katzenfutter auf den Boden. Samson setzte sich und fiel schmatzend darüber her, während Mom sich daneben hockte, um ihm den Rücken zu streicheln und sanft mit ihm zu reden. Sie lächelte zärtlich. Leise ging Cara zur Tür. Vielleicht konnte sie sich unbemerkt in ihr Zimmer schleichen. Sie musste nur die Tür hinter sich schließen und …

»Cara!« Ihre Mutter blickte auf. »Wo willst du denn hin?« Sie stand auf und warf einen prüfenden Blick in das Gesicht ihrer Tochter. »Liebling, du siehst blass aus. Hattest du einen harten Tag?« Sie strich Cara mit den Fingern über die Stirn.

Cara wich vor der irritierend sanften Geste zurück. »Alles bestens«, erwiderte sie möglichst ruhig und nahm eine Dose Cola Light aus dem Kühlschrank. »Das Training war ziemlich anstrengend.« Cara zwang sich, ihrer Mutter in die Augen zu blicken, ohne etwas preiszugeben. Sie konzentrierte sich auf das feine Netz von Fältchen, das die Augen ihrer Mutter umgab. Ihre Eltern waren deutlich älter als die der anderen Schüler – sechzig und zweiundsechzig. Als die beiden endlich bereit waren, Kinder zu bekommen, hatten sie nur noch Zeit für eins, sagte ihre Mutter meist lachend.

»Vielleicht wird dir das mit der Leichtathletik zu viel.« Mom runzelte die Stirn. »Du weißt doch, Papa und ich möchten, dass du es dieses Jahr ruhig angehen lässt …«

»Mir geht's gut«, fuhr Cara sie an. Ihre Stimme klang lauter als beabsichtigt. Sie riss sich zusammen und atmete tief ein. »Mir geht's gut«, wiederholte sie ruhiger. »Wirklich. Leichtathletik ist nicht zu hart. Es macht mir Spaß.«

»Ah.« Ihre Mutter ließ die Hand sinken. Sie sah aus, als wollte sie noch etwas sagen, doch stattdessen ging sie zum Crock-Pot und spähte unter den Deckel. »Na, jedenfalls bin ich froh, dass ich den Eintopf hier gemacht habe. Du kannst sicher ein ordentliches Abendessen vertragen.«

»Der ist noch roh.« Cara kippte das süße Getränk herunter. »Du hast vergessen, ihn anzuschalten.« Sie wusste, dass sie sich abscheulich benahm, aber sie hatte gerade keinen Nerv auf dieses Supermami-Getue.

»Oh!« Ihre Mutter hob den Deckel, um in den Topf zu

schauen. »Na ja …« Sie blickte sich um. »Wie wär's mit Eiern auf Toast?«

Die alte Standardnummer. Cara griff in den Küchenschrank und reichte ihrer Mutter das Brot.

Die Haustür öffnete sich erneut. Im nächsten Moment erschien die schlanke Gestalt ihres Vaters im Türrahmen. Seine obligatorische Fliege hing schief, und wie immer redete er leise mit sich selbst.

»Hallo, Dad.«

Seine düstere Miene hellte sich ein wenig auf, als er Cara neben dem Herd erblickte. »Oh. Hallo, mein Schatz.« Er ging zum Kühlschrank. »Bist du heute früher vom Gericht weggekommen, Marge?« Er nahm eine Flasche Bier aus dem Kühlschrank.

Mom riss einen Plastikbeutel mit gemischtem Salat auf und schüttete den Inhalt in eine Schüssel, die sie auf den Küchentisch stellte. »Ja. Ich habe Cara gerade erzählt, dass der Klient …« Sie redete weiter, und Dad hörte aufmerksam zu und nickte.

Die Toastscheiben sprangen hoch. Mom fischte sie mit einer Gabel heraus und legte sie auf einen Teller. »Ist das nicht herrlich?«, sagte sie. »Endlich essen wir mal wieder zusammen. Das machen wir viel zu selten.«

Cara seufzte. Sie setzte sich auf ihren Platz und ließ ein Spiegelei vom Teller auf ihren Toast rutschen. Mühsam zerteilte sie das verbrutzelte Eigelb mit ihrer Gabel.

Sie kauten. Stille breitete sich im Raum aus, nur unterbrochen vom knuspernden Geräusch des Toasts. Der Blick ihres Vaters war starr auf die Wand gegenüber gerichtet. Seine Lippen bewegten sich leicht, und Cara hörte die gemurmelten Worte: »Antrag auf Klageabweisung«. Ihr Vater war schon immer tief in seiner Juristenwelt versunken gewesen, aber seit ihrem Umzug hatte sich die Wolke obskurer Gerichtsfälle um ihn herum nur noch mehr verdichtet.

»Wie war dein Tag, Liebling?«, setzte ihre Mutter erneut an.

Cara zwang sich zu einem Lächeln. »Ganz gut.« Sie schob ein paar verkohlte Toastkrümel auf ihrem Teller hin und her. *Ganz gut.* Der einzige Ausdruck, den man in einem Gespräch mit seinen Eltern wirklich brauchte.

»Das ist aber nicht gerade aussagekräftig.« Mom lachte ein wenig. Dad stocherte in seinem Salat herum, auf der Jagd nach Oliven.

Cara behielt ihr freundliches Lächeln bei. Der Geschmack von Erbrochenem lag ihr immer noch schwer auf der Zunge. »Es lief echt gut, Mom. Wir lesen in Englisch gerade *Der Fänger im Roggen*.«

»Das Buch habe ich geliebt. Dein Vater auch, oder, Don?«

Dad blickte auf. »Oh. Ja, fantastisches Buch.« Er wandte sich wieder seinem Salat zu. Mom lehnte sich müde auf ihrem Stuhl zurück. Das Ticken der Küchenuhr war ohrenbetäubend.

Nachdem Cara einen weiteren Bissen in sich hineingezwungen hatte, legte sie ihre Gabel sorgsam beiseite. »Danke fürs Essen, Mom. Ich habe extrem viele Hausaufgaben auf. Ich muss jetzt echt anfangen.« Sie legte ihre Serviette neben den Teller und stand auf.

»Dad und ich wollen noch weg. Zu einem Dessertempfang unten am Fluss. Wir sind so gegen elf wieder zurück.«

Cara nickte und nahm einen Becher Eis aus dem Gefrierfach. Sie nahm den Deckel ab, warf eine halbe Packung Rosinen und ein paar Cheerios hinein und kippte einen Schuss Milch darüber. Dann schnappte sie sich einen Löffel und steuerte auf die Tür zu.

Mom schob ihren Stuhl zurück. »Ich bin froh, dass wir mal wieder Gelegenheit hatten zu reden, Liebling!«, rief sie ihr hinterher.

Ihre Eltern fingen an, das dreckige Geschirr in die Spüle zu räumen, während Cara bereits die Treppe hinaufstieg. Sie machte sich nicht die Mühe, das Licht im Flur anzuschalten. Sie brauchte jetzt dringend eine heiße Dusche. Ihre Sporthose schien ihr geradezu am Hintern festzukleben, und trotz Ei und Toast schmeckte ihr Mund immer noch nach Kotze.

Auf dem langen Flur im ersten Stock nahm sie einen großen Löffel ihrer speziellen Eismischung und stellte den Becher auf einem kleinen Tisch ab. Dann schaltete sie das Licht im Gästebad ein. Statt des tropfenden Brausekopfs in ihrem eigenen Bad hatte sie sich heute die exklusive Regendusche hier verdient. Ein fröhliches gelbes Licht durchflutete den kleinen Raum wie ein Gegengift zu den dichten Schatten im restlichen Haus. Unten hörte sie das Klappern von Schlüsseln und die Stimmen ihrer Eltern. Dann fiel die Haustür zu, und im Haus wurde es still.

Cara zog die Badezimmertür fest hinter sich zu und drehte die Dusche auf heiß. Mit einem tiefen Seufzer schälte sie sich aus ihren verschwitzten Klamotten und trat unter das prasselnde Nass. Sie genoss das Gefühl, wie ihr das heiße Wasser über den Kopf und den Rücken lief. Der zitronige Duft des Duschgels schien ihr die Kopfschmerzen geradewegs aus dem Schädel zu saugen.

Cara schäumte sich von Kopf bis Fuß gründlich ein und wusch sich gleich zweimal die Haare. Als sie sie zum zweiten Mal ausspülte, hörte sie auf dem Flur ein Geräusch. Sie blickte erschrocken auf. Sämtliche Horrorfilme, die sie in ihrem Leben gesehen hatte, schossen ihr plötzlich durch den Kopf. Sekundenlang stand sie wie erstarrt da, den Schwamm fest umklammert, und lauschte auf weitere Geräusche. Nichts.

Sie hielt den Kopf unter die Brause. Plötzlich hörte sie es wieder – ein leises Rascheln und ein dumpfes Klopfen, direkt vor der Tür. Das Herz schlug ihr bis zum Hals. Sie griff hinter sich, um das Wasser abzustellen. Ihre Hand zitterte, als sie das Handtuch von der Stange zog, um es sich um ihren tropfenden Körper zu schlingen.

Das Geräusch wiederholte sich. *Raschel, klonk.*

Mit weit aufgerissenen Augen starrte Cara die Tür an, die noch immer fest verschlossen war. Plötzlich trat sie mit einem riesigen Schritt aus der Dusche und riss schwungvoll die Tür auf.

Samson hockte auf dem Tisch und hatte den Kopf tief in ihrem Eisbecher vergraben. Er schleckte, was das Zeug hielt. Während der Becher hin und her wackelte, klopfte der Löffel gegen die Wand. *Raschel, klonk.*

Cara sackte matt gegen die Wand. Ihre Knie schmerzten von dem aufgestauten Adrenalin in ihrem Körper. Samson blickte zu ihr auf. »Mach, dass du wegkommst.« Sie versetzte ihm einen Schubs, und er sprang geschmeidig vom Tisch, um sich ins Schlafzimmer ihrer Eltern zu flüchten. Cara schüttelte den Kopf, um wieder klar denken zu können. Sie musste sich echt zusammenreißen.

Während sie das Handtuch über der Brust feststeckte, tapste sie zu ihrem Zimmer am Ende des Flurs. Die Wände waren in tiefe Schatten gehüllt. Sie stolperte über ein paar Schuhe, die vor ihrem Zimmer herumlagen, und öffnete die Tür.

»Hallo, Cara.«

Sie kreischte und betätigte den Lichtschalter.

Zoe saß auf ihrem Bett. Ihre violetten Augen leuchteten.

Kapitel 4

Cara starrte ihre alte Freundin entgeistert an. Sie kam sich vor wie in einem Traum, unfähig zu reden oder sich zu bewegen. Als wäre sie am Boden festgewachsen.

Zoe saß reglos auf Caras gestreifter Bettdecke, die nackten Füße am Boden. Sie trug ein verdrecktes dunkelblaues T-Shirt und zerrissene Jeans. Ihr langes schwarzes Haar fiel ihr glatt wie Seide über den Rücken. Die Hände hatte sie ordentlich im Schoß gefaltet. Sie starrte Cara mit funkelnden Augen an, die Lippen leicht gespitzt, als wollte sie sich ein Grinsen verkneifen.

»Was machst du denn hier?«, brachte Cara schließlich flüsternd hervor. Ihr Gesicht fühlte sich taub an.

»Freut mich auch, dich zu sehen!« Zoe erhob sich mit einer außergewöhnlichen Anmut, die Cara noch aus ihrer Kindheit kannte. Sie war größer und schlanker als vor sieben Jahren. Ihre Wangenknochen traten elegant hervor. Sie kam näher, und Cara bemerkte einen Hauch von Zimt in ihrem Atem. »Ich dachte, du wärst froh, mich zu sehen.« Sie strich Cara sanft über die Wange. »Ich hab dich so vermisst.«

Die Berührung ließ Cara aus ihrer Trance erwachen. Ein Grinsen breitete sich über ihr Gesicht. Sie fiel Zoe um den Hals. »O Gott, es tut mir leid! Natürlich bin ich froh, dich zu sehen! Ich war nur so überrascht, das ist alles.« Cara drückte

Zoes Schultern. »Wow, bist du dünn! Ich kann deine Knochen fühlen.«

Ein klägliches Lächeln umspielte Zoes Lippen. »Ja. Zu Hause war es in letzter Zeit ziemlich hart. Aber jetzt hab ich alles geklärt.« Die beiden ließen sich auf Caras Bett sinken.

Cara nahm Zoes Hand. »Was meinst du damit, du hast alles geklärt? Was war denn los? Erzähl mir davon.« Cara blickte ihrer Freundin tief in die Augen. Sie sahen noch genauso aus wie früher, von den dunklen Vertiefungen darunter einmal abgesehen. Zwei unerschöpfliche Seen aus Amethyst.

Zoe schluckte und starrte auf ihre verschlungenen Hände. »Car … Es geht um meinen Stiefvater.« Ihre Stimme war so leise, dass Cara sich vorbeugen musste, um sie zu verstehen.

»O Gott, etwa immer noch? Dieser Mistkerl.« Obwohl sie Zoes Stiefvater nie begegnet war, kam es ihr aufgrund der jahrelangen Beschreibungen so vor, als würde sie ihn persönlich kennen. Sein glattes dunkles Haar, seine großen, brutalen Hände.

Zoe schniefte leise und fuhr sich mit dem Handrücken unter der Nase entlang. »Er ist wieder in mein Zimmer gekommen … so wie früher … und …« Sie blickte auf. Ihre Augen wirkten riesig – von unvergossenen Tränen vergrößert. »Ich bin abgehauen. Ich wusste nicht, wo ich sonst hätte hingehen sollen.«

»Ich bin froh, dass du's getan hast!« Cara legte ihrer Freundin einen Arm um die Schultern. »Wie bist du überhaupt hierhergekommen?«

»Per Anhalter. Hat 'ne Weile gedauert, bis mich auf der Interstate jemand mitnehmen wollte. Aber irgendwann hat dieser Lkw-Fahrer angehalten. Der war auch furchtbar …« Sie schüttelte den Kopf, als wollte sie die Erinnerung verdrängen. Dann sah sie Cara eindringlich an. »Hör zu, Car, du musst mir einen

Riesengefallen tun. Kann ich für ein paar Tage hierbleiben? Nur, bis ich mir was anderes überlegt habe. Bitte!« Ihre Augen flehten sie an. »Ich hab an der Tankstelle eine Zeitung gesehen, mit meinem Bild drin. Meine Mutter hat der Polizei anscheinend mitgeteilt, dass ich abgehauen bin. Wenn die mich finden, bringen sie mich sofort wieder zurück – und dann gibt's erst richtig Ärger.«

»Nein!« Cara stockte der Atem bei dem Gedanken, Zoe erneut zu verlieren. Sie umarmte ihre Freundin und drückte ihren zarten Körper fest an sich. Sie konnte spüren, wie sich Zoes Brust hob und senkte. »Aber was ist mit meinen Eltern? Wenn die was mitkriegen, rufen sie doch sofort deine Eltern an. Die sind schließlich Anwälte.«

Zoe nickte. »Ich weiß, daran hab ich auch schon gedacht. Wie wär's, wenn ich mich ganz einfach in deinem Zimmer verstecke? Ich geh nicht raus, ich mache keinen Mucks. Niemand wird merken, dass ich hier drin bin. Du musst mir nur ab und zu was zu essen bringen …«

»Wir könnten zusammen abhängen, quatschen …« Cara war mit einem Mal ganz aufgeregt. »Und die arbeiten eh rund um die Uhr.« Sie sprang vom Bett auf. »Zo, du hast ja keine Ahnung, wie gut sich das gerade trifft. Ich kann im Moment echt eine Freundin gebrauchen.«

»Ich weiß. Ich hab's irgendwie gespürt.« Zoe stand ebenfalls auf und zog Cara an sich. Eine Zeit lang blieben sie einfach so im Raum stehen, die Arme eng umeinander geschlungen. Cara fühlte Zoes Herzschlag im Rhythmus mit ihrem eigenen. Dann wich Zoe zurück, ein breites Grinsen auf dem Gesicht. »Also, ich will alles wissen, was du in den letzten sieben Jahren so erlebt hast. Jedes kleinste Detail!«

Cara ließ die Arme sinken und rieb sich die Augen. »Nicht hier. Ich weiß einen besseren Ort.« Sie führte Zoe zum Fenster und schob die Scheibe und das Fliegengitter hoch. Dann kletterte sie auf das Vordach, das sich direkt unter ihrem Fenster befand und den seitlichen Garten überblickte. Zoe folgte ihr. Sie setzten sich auf die rauen Schindeln, die von der Sonne des Tages noch warm waren. Beide lehnten sich mit dem Rücken bequem gegen die Holzwand, die Arme um ihre angewinkelten Beine geschlungen. Es war eine warme Herbstnacht, erfüllt vom dezenten Geruch eines fernen Holzfeuers. Zoe seufzte und ließ ihren Kopf gegen die Wand sinken, um in die Sterne zu blicken.

»Ich bin so froh, dass ich hier bin, Cara. Du kannst dir gar nicht vorstellen, wie es war, mich da rauszuschleichen und zum Highway zu laufen … Ich hatte solche Angst – die Leute haben andauernd gehupt. Ich hab sogar meinen Rucksack verloren.«

»Jetzt brauchst du dir keine Sorgen mehr zu machen. Hier bist du in Sicherheit.« Cara tätschelte ihr Knie.

Zoe hob den Kopf und sah sich ein wenig um. Ihr Blick schweifte über die großen, gepflegten Rasenflächen und die eleganten Häuser ringsum, die von Außenscheinwerfern wirkungsvoll angestrahlt wurden. Dunkle Flächen aus Bäumen und Sträuchern grenzten die einzelnen Grundstücke geschmackvoll voneinander ab. Um diese Uhrzeit hörte man hier draußen nichts anderes als das leise *schh-schhhhh* der Rasensprenger. »Mir war klar, dass du hier ziemlich nobel wohnen würdest«, bemerkte Zoe. »Das war ja schon immer so.«

Bevor Cara etwas erwidern konnte, knallte nebenan eine Tür, und die Stille der Nacht wurde von ein paar Mädchenstimmen zerrissen. »Und plötzlich sagte er: ›O Gott, sie sind zu Hause‹, und ich hatte überhaupt nichts an …«, erzählte jemand lautstark. Die anderen brachen in wildes Gekicher aus. Mehrere Mädels mit Bierflaschen traten durch die Glastüren hinaus auf die Teakholzterrasse und ließen sich auf die weiß bespannten Liegestühle fallen, die den Pool umringten. Das saphirblaue Wasser funkelte wie ein Juwel, angestrahlt vom gelblichen Licht der Unterwasserscheinwerfer.

Zoe zog fragend die Augenbrauen hoch. »Meine Nachbarin«, erklärte Cara seufzend. »Sydney. Und ihre Freundinnen …«

Ihre Worte wurden vom metallischen Klappern eines Gegenstands unterbrochen, der donnernd auf die Terrasse fiel – gefolgt von kreischendem Gelächter. Sydney, die ein enges pinkfarbenes Spaghettitop trug, das die Ränder ihres schwarzen BHs erkennen ließ, war gegen einen der Tische gerannt. Verzweifelt versuchte sie sich aus den Klauen eines geschlossenen Sonnenschirms zu befreien.

»Das da ist Alexis, Sydneys beste Freundin.« Cara zeigte auf Alexis, die sich wie eine ägyptische Prinzessin auf einer der Sonnenliegen rekelte und sich in Pose warf, als rechnete sie jeden Moment damit, dass ein Paparazzo aus dem Gebüsch gesprungen käme, um ein Foto von ihr zu schießen. »Sie ist die Allerschlimmste. Meine Eltern verstehen sich supergut mit ihren Eltern, und als wir hergezogen sind, wollten sie, dass wir uns anfreunden. Aber sobald die Erwachsenen aus dem Raum waren, hat sie mich Affengesicht genannt. Sie meinte, ich wäre zu hässlich, um mit ihr zu spielen.« Cara seufzte. »Nach ’ner Weile hat Mom eingesehen, dass die Sache aussichtslos war.«

Unter ihnen erschien eine zierliche Blondine namens Maren am Eingang zur Küche. Sie schwenkte eine Karaffe mit pinkfarbenem Inhalt über dem Kopf.

»Wodka Slush, Mädels!«, rief sie. Alle stürzten sich auf die Karaffe. Maren füllte das Zeug in große rote Plastikbecher und verteilte sie. Irgendjemand rülpste, und alle kicherten.

»Du bist echt ekelhaft, Erin!«, rief Alexis. »Zeig uns doch gleich deinen nackten Arsch!«

Zoe warf Cara einen Blick zu. »Sind die an deiner Schule alle so?«

Cara nickte. Dann überlegte sie. »Na ja, nicht alle.« Sie starrte hinunter in Sydneys Garten, aber sie spürte, dass Zoe sie beobachtete. Schließlich sah sie ihre Freundin an. Zoe hatte ein verschwörerisches Lächeln auf den Lippen.

»Na, sag schon, wer ist es?«, neckte sie. »Spuck's aus.«

Cara kicherte. »Ähm, er heißt Ethan. Groß, dunkelhaarig, gut aussehend und unglaublich süß. Ach ja, und er hat mir gestern das Leben gerettet.«

»Was?«, rief Zoe.

»Es war total irre.« Sie erzählte ihrer Freundin alles über den berühmten Erstickungsanfall, angefangen bei Ethans starken Armen bis hin zu … ihrem neuen Spitznamen. »Und jetzt nennen sie mich alle *Würger*«, beendete sie ihren Bericht. »Wer den Schaden hat, braucht für den Spott echt nicht zu sorgen. Kurz gesagt, Alexis und Sydney halten mich für den größten Freak der Schule.« Cara spürte, wie die Scham in ihr hochstieg, selbst Zoe gegenüber. »Das geht schon die ganze Zeit so, seit wir hergezogen sind. Die Mittelstufe war echt grauenvoll, aber ich hatte gehofft, an der Highschool könnte ich noch mal ganz von vorn anfangen. Von wegen. In der neunten Klasse haben sie diesen Herbstball veranstaltet. Ich war total aufgeregt – meine erste große Highschool-Veranstaltung.« Cara hielt inne. Sie dachte an das rote Samtkleid mit dem goldenen Paillettenoberteil, das sie damals getragen hatte, nicht ahnend, dass alle anderen in Jeans und eng anliegenden Tops kommen würden. Das war auch der Grund, weshalb ihre ganz private Schuluniform aus Stoffhose und T-Shirt bestand. »Na ja, ich hatte eben keine Ahnung. Ich war nur eine kleine dumme Highschool-Anfängerin.«

Zoe nickte. Ihre Augen leuchteten in der Dunkelheit wie die einer Katze.

»Ich habe diesen Typen, Marc Simons, gefragt, ob er mit mir tanzen will. Den fand ich total süß – er trug immer eine Lederjacke.«

»Ohhh, Mr Obercool!«, sagte Zoe lachend.

»Ich weiß, aber ich fand's irgendwie toll. Ich hab ihn also gefragt, ob er tanzen will, und er sagt: ›Nein.‹ Einfach so, vor allen Leuten.« Caras Finger krallten sich in die Dachschindeln.

»Was für ein Arsch!« Zoe schüttelte den Kopf.

»Jedenfalls haben Alexis und Sydney das Ganze mitbekommen. Das nächste halbe Jahr sind sie mir ständig hinterhergerannt und haben mich Mrs Simons genannt und gefragt, ob Marc schon angerufen hätte.« Sie zuckte mit den Schultern. »Und es nimmt einfach kein Ende. Sie posten ständig irgendwelchen Schund über mich auf Facebook oder rufen mit verstellter Stimme hier an. Im Ernst, ich hab mich fast schon dran gewöhnt. Ich habe mich sogar dran gewöhnt, dass Alexis mit Ethan zusammen ist.« Doch noch während sie die Worte aussprach, wurde ihr bewusst, dass es nicht stimmte. Zoe drückte ihr Knie.

»Schlampen«, kommentierte sie mit einer wegwerfenden Handbewegung. »Arrogante Schlampen.«

Cara grinste. Sie veränderte ihre Sitzposition auf den rauen Schindeln. Unter ihnen wurde die Party immer lauter. Sie hörten ein Geräusch von brechendem Glas und dann einen Platscher. »Maren ist im Pool!«, rief irgendjemand.

»Gott, das mit Ethan und Alexis ist echt beschissen.« Zoe sog nachdenklich die Wangen ein. »Wenn die beiden sich doch nur trennen würden. Vielleicht können wir ihnen dabei ein bisschen auf die Sprünge helfen ...«

Cara schnaubte. »Ja, genau. Und danach arbeiten wir an meiner Kampagne für die Präsidentenwahl.«

In diesem Moment rief jemand von der Terrasse aus: »Würger!« Cara verspürte einen Anflug von Panik. Sie sah sich um, in der Befürchtung, die Mädels hätten sie erspäht. Doch sie saßen nach wie vor auf ihren Liegestühlen und beobachteten Sydney, die auf der Terrasse herumtorkelte, mit beiden Händen ihren Hals umklammerte und wild die Augen verdrehte.

»Und so hat sie sich angehört!«, rief Sydney und gab eine Reihe würgender und kotzender Geräusche von sich – wie ein Kalb, dem man die Kehle aufschlitzt. Die anderen brachen in hysterisches Gelächter aus. Alexis bekam vor lauter Schnauben Wodka in die Nase und musste sich von jemandem auf den Rücken klopfen lassen.

Cara und Zoe beobachteten die Szene schweigend. Sydney taumelte noch ein paar Minuten im Kreis, ehe sie sich in einen der Liegestühle fallen ließ. »He, wisst ihr noch, wie sie damals auf dem Flur geheult hat, nur weil sie ihren Spind nicht aufbekam?«, rief sie. Sydneys Stimme klang so deutlich, als würde sie neben ihnen auf dem Dach sitzen. Die anderen kicherten pflichtbewusst. Cara starrte die Bäume auf der gegenüberliegenden Straßenseite an. Sie konnte sich noch ganz genau daran erinnern. Das war ebenfalls in ihrem ersten Highschooljahr gewesen.

Unten mischte sich Marens lallende Stimme in die Unterhaltung ein. »Oder als sie beim Volleyball mal Nasenbluten bekommen hat und von ihrer Mutter abgeholt werden musste …«

Caras Handflächen schwitzten. Sie wagte nicht, Zoe anzusehen.

Dann fühlte sie plötzlich eine weiche Hand auf ihrer Schulter. »Du musst echt 'ne schlimme Zeit hinter dir haben«, sagte Zoe sanft.

»Grauenhaft«, gab Cara seufzend zu. »Als wir beide noch klein waren und meine Eltern nie Zeit für mich hatten, da warst *du* wenigstens für mich da. Und nach unserem Umzug haben sie sich anfangs richtig viel Zeit genommen, das war toll. Aber natürlich hat es nicht lange angehalten. Es war fast so, als hätten sie irgendwann keine Lust mehr auf mich gehabt oder so. Jetzt arbeiten sie wieder rund um die Uhr. Ehrlich gesagt … ich bin total allein.« Es tat unheimlich gut, einmal jemandem die Wahrheit zu sagen – als hätte sie zu lange den Atem angehalten und könnte nun endlich, endlich wieder frei atmen.

»Du *warst* allein«, widersprach ihr Zoe. Sie drückte Caras Hand. »Jetzt bin ich ja da.«

Unten klingelte ein Handy, und Sydney griff danach. »O mein Gott, es ist Jack!«, quiekte sie.

»Warum sollte er *dich* anrufen?«, fragte Alexis gehässig.

»Klappe.« Sydney hatte sich das Telefon bereits ans Ohr gedrückt. »Hallo? … He, Mädels! Könntet ihr mir mal ein bisschen Privatsphäre gönnen?«

Die anderen rappelten sich auf und verschwanden der Reihe nach im Haus. Alexis war die Letzte. »Bleib nicht zu lang draußen, Schlampe!«, rief sie ihr über die Schulter hinweg zu. Sydney hielt ihr den Stinkefinger hin, ohne sich umzudrehen. Alexis lachte und zog die Schiebetür hinter sich zu, während Sydney allein am Pool blieb.

Cara spürte, wie sich Zoes warme Hand über ihre legte. »Ab sofort musst du dir keine Sorgen mehr machen, Car.« Zoe drückte ihre Hand. »Ich bin jetzt hier. Ich werde mich um dich kümmern.«

Kapitel 5

Die beiden kletterten durchs Fenster zurück. Cara strich sich mit der Hand über das körnige Muster, das die Schindeln an der Rückseite ihrer Beine hinterlassen hatten. Ihr Zimmer wirkte warm und einladend im Vergleich zu der kühlen Dunkelheit draußen auf dem Dach. Zoe reckte ihre Arme weit über den Kopf. »Mann, bin ich müde.« Sie gähnte und sank auf die Bettkante. Dann ließ sie sich rückwärts aufs Bett fallen und verschwand beinahe in den bauschigen Kissen und der schwarz-weiß gestreiften Decke, die sich um sie herum aufblähte.

Cara lief geschäftig hin und her, um ein frisches Handtuch aus dem Badezimmer zu holen und Zoe einen Schlafanzug rauszusuchen. »Ich glaube, du wirst es hier gut aushalten. Ich meine, der Raum ist groß genug – du hast quasi dein eigenes Hotelzimmer …«

»Car, bitte«, unterbrach sie Zoe, »halt endlich mal die Klappe.«

Verletzt sah Cara ihre Freundin an. Zoe lag immer noch in den Kissen vergraben und starrte zur Decke.

»Ich hab heute echt viel mitgemacht. Können wir vielleicht morgen feiern?«

Cara reichte ihr ein graues T-Shirt und alte Joggingshorts. »Ja, klar.« Sie beugte sich zu ihr runter und umarmte ihre Freundin. »Ich bin einfach nur froh, dich bei mir zu haben. Es ist echt unfassbar, dass du gerade jetzt auftauchst, wo ich so dringend jemanden brauche. Aber irgendwie wusstest du schon immer, wenn etwas nicht stimmt. Weißt du noch, wie Mom mal so wütend auf mich war, dass sie mich nicht zum Maifest in der Schule gehen lassen wollte?«

»In der fünften Klasse«, sagte Zoe, ohne sich zu rühren.

»Stattdessen bin ich zu dir gekommen, und wir haben unsere eigene Achterbahn gebaut …«

»Aus einem Waschmaschinenkarton und diesem ganzen alten Draht.« Zoe lächelte in ihrer liegenden Position.

Cara zog sich ein Top und Boxershorts an und krabbelte unter die Decke. »He, rutsch mal ein Stück – du hast das ganze Bett in Beschlag genommen. Kommt mir irgendwie vor wie früher, wenn du bei mir übernachtet hast.« Sie stieß Zoe mit dem Knie an.

»Mmmm«, brummte Zoe. Sie rutschte ein paar Zentimeter nach rechts.

Cara kroch ein wenig tiefer unter die Decke. Sie blieb einen Moment lang ruhig liegen, starrte in die Dunkelheit und lauschte Zoes Atem.

Heute Morgen noch war sie aus demselben Bett gestiegen, mit kratzendem Hals und dem Gefühl, erneut kotzen zu müssen, allein bei der Vorstellung, ihren Mitschülern gegenüberzutreten. Doch jetzt, da Zoe hier war, kam ihr diese Sorge lächerlich vor. Cara gähnte genüsslich und zog sich die Bettdecke bis zum Hals. Sie schloss die Augen und spürte, wie sie auf der Stelle einnickte. Dann riss eine Stimme sie zurück in die Gegenwart.

»Cara?«

Sie öffnete die Augen. »Was?«

Zoe hob den Kopf. Ihr schwarzes Haar hing ihr wild zerzaust

ins Gesicht. »Streichelst du mir die Haare? Weißt du noch? Wie du's früher immer gemacht hast?«

»Ja, weiß ich noch.« All die Nächte, in denen Zoe wegen ihres Stiefvaters weinend durch ihr Zimmerfenster geklettert war. Sie war zu ihr ins Bett gekrabbelt, und Cara hatte ihr Haar gestreichelt. Wieder und wieder waren ihr die glänzenden schwarzen Strähnen durch die Finger geglitten, bis Zoe irgendwann aufhörte zu weinen und ihr Atem ruhiger wurde.

Cara drehte sich auf die Seite und legte sanft eine Hand auf Zoes Kopf. Ihr Haar fühlte sich immer noch an wie damals in der vierten Klasse, seidig und glatt. Wieder und wieder streichelte Cara ihr über den Kopf.

»Das tut gut«, murmelte Zoe, das Gesicht zur Wand gekehrt. Sie war kurz vorm Einschlafen. Cara lächelte in sich hinein und lauschte eine Weile Zoes Atem, bis sie schließlich selbst einschlief.

Sie träumte, in der Schule wäre ein Feuer ausgebrochen. Die Sirenen machten einen ohrenbetäubenden Lärm. Der Korridor war voller Rauch und rennender, schreiender Schüler. Cara stand mittendrin und erstickte erneut an dem Stück Karotte. Doch diesmal bemerkte es niemand. Die anderen waren viel zu sehr damit beschäftigt, vor dem Feuer zu fliehen. Cara sah, wie Ethan an ihrem Traum-Ich vorbeilief, und öffnete den Mund, um nach ihm zu rufen, doch es kam kein Ton heraus. Diesmal bestand kein Zweifel, verkündete ihr Verstand: Sie würde sterben. Der Feueralarm heulte immer lauter.

Cara öffnete die Augen. Das Zimmer war in flackernd rotes Licht getaucht, und für einen Moment glaubte sie, ihr Traum wäre Realität geworden. Dann wurde das Heulen so laut, dass es direkt aus ihrem Zimmer zu kommen schien. Cara setzte sich auf und warf einen Blick zu Zoe hinüber. Sie lag immer noch in derselben Position da. Scheinbar hatte sie sich so tief in den Kissen vergraben, dass sie der Lärm nicht störte.

Cara warf die Decke zurück und ging fröstelnd zum Fenster. Die Dielen unter ihren Füßen fühlten sich glatt und eiskalt an. Abrupt hörte der Sirenenlärm auf. Cara spähte nach draußen. Vor Sydneys Haus stand ein Krankenwagen. Die Sirene war ausgeschaltet, doch die roten Lichter flackerten weiter. Zwei Rettungssanitäter sprangen aus dem Führerhaus und rannten die Stufen hinauf. Einer von ihnen hatte einen großen schwarzen Koffer in der Hand, der andere trug eine orangefarbene Tasche über der Schulter. Der größere der beiden klingelte. Als niemand öffnete, spähten die Sanitäter durch die Seitenfenster. Dann griffen sie nach der Tür, die sich mühelos öffnen ließ. Cara beobachtete, wie sie im Haus verschwanden.

Sie wandte sich dem Bett zu. »Zoe!« Sie rüttelte ihre Freundin an der Schulter.

»Hmm, was 'n?«, murmelte Zoe, ohne die Augen zu öffnen. Sie rollte auf die andere Seite und versuchte sich das Kissen über den Kopf zu ziehen.

Cara rüttelte sie erneut und zog ihr die Decke weg. »Steh auf! Nebenan stimmt was nicht.«

Zoe setzte sich auf. »Oh Mann, was ist denn? Ich schlafe!«, maulte sie und rieb sich das Gesicht.

»Gott, du bist echt schwer wachzukriegen. Bei Sydney ist irgendwas passiert. Ein Krankenwagen steht vor dem Haus.« Zoe schwang die Beine aus dem Bett, und Cara ging zurück zum Fenster. »Die Sanitäter sind gerade reingegangen.«

»Car, sieh mal hier.«

Cara drehte sich um. Zoe stand an dem anderen Fenster,

das Sydneys Terrasse überblickte. Cara ging zu ihr rüber und sah hinaus. Im saphirblauen Wasser des Pools, angestrahlt wie eine Skulptur, trieb eine menschliche Gestalt, mit dem Gesicht nach unten. Die Poolbeleuchtung bildete wunderschöne goldene Lichtsäulen, die den schlaffen Körper zu tragen schienen.

Lange braune Haare breiteten sich wie Tentakel in alle Richtungen aus. Die Gestalt trug ein pinkfarbenes Top mit schwarzem BH darunter und enge weiße Jeans. Caras Finger krallten sich in die Fensterbank. Ein Hauch von Chlor drang ihr in die Nase. »O Gott, das ist Sydney«, flüsterte sie.

Zoe stand schweigend neben ihr. Sie beobachteten, wie die Rettungssanitäter durch die Terrassentür stürmten, gefolgt von einer schreienden Alexis.

»Da ist sie! Da ist sie!«, kreischte Alexis und deutete auf den Pool. Ihre Haare standen in alle Himmelsrichtungen ab, als hätte man ihr einen Elektroschock verpasst. Die Sanitäter holten Sydney mit dem Poolkescher an den Beckenrand und packten sie unter den Achseln, um sie herauszuziehen. Cara spürte, wie ihr die Magensäure hochstieg, als die Sanitäter Sydneys leblosen Körper über den Beckenrand hievten und dabei die halbe Terrasse unter Wasser setzten. Ihr Kopf sackte schlaff zur Seite.

»O Gott! O Gott!«, schrie Alexis wieder und wieder. Die Sanitäter legten Sydney auf die Terrasse. Einer von ihnen massierte mit bloßen Händen ihren Brustkorb, während der andere diverse Gegenstände aus der orangefarbenen Tasche holte. Im Hintergrund standen die anderen Partygäste dicht zusammengedrängt in der Tür und hielten sich gegenseitig im Arm.

Plötzlich zwängte sich Caras Mutter durch einen Spalt in der Hecke, die die beiden Grundstücke voneinander trennte. Direkt dahinter folgte ihr Vater. Mom hatte einen Pashminaschal über dem Arm hängen, und Dad trug immer noch seinen Anzug. Anscheinend waren sie gerade erst von ihrem Empfang zurückgekommen. Mom trippelte auf ihren Stilettos zu den Sanitätern. Als sie Sydney erblickte, schlug sie erschrocken die Hand vor den Mund und unterdrückte einen Schrei. Einer der Sanitäter sah zu ihr auf. »Sind Sie die Eltern des Mädchens?« Seine Hände massierten unentwegt Sydneys Brustkorb.

»Nein«, erwiderte Mom, den Blick wie gebannt auf Sydneys leblosen Körper gerichtet. »Oje. Wir sind nur die Nachbarn. Wir sind gerade nach Hause gekommen und haben den Aufruhr mitbekommen …« Ihre Stimme erstarb. Sie starrte Sydney weiter fassungslos an. Dad legte einen Arm um ihre Schulter.

»Wird sie es überstehen?«, fragte er den Sanitäter. Er bekam keine Antwort.

»Das können wir noch nicht sagen«, sagte der andere Sanitäter. »Es würde uns sehr helfen, wenn Sie jetzt nach Hause gingen. Vielen Dank.« Er zog einen langen Schlauch hervor und machte sich an Sydneys Kopf zu schaffen.

Mom und Dad drängten sich zurück durch die Hecke. Einen Moment später hörte Cara, wie unten die Haustür auf- und zuging, gefolgt von den Schritten ihrer Eltern. Caras Atem ging plötzlich flach und schnell. Ihr wurde bewusst, dass sie Zoes Hand hielt. Der Griff ihrer Freundin war fest und beruhigend.

Die Schritte kamen die Treppe herauf. Caras Herz schlug schneller, als ihr klar wurde, dass ihre Eltern jeden Moment nach ihr sehen würden. Sie blickte Zoe an, und als könnte ihre Freundin Gedanken lesen, ließ sie sich wie ein Stein zu Boden fallen und rollte sich mit einer geschmeidigen Bewegung unters Bett.

Cara sprang unter die Decke und zog sie sich bis zum Hals, da klopfte es sanft an der Tür. Sie schloss die Augen und zwang sich, ruhig und tief zu atmen. Gleichzeitig warf sie einen Arm über den Kopf, um ihre typische Schlafhaltung einzunehmen. Zoe gab keinen Mucks von sich.

Mit geschlossenen Augen hörte Cara, wie sich die Tür einen Spaltbreit öffnete. Sie wusste, dass ihre Mutter vorsichtig ins Zimmer schielte, aber sie traute sich nicht hinzusehen. Gefühlte zehn Jahre lang passierte gar nichts, dann schloss sich die Tür wieder. Cara öffnete die Augen erst, als sie hörte, wie die Schritte die Treppe hinunter verschwanden.

Zoe kroch unter den Rüschen der Betteinfassung hervor, eine Staubflocke im Haar. »Ich schätze, das war wohl meine Bewährungsprobe.«

»Aber echt.« Cara atmete erleichtert aus und ging wieder zum Fenster. »Das war knapp.«

Draußen kümmerten sich die Sanitäter immer noch um Sydney. Sie hatten ihren Kopf auf die Seite gedreht. Sie rührte sich nicht. Wieder und wieder massierten sie ihren Brustkorb und drückten auf einen blauen Beutel, der an einem Schlauch in ihrem Mund befestigt war. Schließlich erhob sich einer der Sanitäter, während der andere die Herz-Lungen-Massage fortsetzte. Er nahm Alexis beiseite. Die kühle Herbstluft trug seine Stimme zu ihnen herauf. »Wie viel hat deine Freundin getrunken?«, fragte er.

»Ich weiß nicht«, erwiderte Alexis starr. Sie stand händeringend vor ihm, ihre großen Augen auf Sydneys leblosen Körper gerichtet. »Ich weiß nicht, wir haben alle etwas getrunken. Ziemlich viel, würde ich sagen. Ich bin irgendwann eingeschlafen. Ist sie tot? O Gott, ist sie tot?« Ihre Stimme steigerte sich zu einem hysterischen Kreischen. Plötzlich versuchte sie, den Sanitäter zur Seite zu schubsen, um zu Sydney zu gelangen. Er packte sie an den Schultern.

»Schon gut, ich weiß, dass dich das hier sehr mitnimmt. Wo sind ihre Eltern?« Er richtete einen Kugelschreiber auf sein Notizbuch.

»Nicht hier. Sie sind in ihrem Ferienhaus«, schluchzte Alexis. »Bitte sagen Sie's mir, sagen Sie's mir, ist sie tot?«

»Auweia, die ist ja voll durchgeknallt«, murmelte Zoe. »Gebt dem Mädel Xanax.« Cara musste unwillkürlich kichern, dann schlug sie sich die Hand vor den Mund, entsetzt über sich selbst.

Der Rettungssanitäter ließ sein Notizbuch zuschnappen. Er nickte seinem Kollegen zu, der sich aus seiner hockenden Position erhob und in ein Funkgerät sprach. Er sagte irgendetwas Unverständliches. Dann hoben sie Sydney auf eine starre orangefarbene Trage und schnallten ihren Körper mit Gurten fest. Cara stockte der Atem, als die Sanitäter ein Tuch über ihr Gesicht breiteten.

Das war's also. Sie war tot.

Alexis war verstummt. Sie starrte Sydneys zugedeckte Leiche an. Mit der stillen Effizienz von Möbelpackern hoben die Sanitäter die Trage hoch und trugen sie vorbei an den umgekippten Terrassenmöbeln durch ein Seitentor in den Vorgarten.

Cara ließ sich auf ihr Bett sinken, während die Sirenen erneut anhoben und in der Nacht verschwanden. Sie nahm einen tiefen, zittrigen Atemzug. »O Gott. Ich kann's nicht fassen«, sagte sie. Die Szene da draußen hatte etwas Irreales. Als wäre das Ganze nur ein Teil ihres Traumes gewesen.

Zoe setzte sich neben sie. »Ich weiß. Sie ist sicher gestolpert und reingefallen, oder?«

Cara nickte. »Ja, vermutlich. Sie war ziemlich betrunken.«

Ihr schauderte bei der Erinnerung daran, wie Sydneys Kopf zur Seite gekippt war, als man sie aus dem Pool gezogen hatte.

Cara schloss die Augen und spürte, wie ihr Zoes warme Hand wieder und wieder übers Haar strich. Endlich fühlte sie sich in der Lage, wieder unter die Bettdecke zu kriechen, und lange, lange Zeit später fiel sie in einen tiefen, traumlosen Schlaf.

KAPITEL 6

Die Durchsage dröhnte am Montagmorgen in der ersten Stunde aus den Lautsprechern. »*Alle Schüler werden aufgefordert, sich umgehend zu einer Vollversammlung in die Turnhalle zu begeben*«, verkündete Ms Sitwells metallische Stimme. Cara ließ ihren Blick durch das Klassenzimmer schweifen. Seit sie vor einer halben Stunde das Foyer betreten hatte, rechnete sie fest damit, die Neuigkeit von Sydneys Tod irgendwo aufzuschnappen. Doch niemand schien in irgendeiner Weise bekümmert. Alle Schüler erhoben sich quatschend und steckten ihre Hefte in die Taschen. Alexis' Stuhl war auffallend leer.

»Du musst mir nachher genau erzählen, was sie in der Schule gesagt haben«, waren Zoes Worte gewesen, als Cara sich morgens auf den Weg gemacht hatte.

»Und du wirst es ganz bestimmt hier aushalten?«, hatte Cara zum hundertsten Mal gefragt.

Zoe hatte im Schneidersitz auf dem Bett gesessen, die Bettdecke um ihre Taille gerafft. Ihr Gesicht hatte im frühmorgendlichen Licht verquollen gewirkt. »Hör auf, dich wie eine Glucke zu benehmen. Ich hab was zu knabbern, Zeitschriften und deinen Laptop, ich bin also bestens ausgestattet – und du siehst besser zu, dass du nicht zu spät kommst.« Damit hatte Zoe sie zur Tür hinausgewunken.

Cara hievte sich ihren Rucksack auf die Schultern und folgte einer Flut von Schülern zur Turnhalle. Die rot gefärbte Szene in ihrer Erinnerung schien bei Tageslicht unwirklicher denn je, überlagert von banalen Dingen wie dem Heraussuchen frischer Unterwäsche und einem Glas Orangensaft, das sie zum Frühstück getrunken hatte. Aber Zoe war dabei gewesen – sie hatte alles miterlebt. Es war tatsächlich geschehen.

Die riesigen Metalltribünen waren bereits überfüllt, als Cara in der Turnhalle eintraf. Sie quetschte sich am Ende einer Bank neben zwei Neuntklässler, die sich die Kopfhörer eines iPods teilten. Es herrschte ohrenbetäubender Lärm – Schüler unterhielten sich lautstark, kramten in ihren Taschen oder verschickten SMS, trotz des Handyverbots während der Schulzeit. Cara durchsuchte die Menge nach Alexis, konnte sie aber nirgends entdecken. Ihr Blick fiel auf die anderen Mädels von der Party, die dicht zusammengedrängt auf einer der obersten Bänke saßen und sich flüsternd unterhielten. Ansonsten schien niemand zu ahnen, dass irgendetwas nicht stimmte.

»Ruhe bitte!« Mr Barre, der Schulleiter, war vor die Menge getreten. Seine Glatze glänzte, als hätte er sie frisch poliert. Neben ihm standen zwei Frauen und ein Mann in Stoffhose und Strickpulli sowie die Vertrauenslehrerin, Mrs Laudeman. Mr Barre klopfte gegen das Mikro. »Hallo? Ist das hier an? Hallo?«

Der Physiklehrer joggte nach vorn und legte unten am Mikro einen Schalter um. Er schenkte Mr Barre ein Lächeln, ehe er an seinen Platz zurückjoggte.

»Danke, Rob.« Das Mikro jaulte, und einige der Schüler hielten sich die Ohren zu. Mr Barre räusperte sich. Nach und nach wurde es in der Halle still. »Liebe Schüler und Schülerinnen, ich muss Ihnen leider heute Morgen eine traurige Mitteilung machen. Eine unserer Oberstufenschülerinnen, Sydney Powers, ist am Freitagabend bei sich zu Hause ums Leben gekommen.«

Die Menge schnappte kollektiv nach Luft. Eine der jungen Schülerinnen neben Cara schlug die Hände vor den Mund. Mr Barre wollte fortfahren, doch er wurde vom donnernden Zufallen einer der Hallentüren unterbrochen. Alle Köpfe schnellten herum.

Cara setzte sich aufrecht hin, als sie Alexis erblickte, die von Ethan begleitet in die Halle wankte. Er hatte einen Arm um ihre Schultern gelegt, um sie zu stützen, da sie offenbar kaum in der Lage war, sich auf den Beinen zu halten. Die anderen Schüler waren mucksmäuschenstill, so als würden sie auf den Beginn einer Vorstellung warten. »Ich kann's einfach nicht fassen, dass sie nicht mehr da ist«, murmelte sie immer wieder mit tränenerstickter Stimme.

Ethan führte Alexis zu einem Platz in der ersten Reihe. Einige Schüler warfen ihnen mitfühlende Blicke zu und rutschten respektvoll zur Seite. *Die führt sich echt auf, als wäre sie Sydneys beschissene Schwester*, dachte Cara. Dann riss sie sich entsetzt zusammen. Alexis hatte immerhin ihre beste Freundin verloren. Cara tadelte sich selbst dafür, dass sie so gefühllos reagierte. Ein solcher Kommentar passte eher zu Zoe.

Vorn räusperte sich Mr Barre erneut und fuhr fort: »Wir werden Sydney sehr vermissen. Sie war eine erfolgreiche Cheerleaderin und stets eine engagierte Vertreterin unserer Schule.«

Eine engagierte Vertreterin ihrer zickigen Freundinnen, hörte sie Zoe im Geiste sagen. Sie konnte ihre Freundin fast neben sich auf der Tribüne sitzen sehen, wie sie Gummiwürmer aus ihrem Rucksack zog und auf ihren Turnschuhen herumkritzelte, wie damals in der fünften Klasse. Cara schüttelte vehement den Kopf. Ihre Banknachbarin warf ihr einen verwirrten Blick zu.

Mr Barre sprach weiter. »Wir wissen, dass dieser Verlust nicht leicht zu verkraften ist, daher haben wir die Mitarbeiter der Lifespring Trauerberatung gebeten, Ihnen nach der Versammlung als Ansprechpartner zur Verfügung zu stehen. Darüber hinaus können Sie sich natürlich auch jederzeit an unsere Vertrauenslehrerin, Mrs Laudeman, wenden.« Er deutete auf die vier Personen hinter sich, die daraufhin einen Schritt vortraten. Ein Rascheln und Murmeln ging durch die Menge, während die Ersten aufstanden und ihre Sachen zusammenrafften. Eine Handvoll Schüler ging auf die Berater zu. Mrs Laudeman teilte sie in kleine Gruppen ein.

Cara stand auf und schnappte sich ihren Rucksack. Ein penetranter Geruch von Turnschuhen und altem Schweiß hing in der Luft. Sie spürte, wie ihr ein Schweißtropfen am Hals herab in den BH rann. Sie taumelte die ehemals weiß gestrichenen Betonstufen hinunter, die inzwischen von einem glänzend braunen Belag überzogen waren, den zahllose Generationen von Turnschuhen hinterlassen hatten. Mehrere Schüler standen im Weg herum und blockierten den Durchgang. Idioten, die nichts Besseres zu tun hatten, als zu quatschen und anderen im Weg herumzustehen. *Dieser Gestank*. Er wurde immer intensiver.

»'tschuldigung«, sagte Cara zu einem Mädchen vor ihr, das ein einseitig schulterfreies Top trug. Das Mädchen beachtete sie gar nicht. *Vergiss es*. Cara drängte sich an ihr vorbei, doch ihr Schuh blieb an der untersten Tribünenbank hängen. Sie stolperte. Zwei Hände packten sie an den Oberarmen.

»Vorsicht!«, sagte Mrs Laudeman mit fester, autoritärer Stimme.

Cara widerstand dem Drang, sich abrupt loszureißen. Mrs Laudeman lächelte und gab ihre Arme wieder frei. »Möchtest du dich vielleicht auch einer der Gruppen anschließen, Cara?«

Der Muskel am Rand ihres Auges begann zu zucken. Cara schüttelte den Kopf. »Ich hab jetzt Unterricht«, murmelte sie und schob sich an der Vertrauenslehrerin vorbei. Ihr Auge zuckte nun wie verrückt.

Als sie sich weiter durch die Menge kämpfte, kam sie an Alexis vorbei, die auf einem blauen Plastikstuhl saß. Ethan stand direkt neben ihr. Eine der Beraterinnen hatte sich vor sie gehockt und hielt ihr die Hände. Im Hintergrund hatten sich mehrere Mädels von der Party zusammengeschart.

»Ich weiß nicht, wie ich ohne sie weiterleben soll«, schluchzte Alexis. Ihre Augen waren vom Weinen so zugeschwollen, dass sie wie winzige Schlitze aussahen. Ethan tätschelte ihr mit betroffener Miene die Schulter.

»Sydney war bei ihren Freundinnen anscheinend sehr beliebt«, sagte die Beraterin mit professionell tröstender Stimme.

»Oh ja, das war sie!«, bekräftigte Maren. »Sie war total witzig. Und so hilfsbereit.«

»Sie hätte echt alles für einen getan«, setzte Erin hinzu. Kollektives Nicken.

»Wenn ihr etwas für Sydney tun wollt, dann solltet ihr dieses Erbe weitertragen.« Die Beraterin wandte sich an die gesamte Gruppe und blickte jedem gezielt in die Augen. Alle nickten energisch.

Cara atmete langsam durch die Nase aus und kämpfte sich weiter auf die Türen zu. Gott, wenn sie doch nur hier rauskäme. Als sie die Hand endlich am Türgriff hatte, erklang hinter ihr erneut das Mikrofon.

Ein Rückkopplungsgeräusch heulte durch den Raum. Cara drehte sich widerstrebend um. Ein stämmiger Footballspieler, den Cara vom Sehen her kannte, stand hinter dem Mikro, die Hände unsicher in den Taschen seiner Jeans vergraben. Er hieß Mike oder Mack oder so ähnlich. Er beugte sich vor.

»Hallo zusammen.« Seine Stimme dröhnte durch die Turnhalle. Die Gespräche verebbten zu leisem Gemurmel. Etliche Schüler drehten sich um. »Also, wie ihr ja alle wisst, fangen am Donnerstag die Homecoming-Veranstaltungen an. Und Sydney war schließlich Cheerleaderin und ein großer Fan unserer Schule, also …« Er räusperte sich. »Also, ich meine …«

Komm zum Punkt, Mike. Mack.

»… ich wollte euch alle bitten … Wenn ihr dieses Wochenende ein Spiel oder einen Wettkampf habt, dann spielt alle für Sydney!« Seine Stimme schwoll am Ende des Satzes an und brach sich an den Wänden der Turnhalle, dabei schoss seine Faust emphatisch in die Höhe. Die Menge klatschte und jubelte.

Cara wirbelte herum und stemmte sich gegen die schwere Hallentür. Endlich wehte ihr ein frischer Luftzug ins Gesicht. Heftig atmend und mit geballten Fäusten sprintete sie über den Parkplatz. Ihre Turnschuhe schlugen gegen den glatten schwarzen Asphalt. Schließlich verlangsamte sie ihr Tempo. Das Zucken an ihrem Auge ließ allmählich nach. Sie lehnte ihren Kopf gegen das Dach eines Ford Explorer, dessen sonnenwarme Oberfläche sich heiß gegen ihre Stirn drückte. Plötzlich brannten ihr Tränen in den Augen. Sydney war tot, und alle Welt tat so, als wäre sie die beliebteste Schülerin der ganzen Schule gewesen.

Hör endlich auf, dich wegen dieser Schwachköpfe verrückt zu machen, Cara, hörte sie Zoe im Geiste sagen. *Sie sind es nicht wert.*

Was, wenn sie selbst sterben würde?, fragte sich Cara. Der Rest der Welt würde nicht mal was bemerken. Na gut, ihre Eltern schon, aber die wären höchstwahrscheinlich froh, dass sie sich nicht mehr mit ihrer schwierigen Teenagertochter unterhalten müssten. Cara hob den Kopf und rieb sich mit den Knöcheln über die Augen.

Wenigstens gab es *einen* Menschen, dem ihr Tod nicht egal wäre. Zoe würde sie vermissen.

Kapitel 7

Am Donnerstagabend hockte Cara im Aufwärmbereich neben der Aschenbahn und dehnte ihr rechtes Bein. Sie drückte die Stirn gegen ihr Knie und versuchte das blubbernde Gefühl in ihrer Magengrube zu ignorieren.

Über ihr kreisten zahllose Motten um die riesigen Flutlichter und begingen rituellen Selbstmord, indem sie geradewegs in die heißen Halogenstrahler flogen. Die glänzenden Metalltribünen schienen durch die Dunkelheit der Nacht zu treiben wie ein silbernes Schiff, auf dem sich Freunde und Eltern in bunten Jacken zusammengeschart hatten. Es war ein ziemlich großes Publikum für einen Leichtathletikwettkampf, vermutlich weil es sich um ein Homecoming-Rennen handelte. Ihre Eltern mussten natürlich wie immer arbeiten. Eine wichtige eidesstattliche Erklärung, hatte Mom gesagt. Ihre Anwesenheit sei leider unerlässlich. Cara war es sogar ganz recht. So mussten ihre Eltern die Katastrophe wenigstens nicht mit ansehen.

Vorsichtig zog sie ihr rechtes Bein an und streckte das linke von sich. Es fühlte sich ein wenig verspannter an als das rechte. Sie zog die Zehen zu sich heran und griff nach der Spitze ihres Turnschuhs. Wenn sie sich nach vorn beugte, fühlte sich ihr Magen noch schlimmer an. Auf der Rasenfläche im Innern des Sportplatzes sprinteten die Weitspringer unermüdlich die Anlaufbahn hinunter. Die Sandgrube vor ihnen war noch glatt und unberührt.

Cara hörte, wie Sammy Nelson, einer der Kugelstoßer, laut seufzte, als er die schwere Eisenkugel mit einem dumpfen Aufprall auf den Rasen warf.

Rings um sie herum standen und saßen die anderen Läufer in ihren blau-weißen Trainingsanzügen. Doch Ethan war nirgends zu sehen. Er musste noch in der Umkleidekabine sein. Coach Sanders kam vorbei und blätterte hastig einige Zettel auf seinem Klemmbrett durch. Cara sah, wie er in seiner blauen Nylonhose neben ihr stehen blieb. »Lange, der Vierhunderter ist zuerst dran.« Seine körperlose Stimme rieselte von oben auf sie herab.

Cara zwang sich zu einem Nicken und beobachtete, wie seine Füße davontrotteten. Sie neigte den Oberkörper in Richtung Bein und spürte, wie sich ihr Wadenmuskel verkrampfte. *Bitte lass mich jetzt keinen Erstickungsanfall bekommen. Nicht an Homecoming.* Ihre letzten beiden Rennen waren … nicht allzu gut gelaufen. Eine ölige Schweißschicht breitete sich über ihre Stirn, als sie an den Wettkampf gegen Racine dachte. Ihre Füße hatten regelrecht am Startblock geklebt. Dann der donnernde Startschuss. Die Rücken ihrer Teamkollegen, die sich rasch entfernten. Sie war an den Rand der Laufbahn gehumpelt und hatte behauptet, einen heftigen Krampf bekommen zu haben. Und obwohl niemand etwas sagte, hatte Cara gespürt, wie in der Umkleidekabine nach dem Rennen alle in ihre Richtung starrten und flüsterten.

Nicht heute, nur nicht heute. Die Dinge hatten sich geändert. Zoe war wieder da. Cara schloss die Augen und versuchte sich die Stärke ihrer Freundin anzueignen. Zoe hätte keine Angst. Sie würde ihre Beine fliegen lassen. Cara spürte, wie sich ihre Wade lockerte. Erleichtert drückte sie die Stirn gegen ihr Knie. Die Oberschenkelmuskulatur hatte sich ebenfalls entspannt.

Cara stand auf und lehnte sich gegen den Maschendrahtzaun.

Sie holte ein Kaugummi aus der Tasche und steckte es sich in den Mund. Der scharfe Minzgeschmack kühlte ihre Zunge. Allmählich verschwand das flaue Gefühl in ihrer Magengrube. Ein Windhauch blies ihr ins Gesicht, erfüllt vom schwachen Geruch ferner Lagerfeuer.

In der Nähe erhob sich leises Gekicher in den Wind. Sarit, Rachael und Julie hatten sich ein paar Meter von ihr entfernt versammelt und die Köpfe zusammengesteckt. Sarit deutete auf ihren Hals, während sie den anderen irgendetwas zumurmelte. Caras Herz verkrampfte sich. Bitte nicht hier. Nicht nach dieser furchtbaren Woche, direkt vor dem Rennen. Sie versuchte einen »Ist mir doch egal«-Ausdruck aufzusetzen, aber sie wusste, dass man ihr die Maske ansah. Alle Kraft, die sie mit Zoes unsichtbarer Hilfe heraufbeschworen hatte, fiel von ihr ab.

Dann trat Rachael beiseite, um ihren Schuh neu zu binden, und die Unterhaltung drang klar und deutlich zu ihr herüber. »Scheinbar weigert sie sich, das Ding abzunehmen«, sagte Madeline. Die anderen schüttelten kollektiv den Kopf, die Hände vor den Mund gelegt.

»Glaubt Alexis etwa, sie könnte Sydney wieder zurückbringen, indem sie ihre Kette trägt, oder was?« Julie hatte die Augen weit aufgerissen.

Cara ließ sich gegen den Zaun sinken. Die Mädels sprachen überhaupt nicht von ihr. *Reiß dich zusammen, Cara*, hörte sie Zoe im Geiste sagen. *Es dreht sich nicht immer alles nur um dich*. In diesem Moment sah sie, wie Ethan quer über den Platz auf sie zukam. Sein dunkles Haar glänzte im Scheinwerferlicht, und sein blauer Trainingsanzug, identisch mit denen der anderen, schien regelrecht zu leuchten. Caras Atem beschleunigte sich, als er näher kam.

»Hi, Cara«, sagte er, als er an ihr vorbeiging.

Cara öffnete den Mund, doch dann schloss sie ihn wieder, ohne etwas gesagt zu haben. Als wäre Reden überhaupt eine Option, wenn man vom Duft seines Deos und seiner warmen Haut eingehüllt wurde.

Der scharfe Pfiff aus Coach Sanders' Trillerpfeife zerstörte den Zauber. »Also los, alle Läufer hier rüber!« Das Team scharte sich um den Trainer wie ein Schwarm glänzend blauer Nylonfische.

»Franklin ist stark und ausdauernd«, sagte Sanders. »Jeder muss sein Bestes geben.« Er deutete mit dem Klemmbrett auf die andere Seite des Sportplatzes, wo sich die Franklin-Schüler, ganz in Rot gekleidet, gerade aufwärmten. Cara sah sie sich zum ersten Mal genauer an. Sie wirkten tatsächlich stark – und *groß*. Eine der Läuferinnen hatte Beine wie Stelzen. Als sie sich vorbeugte und die Zehenspitzen ihrer überkreuzten Füße berührte, sah sie aus wie eine grasende Giraffe.

»Konzentriert euch bitte auf folgende Gegner.« Coach Sanders studierte sein Klemmbrett. »Kohli, hundert Meter – behalt die Nummer achtzehn im Auge. Sie hat letztes Jahr die Regionalausscheidung gewonnen.«

Sarit nickte selbstbewusst, während ihr langer Pferdeschwanz hin und her wippte. »Kein Problem.«

»Lange, du achtest auf die Nummer sechs. Sie ist extrem schnell am Start.« Er schwenkte sein Klemmbrett, und Cara folgte seinem Blick in Richtung Giraffenmädchen. O Gott. Nur nicht *die*. Nicht beim Homecoming-Rennen. Cara schluckte schwer. Coach Sanders interpretierte dies offenbar als Zustimmung, denn er fuhr fort: »Okay, Leute, das wär's. Gleich geht's los. Alle Vierhundertmeterläuferinnen an den Start.« Er wedelte erneut mit seinem Klemmbrett, und die Läuferinnen schwärmten aus, um sich zu ihren Bahnen zu begeben.

Caras Beine trugen sie an die Startlinie. Sie spürte kaum, wie ihre Füße den Boden berührten. Die Gespräche der anderen Läufer und die gelegentlichen Jubelrufe des Publikums traten in den Hintergrund, bis Cara nur noch das Blut in ihren Ohren rauschen hörte.

Die anderen Läuferinnen waren bereits am Start, jeweils eine pro Bahn – drei von ihrem eigenen Team und vier von Franklin. Die Nummer sechs stand ganz außen. Cara hockte sich hin und drückte ihre Füße fest gegen den Gummibelag des Startblocks. Sie fühlte die raue Oberfläche der Aschenbahn unter ihren Fingern. Der Starter hob seine Pistole. Einen schrecklichen Augenblick lang spürte Cara, wie sich ihr Magen erneut zusammenkrampfte. O Gott, *nein, nur nicht jetzt.* Ihre Beine fühlten sich furchtbar schwer an. Dann blitzte vor ihrem inneren Auge Zoes Gesicht auf. Der Startschuss fiel. *Los!*, formten Zoes Lippen.

Caras Beine schnellten aus dem Startblock. Ehe sie darüber nachdenken konnte, sprintete sie die Bahn hinunter. Sie spürte, wie ihre Beine im Rhythmus ihres rasenden Herzens gegen den Boden trommelten. Die erste Kurve. Sie lehnte sich nach innen, um das Gleichgewicht nicht zu verlieren. Zwei Läuferinnen rannten direkt an ihrer Seite. Cara konnte nichts von ihnen erkennen außer einem Aufblitzen von Rot und Blau. Sechs, wo war die Nummer sechs? Sie konnte sie nirgends entdecken.

Die Gerade. Cara nahm vage das Jubeln der Menge wahr. Die nächste Kurve kam bereits näher. Ihre Beine wurden ein wenig langsamer, aber sie zwang sich mit aller Macht zurück in ihr vorheriges Tempo. Sie hatte nur noch eine einzige Läuferin vor sich. Wo waren die anderen? Waren sie bereits im Ziel? Die letzte Gerade. Ihr Atem drang pfeifend durch die Lippen. In einem letzten Kraftakt zwang sie ihre Beine über die Ziellinie. »Los, Cara!«, rief irgendjemand, gefolgt von wildem Jubel.

Ihre Füße trommelten immer langsamer gegen die Bahn. Plötzlich wurde ihr bewusst, dass nur eine einzige Läuferin vor ihr die Ziellinie überquert hatte, eine schlanke Blondine in Rot – die Nummer zehn. Demnach lag die rote Giraffe hinter ihr. Genauso wie die anderen Läuferinnen, einschließlich ihrer drei Teamkolleginnen. Das hieß … sie war als Zweite ins Ziel gekommen, und als Erste ihres eigenen Teams. Cara spürte, wie eine Glücksblase in ihr hochstieg, die sie wie ein riesiger Heliumballon schweben ließ.

Sie blieb stehen und stützte die Hände auf die Knie. Ihre Lunge wehrte sich gegen den abrupten Halt und versuchte ihren Brustkorb zu sprengen. Cara richtete sich auf und legte die Hände hinter den Kopf, um ihrer Lunge möglichst viel Raum zu bieten. Sie ging einen Moment im Kreis herum, ehe sie sich umblickte. Irgendjemand klopfte ihr auf den Rücken. Cara stolperte und kippte beinah vornüber.

»Super Leistung, Cara!«, rief Julie.

»Gut gemacht«, schloss Sarit sich an. Sie hob die Hand, und Cara schlug zögerlich ein. Mehrere Leute klopften ihr auf die Schultern, als sie an ihnen vorüberging. Cara nickte und bemühte sich, möglichst lässig zu wirken – so als wäre es keine große Sache, beim Homecoming-Rennen um ein Haar zu gewinnen. In Wirklichkeit aber hatte sie ein dickes, fettes Grinsen auf dem Gesicht. Sie konnte es nicht ändern. Und es war ihr auch egal.

Der verlassene Aufwärmbereich war übersät mit abgelegten blauen Nylonklamotten und offenen Sporttaschen. Ethan saß auf einer Kühlbox und kritzelte wie wild in sein Matheheft. Als

Cara sich näherte, blickte er auf. »Toll gelaufen«, sagte er und hielt die Hand hoch. Caras Herz machte einen gigantischen Satz. Sie befahl ihrem Auge, jetzt bloß nicht zu zucken.

»Danke, Ethan«, sagte sie so beiläufig wie möglich, während sie unbeholfen abklatschte. Doch sie verfehlte seine Hand, *verfehlte* sie, und schlug stattdessen in die Luft. Sie verlor fast das Gleichgewicht und konnte sich gerade noch fangen, bevor sie gegen Ethans Knie stolperte. Sie spürte, wie sich ihr Gesicht in eine Landkarte aus roten Flecken verwandelte. Sie widerstand dem Drang, auf der Stelle zu flüchten, und stieß stattdessen ein albernes Kichern aus. »Ähm, können wir das vielleicht noch mal machen?«

Ethans Augenwinkel kräuselten sich. Er hielt erneut die Hand hoch, und Cara klatschte ab. »Schon besser«, erwiderte er lächelnd.

Ja, viel besser.

Kapitel 8

Die kühle Nachtluft umfing Cara, als sie nach dem Rennen nach Hause schwebte. Ein Polizeiauto jagte mit heulenden Sirenen und rot flackernden Lichtern an ihr vorbei, aber sie nahm es kaum wahr. Nicht, solange sie Ethans wundervolles Lächeln vor ihrem inneren Auge sah.

Alle Fenster ihres Hauses lagen im Dunkeln, aber die Autos ihrer Eltern standen in der Garage.

Drinnen entdeckte sie einen Lichtspalt unter der Tür zum Arbeitszimmer ihrer Mutter. Cara steckte den Kopf zur Tür hinein. Ihre Mutter starrte aufmerksam in einen kleingedruckten Gesetzestext, ein Glas Scotch neben sich. Samson hatte es sich auf einem Stapel Fachzeitschriften am Boden bequem gemacht. Aus der Ecke drang leise Bob-Dylan-Musik.

»Klopf, klopf«, sagte Cara von der Tür aus.

Ihre Mutter drehte sich schwungvoll um. Sie trug ein graues Kapuzenshirt und dazu eine Jogginghose. Ihre Lesebrille saß auf ihrer Nasenspitze am Kinn hatte sie sich mit roter Tinte beschmiert. »Oh, hallo Liebling«, sagte sie. »Wie war dein Rennen?«

»Gut.« Cara grinste. »Ich bin Zweite geworden.« Sie trat ins Zimmer und hockte sich auf die Armlehne eines abgewetzten grünen Veloursessels.

»Mm-hmm. Übrigens, Liebling, ich wollte mal mit dir sprechen.« Mom senkte die Stimme. Sie nahm ihre Brille ab.

»Worüber denn?« Cara verschränkte die Arme vor der Brust.

Mom tippte mit dem Stift gegen die Tischplatte. »Nichts Großartiges. Mir ist nur aufgefallen, als ich diese Woche an deinem Zimmer vorbeikam, dass du … mit dir selbst geredet hast.« Sie räusperte sich.

Cara spürte, wie ihr die Hitze ins Gesicht stieg. Mom hatte gehört, wie sie mit Zoe gesprochen hatte. Sie ging zum Bücherregal und studierte die Titel. »War das abends, Mom?« Ihre Stimme klang ruhig. »Du weißt doch, ich rede manchmal im Schlaf.« *Beweisrecht, Zweite Auflage*, las sie.

»Ja … ich weiß.« Cara hörte das Ächzen des Stuhls, als ihre Mutter sich anders hinsetzte. »Ich habe mich nur gefragt, ob … Sydneys Ableben dich vielleicht … irgendwie mitgenommen hat.« Sie schien ihre Worte mit außergewöhnlicher Sorgfalt zu wählen.

Cara atmete erleichtert aus. Ihre Mom hatte also keinen Verdacht, was Zoe anging. »Ja. Ähm, es ist schon ziemlich seltsam in der Schule. Ich glaube, die Sache hat alle ziemlich mitgenommen.« Sie klopfte ihrer Mutter auf die Schulter. »Aber mir geht's gut. Danke der Nachfrage.«

»Oh, gut.« Ihre Mutter klang erleichtert. Sie wandte sich erneut ihrem juristischen Text zu. »Ich habe übrigens zufällig etwas mit angehört, was Chief Rangleif heute im Gericht gesagt hat. Angeblich sind die Ermittlungen zu Sydneys Tod noch nicht abgeschlossen.«

Cara runzelte die Stirn. »Welche Ermittlungen? Sie war betrunken und ist in den Pool gefallen.«

Ihre Mutter schüttelte den Kopf. »Ich habe nur mitbekommen, dass sie den Fall noch untersuchen. Mehr weiß ich auch nicht.« Ihre Augen richteten sich wieder auf ihren Text. Sie griff nach einem Stift und markierte eine Zeile. »Im Kühlschrank ist noch ein Rest vom Chinesen.«

Cara blieb einen Moment stehen und starrte den gesenkten Hinterkopf ihrer Mutter an, dann drehte sie sich um und schlenderte aus dem Zimmer.

Nachdem sie die restliche Portion Shrimp Lo Mein aus dem Kühlschrank genommen hatte, stieg sie die Treppe hinauf und stocherte mit ihrer Gabel in den glitschigen Nudeln herum. Samson, der eine unerklärliche Schwäche für Sojasoße hatte, folgte ihr. Cara atmete erleichtert aus, als sie sah, dass ihre Zimmertür fest verschlossen war. Sie hatte keine Ahnung, was sie befürchtet hatte – vielleicht, dass Zoe verschwunden wäre. Sie wusste nicht, ob sie diesen Verlust verkraften würde. Zoe war erst seit einer Woche hier, aber Cara fühlte sich bereits von ihr abhängig. Wie damals, als sie noch klein war. Wenn sie Geburtstagsgeschenke öffnete, war ihr erster Gedanke immer gewesen, ob das Buch oder Spielzeug wohl Zoe gefallen würde. Wenn Zoe irgendetwas nicht mochte, warf Cara es weg.

Cara griff nach der Klinke und öffnete die Tür. Zoe saß am Boden, den Rücken gegen Caras Bett gelehnt, und hatte eine Zeitschrift auf dem Schoß. Sie blickte mit breitem Lächeln zu ihr auf. »Hey, du bist zu Hause!« Sie sprang auf und drückte Cara einen dicken, feuchten Kuss auf die Wange.

Cara grinste. Samson stieß gegen ihren Fuß und versuchte sich an ihr vorbei ins Zimmer zu drängen. »Nein!«, schimpfte sie und schob ihn zurück.

»Warte mal, wen haben wir denn da?« Zoe blickte nach unten. »Ohhh, du hast mir gar nicht verraten, dass du eine Katze hast. Hallo, Süßer.« Samsons Schwanz ging aufgeregt hin und her. Zoe nahm ihn hoch und hielt ihn wie ein Baby im Arm. Der dicke Bauch des Katers sackte zur Seite. Er maunzte.

Cara verzog das Gesicht. »Der gehört meiner Mutter. Und er ist überhaupt nicht süß; er ist fett und stinkt und verteilt überall seine Haare. Aber Mom liebt ihn. Mehr als mich, glaube ich.«

»Ach, so 'n Quatsch!« Zoe lachte über Caras gequälten Gesichtsausdruck und setzte Samson sanft im Flur ab. »Nacht, Schmusekater«, schnurrte sie.

Dann ließ sie sich auf die gestreifte Bettdecke fallen und zog Cara zu sich herunter. »Also, was ist heute so passiert? Mir ist sterbenslangweilig. Du musst mir alles haarklein erzählen. Wie war der Wettkampf?«

Cara ließ sich in die Kissen sinken und schob eine Hand unter den Kopf. »Als Erstes rate mal, was Mom mir gerade erzählt hat.«

»Was?«

»Die Polizei untersucht Sydneys Tod immer noch.« Cara riss dramatisch die Augen auf.

Zoe runzelte verwirrt die Stirn. »Was gibt's denn da zu untersuchen? Besoffene ertrinken doch andauernd.«

»Ich weiß.« Cara zuckte mit den Schultern. »Vielleicht hat sie sich den Kopf gestoßen oder so was. Keine Ahnung. Ihre Eltern könnten die Poolfirma verklagen oder so.«

»Okay. Aber jetzt erzähl mir von deinem Tag!«, wechselte Zoe das Thema. »Du sahst total glücklich aus, als du zur Tür hereingekommen bist, also muss irgendetwas Tolles passiert sein.«

»Oh, und ob. Der Wettkampf war total genial.« Cara erzählte von ihrem unerwarteten zweiten Platz und den Gratulationen ihrer Teamkollegen, einschließlich des misslungenen Abklatschens mit Ethan. »Was meinst du? Hält er mich jetzt für eine totale Versagerin, weil ich nicht mal abklatschen kann?«

Zoe spitzte nachdenklich die Lippen. »Du sagst, er hat gelächelt, nachdem du seine Hand verfehlt hast?«

»Ja. Und? Ist das nun gut oder schlecht? Ist das etwa schlecht?« Besorgt wartete sie ab.

Zoe tippte sich mit dem Finger an die Wange. »Neee, ich glaub nicht, dass das schlecht ist. Er findet dich bestimmt süß, auf eine unschuldige Art und Weise.« Sie musterte Cara einen Moment lang. »Weißt du was, vielleicht würdest du dich Ethan gegenüber ein bisschen sicherer fühlen, wenn du etwas an deinen Haaren veränderst. Schon mal drüber nachgedacht?«

Cara fasste sich an ihren Pferdeschwanz. »Ja, schon. Ich meine, langes braunes Haar ist irgendwie langweilig. Aber ich weiß nicht, was ich damit anstellen soll.«

Zoe setzte sich abrupt auf. »Lass mal sehen.« Sie griff nach Caras Haar, und ihre langen Fingernägel streiften ihren Nacken. Cara wich instinktiv vor der Berührung zurück.

Zoe wirkte verletzt. »Du bist immer schon vor mir zurückgeschreckt, weißt du das? Schon als wir noch klein waren. Vielleicht hast du mich ja deshalb im Stich gelassen.« Sie beäugte Cara.

»Was redest du denn da für einen Quatsch? Wir sind umgezogen!«

»Du hast mich alleingelassen. Mein Leben war grauenvoll, und du hast es gewusst.« Zoe ließ ihren Kopf zurück aufs Kissen sinken und starrte zur Decke.

Cara spürte, wie sich ihr Puls beschleunigte. »Für mich war das Ganze auch nicht leicht. Ich war furchtbar traurig, dich nie wiederzusehen. Anfangs haben mich meine Eltern sogar zu jemandem hingeschickt, um zu reden. Ich hatte das Gefühl, du hättest *mich* im Stich gelassen.«

»Schon klar. Und gehst du immer noch zu diesem Typen?«

»Nein… Irgendwann ging es mir besser, als ich mich erst mal eingelebt hatte.« Cara setzte sich anders hin. Sie bekam fast ein schlechtes Gewissen, obwohl sie wusste, dass das Quatsch war. Ihre Eltern hatten sich entschlossen wegzuziehen, nicht sie selbst. Sie hatte Zoe anfangs sogar Briefe geschrieben. Nur war das Ganze eben irgendwann eingeschlafen. Aber das hieß noch lange nicht, dass sie ihre Freundin vergessen hatte. Es war ganz einfach ihre »gute Zeit« gewesen, und sie hatte damals viel mit ihren Eltern unternommen und sich ein neues Leben aufgebaut…

Anstatt zu antworten, beugte sich Zoe zu ihr herüber und zog Cara das Haargummi raus. Ihre braunen Haare fielen ihr glatt über die Schultern. Sie waren im letzten Jahr ziemlich gewachsen und reichten ihr inzwischen bis über die Schulterblätter.

Zoe schlug die Haare im Nacken ein und lehnte sich zurück, um Cara mit zusammengekniffenen Augen zu betrachten. Sie saßen so dicht beieinander, dass Cara die Hitze von Zoes Körper spüren konnte. »Ungefähr so…«, sagte Zoe. Sie bauschte die oberste Lage ein wenig auf und hielt die Haare im Nacken zusammen.

»Ich vertraue dir blind«, erwiderte Cara.

Zoe quiekte begeistert. »Im Ernst? Ich kann echt machen, was ich will?«

Cara nickte. »Ja. Schlimmer kann's schließlich nicht mehr werden, oder?«

Zoe klatschte in die Hände. »Typveränderung! O Gott, das wird so cool.« Sie hüpfte zu Caras Laptop, der auf dem Schreibtisch stand. »Also, als Erstes – wichtiger als alles andere – die richtige Musik!« Sie blätterte Caras iTunes-Liste durch.

Cara kletterte vom Bett und öffnete den Badezimmerschrank unter dem Waschbecken. »Was brauchst du denn?«, rief sie.

»Schere, Spiegel, Glätteisen und einen Föhn«, rief Zoe über ihre Schulter hinweg. »Madonna! Perfekt.« Im nächsten Moment dröhnte *Like a Virgin* durch den Raum. »Like a virgin, touched for the very first time«, sang Madonna.

Wie eine Jungfrau, das passt ja perfekt, dachte Cara, während sie das Glätteisen aus den Tiefen des Badezimmerschranks hervorkramte. »Meine Eltern denken bestimmt, ich hätte mich in jemand anderen verwandelt«, sagte Cara. »Den Song hör ich so gut wie nie.«

»Die kommen doch nicht hier rein, oder?« Zoe klang ein wenig besorgt. Sie stellte die Musik leiser.

Cara zog das Glätteisen mit einem Ruck aus dem Schrank und kippte dabei mehrere Flaschen Shampoo um. »Nein, keine Sorge«, rief sie zurück und blies sich ihr Haar aus dem Gesicht. »Meine Mutter hat uns übrigens vor ein paar Tagen gehört – aber sie glaubt, ich hätte einfach nur im Schlaf geredet. Sie vergräbt sich sowieso am liebsten unten in ihrem Büro.« Cara stand auf und pustete den Staub vom Glätteisen. »Hier.« Sie reichte es Zoe. »Ich habe das Ding nicht mehr benutzt, seit … hm … vermutlich noch nie. Und guck mal, ich hab sogar Mascara und Lipgloss gefunden. Die müssen so um die hundert Jahre alt sein.«

»Gut, dann ist dies also der Beginn deines neuen Lebens.« Zoe setzte Cara vor den Spiegel ihres Schminktisches und breitete ein Handtuch über ihre Schultern. Sie näherte sich mit der Schere.

»Warte mal!« Cara packte Zoes Hand. »Hast du etwa vor, trocken zu schneiden?«

»Na klar. Das machen alle Topstylisten so.« Zoe klang extrem selbstbewusst. Sie befreite ihre Hand mühelos aus Caras Griff. »Der Igel wird dir supergut stehen. Jetzt brauche ich nur noch eine Haarschneidemaschine …«

»Was?«

Zoe lachte. »War 'n Witz! Jetzt sei endlich still und entspann dich. Es wird toll aussehen.«

Cara schloss die Augen, während Zoe in ihrem Nacken die erste Strähne abschnitt. Sie verschwendete keine Zeit. Die Haare, die zu Boden fielen, kamen Cara beängstigend schwer vor, doch sie weigerte sich, die Augen zu öffnen. Schließlich hörte sie, wie Zoe die Schere beiseitelegte. Ein kühler Spraynebel breitete sich über ihren Kopf. Sie spürte, wie Zoes selbstbewusste Finger ihr Haar aufschüttelten. Dann folgte das Klicken des Glätteisens, das sich langsam aufheizte. »Du hast zwar eh schon glatte Haare, aber das Glätteisen wird dir die Unebenheiten rausbügeln und dein Haar schön glänzen lassen«, erklärte ihr Zoe, während sie die heißen Metallplatten an einer Strähne ansetzte.

»Au! Das ist heiß!«, jammerte Cara und kniff ihre geschlossenen Augen noch fester zu. Der stechende Geruch von verbranntem Haar drang ihr in die Nase. »Gott, Zoe, verkohl mir nicht die Haare«, flehte sie.

»Oh, sorry! Ich dreh es ein bisschen runter«, sagte Zoe. Sie arbeitete sich systematisch um Caras Kopf herum. Ein paar Minuten später legte sie das Gerät beiseite. »Okay, fertig. Aufmachen.«

Cara öffnete die Augen. Das Mädchen im Spiegel hatte, wie sie selbst, ein unscheinbares, blasses Gesicht, das jedoch von einem wild zerzausten Bob umrahmt wurde. Es hatte etwas von einem coolen Rocker Girl. Langsam bewegte sie den Kopf hin und her. »Wow«, sagte sie. Zoe hatte es tatsächlich geschafft, ihr Haar voller wirken zu lassen. Ein langer Pony fiel ihr schräg über die Stirn.

»Warte! Warte! Das hier ist der krönende Abschluss.« Zoe beugte sich zu ihr herunter. Sie verpasste ihren strichgeraden Wimpern einen Hauch Mascara und ihren Lippen einen Tupfer Berry Lipgloss. »Nur ein bisschen. Es soll schließlich nicht zu gewollt wirken.«

Cara erhob sich langsam von ihrem Stuhl. »Zo, das ist echt genial. Ich hätte nie gedacht, dass meine Haare so aussehen könnten.«

Zoe strahlte. »Ich kenne mich aus, was? Du siehst aus wie Kristen Stewart.« Sie beugte sich über die Zeitschrift, die sie gelesen hatte, als Cara ins Zimmer kam, und blätterte die zerknitterten Seiten durch. »Hier, siehst du?«

Cara spähte ihr über die Schulter. Kristen stand in einem langen dunkelblauen Seidenkleid auf einem roten Teppich, den Körper zur Seite gewandt und mit einem unbehaglichen Ausdruck auf dem Gesicht. »Ja, stimmt irgendwie.« Sie erkannte eine vage Ähnlichkeit zwischen den großen hellen Augen und markanten Wangenknochen der Schauspielerin und ihren eigenen.

Zoe sprang auf. »Aber deine Klamotten …!« Sie riss die Türen des Kleiderschranks auf.

Caras Blick fiel auf ihren verblichenen Bademantel. »Was ist mit meinen Klamotten?«

»Cara.« Zoes Stimme klang extrem geduldig, so als würde sie sich an jemanden mit begrenzten geistigen Fähigkeiten wenden. »Du kannst doch nicht mit einem coolen neuen Haarschnitt herumlaufen und dazu ein Mickymaus-Sweatshirt tragen.«

»Ich mag mein Sweatshirt«, murmelte Cara.

»Ich weiß«, sagte Zoe beschwichtigend. »Es ist ein Relikt aus vergangenen Zeiten. Aber, Car, wir müssen dringend etwas an deiner Garderobe ändern. Komm schon, hast du nicht irgendwas Brauchbares hier drin?« Sie grub sich durch eine drei Jahre alte Sammlung von Leichtathletik-T-Shirts, einen flusigen schwarzen Rolli und vier Sweatshirts in verschiedenen Grautönen. »Du legst offensichtlich Wert auf Abwechslung.« Zoe musterte die Sweatshirts argwöhnisch, dann zog sie ein eng anliegendes grünes Oberteil aus den Tiefen des Schranks hervor. Am Ärmel baumelte noch das Preisschild. »Aha! Was haben wir denn hier?«

Cara wich entsetzt zurück. »O Gott, gar nichts. Das hat Mom mal im Ausverkauf ergattert. Sie geht manchmal auf wilde Shoppingjagd und versucht mich völlig neu einzukleiden. Ich hab das Teil noch nie getragen.«

Zoe warf es ihr in die Arme. »Wirst du aber jetzt. Und dazu die hier.« Sie hielt Caras beste schwarze Ballerinas in die Höhe.

Cara zögerte, dann zog sie sich ihr Sweatshirt über den Kopf und verstrubbelte dabei die neue Frisur. »Ich werde mir total komisch vorkommen, wenn ich das hier in der Schule trage.« Zoe warf ihr eine eng anliegende Jeans in die Arme, und Cara zog sie an. »Und? Was sagst du?« Das Shirt schmiegte sich eng an ihren Körper an und zeichnete ihre Brust und ihren Bauch nach. Der geraffte Ausschnitt entblößte ihr Schlüsselbein, das Caras Ansicht nach viel zu weit vorstand – wie eine Art Kleiderbügel.

Zoe musterte Cara von oben bis unten, als wäre sie ein Viehhändler, der auf einer Auktion einen Mastbullen begutachtet. Cara verschränkte die Arme vor der Brust; mit einem Mal fühlte sie sich verlegen. »Vielleicht, wenn du dich gerade hinstellst und das Kinn anhebst.« Zoe stand auf und warf sich vor dem Spiegel in Pose – Schultern zurückgezogen, die Hände lässig in die Hüften gestützt. Sie wandte den Kopf herum und sah Cara kühl an. »Na los, versuch's mal.«

Cara erhob sich widerwillig von ihrem Hocker. Sie stellte sich neben Zoe, ihre Arme hingen schlaff herab. »Ich komm mir irgendwie albern vor«, jammerte sie.

Zoe packte ihre Arme, als wären es Spaghetti, und schüttelte sie. »Na komm schon! Das wird dir in Ethans Gegenwart garantiert helfen. Los jetzt.« Sie posierte erneut, und Cara machte es ihr nach, indem sie ebenfalls die Hände in die Hüften stemmte.

»Schultern zurück«, befahl Zoe. »Jetzt ein bisschen die Hüfte rausstrecken. *InStyle* behauptet, man kann dadurch bis zu drei Kilo leichter wirken.«

Cara brachte ihren Körper in die entsprechende Haltung. Sie betrachtete sich im Spiegel. Zoe stand direkt neben ihr. Zum ersten Mal wurde Cara bewusst, dass sie beide die gleiche Größe und die gleiche Figur hatten. Mit ihren dunklen Haaren und hellen Augen sahen sie aus wie Zwillinge.

»Okay, jetzt sprich mir nach«, sagte Zoe. »›Hi, Ethan.‹« Ihre Stimme klang cool und lässig.

»Hi, Ethan«, wiederholte Cara gehorsam.

»Nein, nein. So, als wär's dir total egal«, erklärte Zoe. »Und denk dabei an die Schultern. So.« Sie machte es ihr vor.

Cara streckte ihren Rücken durch. »Hi, Ethan.« Sie versuchte, ein wenig kess zu lächeln.

»Schon besser! Okay, jetzt versuch's mal hiermit: ›Toller Wettkampf gestern.‹«

Cara wiederholte den Satz. Sie hob die Augenbrauen und sah Zoe hoffnungsvoll im Spiegel an.

Zoe runzelte die Stirn. »Schon ziemlich nah dran. Aber irgendetwas stimmt noch nicht. Sag's mit mir zusammen: ›Hi, Ethan. Toller Wettkampf gestern.‹«

Cara wiederholte die Worte zusammen mit Zoe.

»Noch mal!«, befahl Zoe.

Wieder und wieder sagten sie denselben Satz und beobachteten sich dabei gegenseitig im Spiegel. Caras Stimme verschmolz immer mehr mit Zoes, bis sie irgendwann nicht mehr wusste, wer von ihnen beiden gerade sprach.

KAPITEL 9

Der Fitnessraum war leer, als Cara am nächsten Morgen um halb sieben die Tür aufstieß. Sie kam gern etwas früher, um ein paar Dehnungsübungen zu machen, ehe die anderen Schüler eintrudelten – es tat gut, sich ein wenig zu entspannen, bevor der stressige Schulalltag begann. Es hatte etwas extrem Beruhigendes, hier in dem kleinen verklinkerten Raum allein zu sein, während einem die warme Luft aus dem Lüftungsgitter den Pinienduft des Reinigungsmittels vom Vorabend in die Nase trieb.

Sie gab es nicht gern zu, aber ein winziger Teil von ihr war froh, einmal ein paar Minuten für sich allein zu sein. Zoe und sie hatten viel Spaß miteinander, aber Cara hatte ihr Zimmer noch nie mit jemandem teilen müssen, und es war nicht gerade der geräumigste Ort auf Erden. Als sie heute Morgen eine halbe Stunde früher aufgebrochen war, hatte sie versucht, Zoe zu erklären, warum sie morgens gern ein bisschen Zeit im Fitnessraum verbrachte, aber Zoe hatte sie nur verletzt angeblinzelt und sich im nächsten Moment umgedreht, um den Kopf im Kissen zu vergraben.

Der kleine Raum war heute außergewöhnlich warm. Wie eine verdammte Sauna, dachte Cara und ließ die Tür hinter sich zufallen. Sie warf ihre Sporttasche auf eine der Bänke und untersuchte das Thermostat an der Wand. Achtundzwanzig Grad. Hilfe! Saudi-arabisches Klima. Sie versuchte die Temperatur herunterzudrehen, aber das Ding hing fest. Was zum Teufel sollte das hier werden? Eine neue sadistische Trainingsmethode von Coach Sanders?

Cara spürte, wie ihr der Schweiß über den Rücken lief, als sie sich zum Dehnen auf eine der Matten setzte. Sie zog ihr T-Shirt über den Kopf und schleuderte es in Richtung Tasche, dann streckte sie die Beine aus und beugte sich zu ihren Knien hinunter. Der warme Lufthauch auf ihrem nunmehr nackten Rücken fühlte sich ungewohnt an. Gott, ihre Oberschenkel waren extrem verspannt. Sie zwang ihre Wirbelsäule ein wenig tiefer.

Heute würde sie ihren neuen Look Probe tragen. Das grüne Oberteil und ihr Make-up hatte sie sich für nach dem Duschen in die Tasche gesteckt. *Mach dir keine Sorgen*, hatte Zoe gesagt, ehe sie das Zimmer verließ. *Es wird niemand etwas Fieses sagen. Ich weiß es.* Und das Seltsame daran war, dass Cara ihr glaubte. Zoe wusste einfach alles. Zum Beispiel damals, als Cara acht war und ihr Katzenbaby immer wieder in den Wohnzimmerkamin gepinkelt hatte. Ihre Eltern hatten gesagt, sie würde Tennessee abgeben müssen, und sie hatte stundenlang geheult. Aber Zoe meinte, sie solle sich keine Sorgen machen, Tennessee würde bestimmt bleiben dürfen, sie wüsste es ganz einfach – und sie hatte recht behalten. Es stellte sich heraus, dass der junge Kater sein Katzenklo partout nicht leiden konnte. Und als sie ihm ein neues besorgten, war plötzlich alles in Ordnung. Cara seufzte und griff nach ihren Fußgelenken. Tenny war inzwischen nicht mehr da. Ersetzt durch den fetten, hässlichen Samson.

Die Tür zum Fitnessraum flog plötzlich auf. Cara hob den Blick und sah, wie Ethan hereingestürzt kam, einen abwesenden Ausdruck auf dem Gesicht. Als er Cara erblickte, blieb er abrupt stehen. »Oh, hi«, sagte er. »Ich, ähm, wusste gar nicht, dass jemand hier ist.« Ein Anflug von Röte stieg ihm in die Wangen, als sein Blick auf Caras nackte Schultern fiel. Sie griff hastig nach ihrem T-Shirt und hielt es sich vor die Brust. Ihre Ohren glühten.

Ethan wandte sich rasch ab. »Ich kann gleich wieder verschwinden«, sagte er. »Ich wollte nur schnell meine Spikes holen.« Er nahm die Schuhe aus dem Spind und ging zurück zur Tür.

»Nein, nein!« Cara zog sich ihr T-Shirt über den Kopf. Sie überlegte hektisch, was sie ihm sagen könnte, damit er nicht gleich wieder verschwand. Sie atmete tief ein. Dies war ihr großer Augenblick.

»Toller Wettkampf gestern«, sagte Cara mit der richtigen Mischung aus Selbstbewusstsein und Lässigkeit, genau wie sie es mit Zoe geübt hatte. Allein die Tatsache, dass sie in Ethans Gegenwart einen vollständigen Satz herausbrachte – was ihr noch nie zuvor gelungen war –, gab ihr Mut fortzufahren. »War der letzte Läufer gestern bei der Staffel wirklich so ein harter Gegner, wie der Coach meinte?«

Ethan setzte sich auf eine Bank in ihrer Nähe. Er beugte sich vor, die Unterarme auf die Knie gestützt, und ließ seine Spikes an den Schnürsenkeln herabbaumeln. Seine Schultern zeichneten sich unter dem grauen Stoff des T-Shirts deutlich ab.

»Ja, der war schon ein echt harter Brocken«, erwiderte Ethan. »Ich konnte mich sogar noch an ihn erinnern. Ich glaube, gegen den bin ich letztes Jahr auch gelaufen. Er ist früher auf die Country Day gegangen.«

»Anscheinend verfolgt er dich«, sagte Cara mit einem Grinsen. Sie wusste nicht, was plötzlich in sie gefahren war, aber sie fühlte sich kein bisschen unwohl. Vielleicht war es die schwüle

Luft, die ihre Muskeln entspannte. Die gesamte Highschool sollte eine Sauna sein.

Ethan nickte grinsend. »Echt wahr. Nur Pech, dass ich ihn schon wieder geschlagen habe.« Ethan trug ein Gummiband am Arm – Cara konnte den Blick nicht davon abwenden. Sein Gesicht wurde ernst. »Ach, übrigens, Sydney hat doch bei dir nebenan gewohnt, oder?«

»Ja«, sagte sie zögerlich. Sie fragte sich, wo dieses Thema wohl hinführen würde.

»Hast du sie gesehen ... ich meine, in der Nacht?«

Cara sah Sydneys lachendes Gesicht vor sich, während sie betrunken um den Pool stolperte. Ihre weißen Jeans, die im Wasser trieben. Ein Teil von Cara wollte darüber reden, doch sie wusste nicht, wie sie es Ethan erzählen sollte, ohne ihm zu verraten, dass sie die ganze Szene beobachtet hatte. »Nein. Ich war früh im Bett.«

Er nickte. »Hätte ja sein können. Alexis ist immer noch völlig fertig.«

Cara erstarrte, als er Alexis' Namen nannte, doch Ethan schien nichts zu bemerken. Er kramte in seiner Sporttasche. Dann stand er auf und warf sich seine Spikes über die Schulter. »Ich muss noch diesen Geschichtstext über Europa zu Ende lesen, den wir gestern aufbekommen haben. Irgendwie brauche ich ewig dafür.«

»Ja, ging mir auch so«, log Cara. Sie hatte den Text gestern in einer Stunde abgehandelt, während Zoe neben ihr auf dem Bett saß und sich die Fußnägel knallgrün lackierte.

Ethan drehte sich noch einmal um, die Hand an der Türklinke. »War nett mit dir zu quatschen, Cara. Du bist beim Training immer so still.«

Sie spürte, wie sie knallrot wurde. »Ja, das ist sozusagen mein Normalzustand.«

Ethan grinste. »Bis später. Übrigens, deine neue Frisur sieht echt gut aus«, rief er ihr im Hinausgehen zu, bevor sich die Tür hinter ihm schloss.

Cara ließ sich rückwärts auf die Matte fallen, die Hände über ihrem donnernden Herzen verschlungen. Sie blieb circa zehn Minuten so liegen und wartete darauf, dass sich ihr Körper erholte. »O Gott«, sagte sie zu den Deckenplatten. Sie hatte eine echte Unterhaltung mit Ethan Gray geführt – und er hatte sie in ihrem Sport-BH gesehen –, *und* er hatte ihr *zwei* Komplimente gemacht.

Cara erhob sich von der Matte und ging mit wackeligen Beinen zur Dusche. Als Nächstes würde vermutlich George Clooney anrufen und ihr einen Heiratsantrag machen.

Als Cara die Cafeteria betrat, schüttelte sie sich zum zwanzigsten Mal das Haar auf. Von drinnen schlug ihr lautstarkes Geplapper entgegen, doch statt des flauen Gefühls, das sich für gewöhnlich in ihrer Magengrube breitmachte, spürte sie nur die prickelnden Nachwirkungen ihrer morgendlichen Begegnung mit Ethan.

»Cooles Shirt, Cara«, sagte jemand hinter ihr. Sie drehte sich um und entdeckte Sarit, die etwas in der Hand hielt, das aussah wie ein langer, in Alufolie gewickelter Staffelstab.

»Danke!« Cara strahlte und zupfte sich den eng anliegenden Saum ihres Oberteils zurecht. Sarit war nun schon die Dritte, die ihren neuen Look bemerkte. In Englisch hatte ihr ein Mädchen, das sie nicht einmal kannte, verkündet, dass sie ihre Schuhe toll fände. »Sag mal, was ist das denn?« Cara deutete auf den Alustab.

»Oh.« Sarit schien ein wenig verlegen. »Ein Dosa. Das ist so was wie ein Pfannkuchen. Meine Mutter hat den gemacht. Übrigens, super Finish gestern.« Sarit redete weiter, während sie die Cafeteria durchquerten. *Wie echte Freunde.* O Gott, das war echt erbärmlich. Aber Cara konnte einfach nicht anders. Sie spürte das dicke, fette Grinsen, das sich auf ihrem Gesicht ausbreitete.

»Aber ich hab doch nicht mal gewonnen«, wehrte Cara bescheiden ab. Sie stellten sich an der Essensausgabe an. Cara nahm ein Tablett vom Stapel und griff nach einem Erdnussbutter-Sandwich und einem Schälchen Apfelmus. Sie hielt sich vorsichtshalber von allem fern, woran man sich verschlucken konnte. Das war das Einzige, was ihre Glückssträhne heute hätte zerstören können.

»Ja, aber dieses eine Mädel war 'ne echte Amazone«, gab Sarit zurück. »Wir konnten alle gar nicht glauben, dass du gegen die laufen solltest. Ich sag dir, die war entweder so um die fünfundzwanzig oder auf Steroiden.« Sarit nahm sich eine Flasche Eistee aus der Kühlung, und sie gingen zusammen zu ihrem Stammplatz. Die anderen Leichtathletikmädels saßen bereits am Tisch und waren damit beschäftigt, ihre Brote auszupacken oder ihre Tupperdosen aufzumachen. Julie hatte nichts weiter vor sich liegen außer einem Schokoriegel. »Neue Diät, Jules?« Sarit zog ihre dunklen Augenbrauen hoch.

Cara war fast am Tisch angekommen, als sie jemand von hinten hart anrempelte und leise »ups« murmelte. Cara stolperte vorwärts und schaffte es gerade noch, ihr Tablett festzuhalten. Sie drehte sich um. Es war Alexis, begleitet von Ethan. Caras Magen verkrampfte sich, doch Alexis schien sie kaum wahrzunehmen. Sie taumelte mit leerem Blick weiter, gehüllt in eine Kokosnuss-Duftwolke.

»Sorry, Cara«, entschuldigte sich Ethan. Dann eilte er Alexis hinterher, die sich ihren gewohnten Stuhl herausgezogen hatte. Doch als sie sich setzen wollte, rutschte sie an der Stuhlkante ab und landete kläglich am Boden.

»Auuu«, stöhnte sie. »Scheiße.«

Cara riss die Augen auf. Sie beobachtete, wie Ethan Alexis wieder auf die Beine zog.

»Warum lässt du dich eigentlich nicht von Jack durch die Gegend tragen?«, knurrte Ethan. Alexis versuchte, ihn von sich zu stoßen, aber er setzte sie sicher auf ihrem Stuhl ab. Sie faselte irgendetwas Unverständliches und nahm einen Schluck aus ihrer Wasserflasche, die sie fest umklammert hielt.

»O Gott«, sagte Sarit. »Hast du das gerochen?«

Cara nickte. «Ja, sie riecht nach Kokosnuss.« Sie stellte ihr Tablett auf den Tisch und setzte sich neben Julie.

Sarit schüttelte den Kopf. »Ne, nach Alk! Die stinkt nach *Malibu*.« Sie packte ihren Dosa aus und biss hinein. Er roch köstlich nach Kartoffeln und Zwiebeln.

»Wir hatten eben zusammen Amerikanische Geschichte, und plötzlich bricht sie einfach so in Tränen aus«, sagte Madeline, während sie sich Mandarinenstücke in den Mund schaufelte. »Wir haben alle nur dagesessen, bis Mrs Bolton irgendwann meinte, sie solle sich das Gesicht waschen.«

Julie packte endlich ihr Schokoriegel-Menü aus und nahm einen riesigen Bissen. »Die benimmt sich total krass, seit Sydney gestorben ist«, kommentierte sie kauend, während sie Schokoladenkrümel über den gesamten Tisch verteilte. »Sorry.« Sie schluckte mühsam. »Die ist echt voll durchgeknallt.«

»Genau wie Sydney«, sagte Sarit. »Ich kann mir nicht vorstellen, dass die einfach nur in den Pool gefallen ist. Vielleicht ist sie ja mit dem Kopf aufgeknallt.«

»Vielleicht hat sie einen Köpper gemacht«, mutmaßte Madeline. »Wisst ihr noch? Wie in diesem Video, das sie uns in der achten Klasse gezeigt haben, von diesem Typen, der sich beim Köpper in den Pool das Genick gebrochen hat.«

Rachael erschauderte. »Die ganze Sache ist total unheimlich und widerlich.«

Alle nickten. Cara biss in ihr Erdnussbutter-Sandwich und dachte darüber nach, was ihre Mutter gesagt hatte – dass die Ermittlungen noch nicht abgeschlossen seien. *Ermittlungen …* Aber ein betrunkenes Mädchen, das in seinem eigenen Pool ertrinkt, das klang nicht gerade nach einer Folge von *Law & Order*.

Sarit deutete mit dem Kopf in Alexis' Richtung und riss Cara aus ihren Gedanken. »Das ist doch eigentlich total traurig. Ich meine, könnt ihr euch vorstellen, wie es ist, wenn eure beste Freundin einfach so *stirbt*?«

Cara sah Zoe plötzlich vor sich, wie sie leblos im Swimmingpool trieb. Allein bei dem Gedanken schnürte sich ihr der Hals zu.

Ihre Augen wanderten zu Alexis' Tisch. Sie hatte den Kopf auf die Arme sinken lassen, und vor ihr stand nichts zu essen, sondern nur diese Wasserflasche. Ethan hatte sich zu ihr heruntergebeugt und streichelte ihren Rücken, während er leise mit ihr sprach. Ein seltsames Gefühl beschlich Cara, und es dauerte einen Moment, ehe sie es identifizieren konnte. *Wow. Ich kann nicht glauben, dass ich* Mitleid *für Alexis Henning empfinde.*

Als hätte er ihre Gedanken gelesen, sah Ethan plötzlich zu ihr rüber. Ihre Blicke trafen sich. Er lächelte traurig und nickte leicht in Alexis' Richtung. Cara nickte zurück. Dann konzentrierte sie sich wieder auf die Unterhaltung um sie herum. Die Mädels spekulierten gerade über Coach Sanders' Privatleben. Cara lächelte und nickte an den richtigen Stellen. Sobald sie nach Hause käme, würde sie Zoe hiervon erzählen – dass sie sich richtig unterhalten hatte, wie mit echten Freunden. Cara knabberte ihr Sandwich und strich sich ihr neu gestyltes Haar hinter die Ohren. Ihr Rachen war plötzlich wie verklebt von all der Erdnussbutter. Sie nahm einen ausgiebigen Schluck aus ihrer Wasserflasche. Vielleicht sollte sie Zoe doch lieber nichts davon erzählen. Zoe wurde immer eifersüchtig, wenn sie das Gefühl hatte, durch irgendwen ersetzt zu werden. Cara schluckte und schluckte, aber sie wurde die Erdnussbutterschicht einfach nicht los. Sie bekam schon wieder keine Luft.

Einen Moment lang stieg Panik in ihr auf, aber sie kämpfte dagegen an und zwang sich, das restliche Wasser zu trinken. Endlich gelang es ihr, die Erdnussbutter herunterzuspülen.

Nein, beschloss sie. Es war besser, Zoe nichts davon zu erzählen. Sie würde es nicht verstehen.

Kapitel 10

Zoe?«, rief Cara, als sie nach der Schule die Tür zu ihrem Zimmer aufstieß. Sie war ein wenig außer Atem, weil sie nach dem Gong so schnell es ging nach Hause gesprintet war. Sie konnte es gar nicht erwarten, Zoe von ihrer Begegnung mit Ethan im Trainingsraum zu erzählen. »Zo?« Die zugezogenen Vorhänge hatten den trüben Nachmittag ausgesperrt und tauchten den Raum in ein schattiges Halbdunkel. Cara schloss leise die Tür.

Das Zimmer war leer, das Bett und die Kissen waren zerwühlt. Am Boden vor dem Nachttisch lag ein Stapel Zeitschriften, daneben stand ein leerer Teller. Caras Herz schlug ein wenig schneller. »Zoe?« Sie sah sich um. Im Bruchteil einer Sekunde wusste sie, dass es vorbei war, sie *wusste* es ganz einfach. Zoe war verschwunden, wohin auch immer, und hatte Cara mit ihrem Leben alleingelassen.

Dann hörte sie ein metallisches Klappern im Badezimmer und stürzte zur Tür. Zoe stand am Waschbecken und trug sorgfältig Wimperntusche auf. Caras übriges Make-up, das größtenteils uralt war, lag vor ihr auf dem Waschtisch. Zoe blickte sich um. »Oh, hi«, sagte sie, ohne zu lächeln.

Cara ließ sich erleichtert gegen den Türrahmen sinken, dann trat sie ins Badezimmer, um sich auf den geschlossenen Klodeckel zu setzen. »Gott, du hast mich echt zu Tode erschreckt! Ich dachte, du wärst weg.«

Zoe zog ihre Lippen mit einem korallenfarbenen Lippenstift nach. »Nö«, erwiderte sie und ließ den Stift zuschnappen. »Bin immer noch hier.« Sie spie ihr die Worte geradezu entgegen.

»Mach das ja nicht noch mal«, sagte Cara. Sie atmete tief ein, und ihr Herzschlag beruhigte sich. »Wie auch immer ... Du wirst nicht glauben, was mir heute Morgen passiert ist. Ich bin doch früher los, um mich ein bisschen zu dehnen, weißt du noch? Und der Fitnessraum war echt die reinste Sauna, also ...«

Zoe steckte den Lippenstift zurück in Caras geblümte Kosmetiktasche und wirbelte herum. Ihre Augen wirkten geradezu spinnenhaft vor lauter Mascara. Ihre korallenroten Lippen glänzten klebrig. »Ja, ganz toll, Cara. Schön zu hören, dass es in der Schule endlich besser läuft, aber, weißt du was, du solltest echt mal für einen winzigen Augenblick an was anderes denken als an dich selbst, okay?« Sie schob sich an Cara vorbei ins Schlafzimmer.

»Was meinst du damit?« Cara blieb unsicher im Türrahmen stehen. Zoe riss den Kleiderschrank auf und durchsuchte hektisch Caras Sachen.

»Was ich *meine*? Seit ich hier angekommen bin, heißt es immer nur Cara dies, Cara das, heul-schluchz, mein Leben ist ja so schrecklich, Zoe, kannst du mir nicht helfen?« Ihre Stimme klang hart. Sie zog ein kurzes rotes Kleid heraus, an dem noch das Preisschild baumelte. »Und ich *habe* dir geholfen, obwohl du dich total rücksichtslos benommen hast.«

»Zo, es tut mir leid.« Cara streckte die Hand nach ihrer Freundin aus, ihr traten Tränen in die Augen. Gott, wie hatte sie nur so egoistisch sein können? Nach allem, was Zoe mit ihrem Stiefvater durchgemacht hatte, sollte das hier doch wohl der letzte Ort sein, an dem sie sich vernachlässigt fühlte.

Cara versuchte, ihre Freundin zu umarmen, doch sie wich vor ihr zurück. Stattdessen ließ Zoe ihre Jogginghose auf den Boden fallen und zog sich das rote Kleid über den Kopf. Caras Herz verkrampfte sich vor Panik. Es gab nichts Schlimmeres, als wenn Zoe wütend auf sie war. Sie konnte alles ertragen, nur das nicht.

»Du hast recht«, flehte Cara. »Ich war so mit meinen eigenen kleinen Problemen beschäftigt, dass ich dabei gar nicht an dich gedacht habe.« Sie legte ihrer Freundin behutsam eine Hand auf den Rücken. Diesmal wich sie nicht zurück. »Was kann ich tun, um es wiedergutzumachen?«

Zoe wirbelte herum und sah Cara fest in die Augen. »Ich will hier raus.«

Cara trat einen Schritt zurück. »Was? Nein, Zo! Das geht nicht. Das ist viel zu gefährlich.« Sie sah sich im Zimmer um. »Willst du vielleicht etwas anderes essen? Ich kann losziehen und uns was besorgen. Oder einen Film? Oder … ein paar Bücher?«

»Nein.« Zoes Gesichtsausdruck blieb finster. »Ich bin es leid, immerzu hier eingesperrt zu sein. Entweder du kommst mit, oder ich geh allein raus. Aber ich geh auf jeden Fall. Du kannst mich nicht aufhalten, Cara.« Sie ging zur Tür.

»Zoe, warte!« Cara packte sie am Arm. »Deine Eltern sind auf der Suche nach dir. Sie haben höchstwahrscheinlich die Polizei angerufen. Bitte! Es würde mich echt fertigmachen, wenn sie dich mir wegnehmen!« Ein hysterisches Schluchzen erfüllte ihre Stimme und drohte sie zu überwältigen. Caras Körper zitterte bei dem Gedanken, ihre Freundin ein weiteres Mal zu verlieren. Die Angst war ihr anscheinend am Gesicht abzulesen, denn sie spürte, wie sich Zoes Arm unter ihrem Griff entspannte.

»Mich würde es auch fertigmachen«, erwiderte Zoe. Langsam ließ sie sich aufs Bett sinken.

Cara nahm einen tiefen, zittrigen Atemzug. »Okay«, sagte sie vorsichtig. »Warte mal.« Sie holte zwei Paar Stiefel aus dem Schrank. »Ich weiß die perfekte Lösung.«

Zehn Minuten später trotteten sie gemeinsam über eine verwilderte Wiese hinter Caras Haus, die Regenjacken trotz des leichten Nieselregens geöffnet, während ihnen die hohen Goldruten oberhalb der Stiefel die Beine streiften. Zoe trug immer noch Caras rotes Kleid, das vom Regen inzwischen völlig durchnässt war. Sie schien skeptisch. »Cara, das ist eigentlich nicht das, was ich mir vorgestellt habe.« Sie richtete ihren Blick in den grauen Himmel.

Cara nahm Zoes Hand und zog sie weiter. »Komm schon!«, drängte sie. »Es ist direkt hinter dem nächsten Feld.« Sie deutete auf einen dunklen Flecken in der Ferne. »Siehst du? Da drüben im Wald.«

»Wo sind wir hier überhaupt?« Zoe trat ein dickes Büschel Gras zur Seite.

»Auf einer ehemaligen Farm«, erklärte Cara. »Die Felder sind total überwuchert. Niemand kommt mehr hierher. Ich schätze, der Typ, dem das alles gehört, schaut einmal im Jahr vorbei oder so. Ansonsten steht das Ganze einfach nur hier rum.« Vor ihnen ragte der Wald auf. Cara zerrte Zoe zwischen den rauen Stämmen der Kiefern hindurch. »Hier.« Sie blieb stehen.

»Oh, wow«, hauchte Zoe. Sie standen vor einer verfallenen Scheune. Die Bretter waren am Boden verrottet und abgebrochen wie faule Zähne. An einigen Stellen konnte man Reste von roter Farbe erkennen, doch ansonsten hatte die Scheune einen verwitterten silbergrauen Farbton angenommen. Das Dach schien beinah ein Hohlkreuz zu bilden, so gefährlich hingen die Dachbalken durch. Ein paar glaslose Fenster klafften in der Seitenwand wie schwarze Löcher. »Was ist das?«

Cara zog eines der großen Vordertore auf. Es gab widerwillig nach und quietschte in seinen verrosteten Schienen. Sie betraten den feuchten, muffig riechenden Innenraum. »Das ist mein Versteck. Ich komme manchmal hierher, um zu lesen oder zu faulenzen – einfach, um alles andere hinter mir zu lassen.« Sie deutete in den Raum. Bei Sonnenschein tanzten hier die Staubpartikel fröhlich in der Luft, doch heute schien sich der bleierne Himmel durch die Schlitze in den Wänden drängen zu wollen. Ein gleichmäßiges *tropf tropf* drang aus den Tiefen der Scheune zu ihnen herüber.

Links und rechts befanden sich Boxen, die einst Pferde und vielleicht eine Kuh beheimatet hatten, doch inzwischen waren die hölzernen Trennwände verrottet und zum Teil zusammengebrochen. Der Boden war bedeckt von uraltem Stroh, das nach Schimmel roch. Hier und da standen rostige Landwirtschaftsgeräte, die aussahen wie Überbleibsel der Inquisition. In einer Ecke des Raums führte eine grobe Holztreppe zu einem offenen Heuboden hinauf, der den hinteren Bereich der Scheune überspannte. Zoes Blick schweifte ins ferne Dachgebälk, das sich schwindelnde fünfzehn Meter über ihnen erhob. An jedem Ende der Scheune befand sich ein hohes Fenster, doch heute flogen dort keine Schwalben ein und aus.

Cara führte Zoe in die hinterste Box, wo eine grobe graue Decke zu einer Art Nest ausgebreitet lag. »Hier mache ich es mir immer bequem«, sagte sie. »Ich habe eine Taschenlampe, eine Flasche Wasser, ein Kissen. Und …« Sie griff gezielt in eine Ecke und zog einen Zellophanbeutel hervor. »Ta-taa! Tortillachips! Die hab ich beim letzten Mal hier liegen lassen.«

Zoe lächelte. »Es wäre echt cool gewesen, wenn wir früher so einen Ort gehabt hätten.« Sie ließ sich auf die Decke sinken und riss die Chipstüte auf. Ihr Kleid rutschte nach oben, sodass Cara ihre graue Unterwäsche erkennen konnte, aber Zoe schien sich nicht daran zu stören.

»Stimmt! Weißt du noch, wie viel Zeit wir draußen hinter deinem Haus verbracht haben?« Cara setzte sich zu ihr.

»Um Feennester zu bauen?« Zoe grinste.

»Froschnester«, korrigierte sie Cara.

»Stimmt, Froschnester!« Sie lachten zusammen. Cara dachte zurück an den lehmig säuerlichen Geruch der Erde und daran, wie sich die starren Geißblattstängel in ihre Beine und ihren Rücken gebohrt hatten. Sie erinnerte sich auch an die großen braunen Flaschen, die überall im Dreck gelegen hatten. »Colt 45« hatte auf den verblassten Etiketten gestanden. Damals wusste Cara noch nicht, was das war. »Colt« erinnerte sie an einen Pferdenamen, aber warum sollte man ein Getränk nach einem Pferd benennen?

»Weißt du noch, wie wir diese alten Bierflaschen gefunden haben?«, fragte Cara. »Und du hast sogar daraus getrunken. Ich fand dich damals extrem ungezogen!«

Zoe nickte. »Ich war schon ein ziemlich verkorkstes Kind.« Sie schüttelte den Kopf, ein winziges Lächeln auf dem Gesicht.

»Nicht dass sich daran groß was geändert hätte!« Cara stieß ihrer Freundin sanft in den Bauch. Zoes Miene verfinsterte sich, und ihr wurde klar, dass sie einen Fehler gemacht hatte. Zoe presste die Lippen aufeinander und kratzte mit einem Stock über den Scheunenboden, während Cara nervös wartete. Auf ihre Strafe. Nein – dieser Gedanke war ihr nur zufällig durch den Kopf geschossen. Zoe war ihre Freundin. Sie konnten sich gegenseitig necken, so wie sie es immer getan hatten.

Zoe warf den Stock beiseite, als wäre sie zu einem Entschluss gekommen. Sie setzte sich so hin, dass sie Cara geradewegs ansehen konnte.

»Also, wie war das heute Morgen mit Ethan?« Ihre Stimme klang freundlich und gelassen. Die Anspannung der letzten Sekunden war schlagartig verflogen.

Cara atmete aus. »Also«, begann sie, während sie es sich für eine gute Unterhaltung bequem machte. »Ich war, wie gesagt, im Fitnessraum, um mich zu dehnen, und hab mir mein T-Shirt ausgezogen, weil es irre warm war.« Sie beschrieb Ethans Gesichtsausdruck, als er zur Tür hereinkam, und wie er hochrot wurde und sie ebenfalls. »Wir haben *richtig* geredet irgendwie, fünf Minuten oder so. Und ich glaube, er fand mich witzig – Jungs stehen da drauf, oder?«

Zoe nickte. »Total. Die behaupten meistens, das wäre das Wichtigste an einer Frau. Und natürlich große Titten.« Sie steckte sich einen weiteren Tortillachip in den Mund.

Cara verdrehte die Augen. »Na, wenigstens hab ich eins von beidem.« Sie dachte daran, wie sich Ethans Augenwinkel kräuselten, wenn er lächelte. Mit einem Mal konnte sie nicht mehr still sitzen und sprang auf, um die Boxenwand abzuschreiten, während ihre Finger über das splittrige Holz glitten. »Was soll's. Spielt ja eh keine Rolle. Er würde sowieso niemals mit mir zusammenkommen – er hat schließlich Alexis.«

Cara drehte sich um. Zoe beobachtete sie. Sie schien über irgendetwas nachzudenken. »Glaubst du, er würde etwas mit dir anfangen, wenn *sie* nicht wäre?«

»Du meinst, wenn sie sich echt trennen würden?« Cara

schnaubte. »Zo, erstens wird es niemals dazu kommen. Die sind schon seit Beginn der Highschool zusammen. Sie trennen sich zwar immer mal wieder, aber das hält nie lange an. Und zweitens würde sich Ethan sowieso niemals für mich interessieren, weil ich … eben *ich* bin. Ich meine, sieh mich mal an.« Sie breitete ihre Arme aus und präsentierte ihr dreckiges blaues Kapuzenshirt und die weiten verschossenen Jeans.

»Das stimmt doch überhaupt nicht«, widersprach Zoe empört. »Du bist tausendmal süßer als diese Oberschlampe Alexis. Er hat es nur noch nicht begriffen. Aber das wird er – ich weiß es.«

Cara zuckte mit den Schultern und ließ sich zurück auf die graue Decke sinken. »Ich freue mich jedenfalls auch über Kleinigkeiten. Wenigstens habe ich mal allein mit ihm geredet.«

Zoe blinzelte. »Warte mal. War das etwa das erste Mal, dass du mit einem süßen Typen *allein* warst?«

Cara erwog kurz, die Tatsache abzustreiten – sie war sich durchaus bewusst, wie erbärmlich das Ganze klang –, aber Zoe anzulügen machte keinen Sinn. Sie nickte.

Zoe streckte die Beine aus und stützte sich auf ihre Hände. »Okay, jetzt mal ehrlich. Bist du schon mal mit einem Jungen weg gewesen? Zumindest in einer Gruppe?«

Cara schüttelte den Kopf. »Nein. Noch nie. Seit ich auf der Highschool bin, war ich noch so gut wie auf keiner Party.« Sie seufzte und hockte sich vor Zoe auf die Knie. »Ich weiß selbst, wie erbärmlich das klingt.«

Zoe lächelte. »Und wenn schon. Mir gegenüber brauchst du dir keine Gedanken zu machen, wie erbärmlich irgendetwas klingt. Aber warte, ich bin noch nicht fertig.«

Cara wünschte sich, ihre Freundin würde mit dieser speziellen Art der Befragung aufhören, doch Zoe hielt sie mit ihrem violetten Blick gebannt.

Sie beugte sich vor. »Hast du schon mal einen Jungen geküsst?« Ihre Stimme klang leise und verschwörerisch. Ihr Atem roch ein wenig schal.

Cara schüttelte den Kopf. »Nein. Siehst du jetzt, was für ein hoffnungsloser Fall ich bin? Ich habe mit meinen siebzehn Jahren noch keinen Jungen geküsst!«

»Und woher willst du dann wissen, was zu tun ist, wenn es mal dazu kommt?« Zoe zog fragend die Augenbrauen hoch.

»Keine Ahnung. Ich leih mir ein Buch aus?« Cara kicherte nervös.

Zoe rutschte ein wenig näher heran. Sie hatte sich seit ein paar Tagen die Beine nicht rasiert, und ihre blassen Oberschenkel waren übersät mit dunklen Stoppeln. »Du solltest vielleicht mal ein bisschen üben«, sagte sie.

Cara lachte laut auf. »Klar. Vielleicht mit einem Kissen? Oder mit Samson?«

»Nein, Dumpfbacke.« Zoe schlug ihr scherzhaft gegen die Schulter. »Mit mir.« Sie beugte sich vor und legte ihre Hände auf Caras jeansblaue Knie.

»Was?« Cara hatte das Gefühl, sich verhört zu haben.

»Ich werde mit dir üben, wie man richtig küsst. Und wenn sich die Gelegenheit ergibt, bist du bestens vorbereitet.« Sie starrte Cara direkt in die Augen.

Cara rutschte ein wenig auf der grauen Decke hin und her. Sie spürte, wie sich die kratzige Wolle durch ihre Jeans bohrte. Was Zoe da sagte, ergab durchaus Sinn. Cara konnte nicht abstreiten, dass sie sich bereits unzählige Male entsetzt ausgemalt hatte, wie sie sich völlig zum Narren machte, wenn – *falls* – sie irgendwann mal ein Typ küssen sollte, so gering die Chancen auch standen. »Ähm, okay«, sagte sie zögerlich.

Zoe grinste und setzte sich im Schneidersitz vor Cara. Ihre Knie berührten sich fast. »Gut«, sagte Zoe. »Als Erstes musst du die Augen schließen.«

»Okay.« Cara schloss die Augen. »So viel wusste ich auch schon.« Sie starrte in die Dunkelheit ihrer Augenlider. Vor ihr raschelte es ein wenig.

»Dann öffnest du ganz leicht die Lippen. Aber nicht anspannen, sie müssen ganz weich sein.«

Cara folgte Zoes Anweisungen. Sie kam sich irgendwie albern vor, hier mit geschlossenen Augen in der Scheune zu sitzen, zusammen mit ihrer besten Freundin. Aber sie hatte keine Zeit, sich darüber Gedanken zu machen, denn im nächsten Moment spürte sie Zoes weiche Hände auf ihren Schultern, während sie sich zu ihr vorbeugte. Ohne darüber nachzudenken, öffnete Cara die Augen. Sie nahm nur einen verschwommenen Schatten wahr, so nah war ihr Zoe gekommen.

»Nicht aufmachen!«, fuhr Zoe sie an. Gehorsam kniff Cara die Augen wieder zu.

»Dann drückst du die Lippen ganz sanft auf seine. So …« Cara spürte, wie Zoe ihre Wange streifte, dann fühlte sie Zoes Lippen auf ihrem Mund. Nach etwa einer Sekunde versuchte Cara zurückzuweichen, doch Zoes Fingernägel krallten sich in ihre Schultern. Der Druck ihrer Lippen ließ nicht nach. Caras Augen flogen auf, und sie fuhr erschrocken zusammen. Zoes mascaraverschmierte Augen starrten ihr geradewegs ins Gesicht.

Cara wich ruckartig vor ihr zurück. »Du hast doch gesagt, Augen zumachen.«

Zoe lächelte, anscheinend völlig unbeeindruckt. »Ich habe gesagt, *du* sollst die Augen zumachen. Von mir war nie die Rede. Ich bin schließlich der Junge, und der hat die Augen normalerweise offen. Jungs sind ein bisschen komisch in dieser Beziehung.«

Cara sagte nichts.

»Willst du's noch mal versuchen?«, fragte Zoe. Ohne eine Antwort abzuwarten, beugte sie sich vor und drückte ihre Lippen auf Caras. Für einen Moment verspürte Cara einen Anflug von Klaustrophobie, so als würden sich die Wände der Scheune plötzlich zusammenziehen. Zoes Nähe schien die Welt um sie herum förmlich zu verschlingen. Cara versuchte vor ihr zurückzuweichen, doch seltsamerweise schien sie unfähig, sich zu bewegen. Der raue Scheunenboden bohrte sich schmerzhaft in ihre Knie. Sie spürte, wie Zoes Lippen noch fester gegen ihre drängten, und plötzlich zuckte Zoes Zungenspitze hervor, wie ein winziger Stromschlag.

Cara verschluckte sich und wich abrupt zurück. Mühsam rappelte sie sich auf. Von oben herab starrte sie ihre Freundin an, die immer noch auf der Decke hockte, die Hände auf ihre nackten Knie gestützt, und Cara gelassen anlächelte. Sie schien in der Finsternis der Scheune regelrecht zu strahlen, so als hätte jemand ein Licht in ihr entzündet.

»Und? Was sagst du?«, fragte Zoe. Ihre Stimme klang freundlich und gelassen, so als hätte sie Cara gefragt, was sie von dem neuesten Kinofilm hielt. »Fühlst du dich jetzt ein bisschen sicherer? Wenn du Ethan das nächste Mal allein triffst, bist du bestens vorbereitet, stimmt's?«

Cara erwiderte nichts. Zoe starrte sie an.

»Stimmt's?«, fragte sie hartnäckig.

»Stimmt«, hörte Cara sich flüstern. Ihre Stimme klang irgendwie weit entfernt.

Zoe nickte, offenbar zufrieden mit der Antwort. Sie stand auf und ergriff mit ihrer warmen Hand Caras eiskalte Finger. »Na komm schon, mir ist saukalt. Lass uns gehen.«

Cara ließ sich von Zoe hinaus in den Regen führen. Der Himmel hatte sich verdunkelt, und tiefschwarze Wolken hingen über ihren Köpfen. Es donnerte, und im Osten zuckte ein greller Blitz über den Himmel. Cara wechselte einen Blick mit Zoe, und sie kreischten, nur um im nächsten Moment in wildes Gelächter auszubrechen.

»Komm schon!«, rief Zoe gegen den Wind. Sie packte Caras Hand. Gemeinsam rannten und stolperten sie über die Felder. Die feuchten Haare klebten ihnen im Gesicht. »Wir werden klatschnass!«, rief Zoe keuchend.

Wie die Ereignisse eines Traums, aus dem man langsam erwacht, schienen die Erinnerungen an die vergangenen Minuten immer mehr zu verblassen und zusammen mit der stillen Scheune zwischen den Bäumen zu verschwinden.

Kapitel 11

Kannst du dich an die noch erinnern?« Cara streckte ihren Finger aus. »Die hat sich im Unterricht immer die Handflächen abgeleckt!«

Zoes dunkles Haupt beugte sich tiefer über das Jahrbuch der vierten Klasse, das offen auf ihrem Schoß lag. Sie blinzelte die Seite an. »Vage. Wie hieß die noch mal? Leila?«

»Leah. Die hat immer nach getrockneter Spucke gestunken.« Cara schauderte bei dem Gedanken und blätterte rasch um. Dann zog sie sich die zerknitterte Bettdecke höher über den Schoß. Es war vier Uhr nachmittags, und sie hatte das Zimmer noch nicht verlassen – von ihren diversen Hähnchensandwich-Raubzügen einmal abgesehen. Auf dem Laptop hinter ihnen lief leise *Die Faust im Nacken*. Cara wollte Zoe unbedingt beweisen, wie sehr Ethan dem jungen Marlon Brando ähnelte.

»Oh, ich hab die vierte Klasse so was von gehasst«, sagte Zoe und streckte die Arme über dem Kopf aus. »Das war zu der Zeit, als ich das erste Mal versucht habe abzuhauen, weißt du noch? Danach ist mein Stiefvater noch schlimmer geworden.«

»Ja, ich weiß.« Cara verlagerte nervös das Gewicht. Damals hatte sie des Öfteren mit Jill Westerfeld gespielt. Sie hatten zusammen Kreidezeichnungen in Jills Einfahrt gemalt und versucht, so weit wie möglich von der Veranda herunterzuspringen. Zoe hatte nicht allzu viel davon gehalten. Um nicht zu sagen, gar nichts. Cara erinnerte sich noch an ihre Panik, als Zoe gebrüllt hatte, sie würde abhauen, weil Cara sie anscheinend nicht mehr bräuchte – sie hätte ja jetzt Jill. Cara hatte sich an Zoes Rucksack geklammert und ihn ihr von den Schultern gerissen, während sie ihre Freundin heulend anflehte zu bleiben. Schließlich hatte man Zoe in einem Müllcontainer hinter dem McDonald's an der Autobahn gefunden, wo sie sich versteckt hatte. Als Zoe zwei Tage später wieder aufgetaucht war, hatte sie Cara die ganze Geschichte erzählt. Ihr Stiefvater hatte sie das Ganze nie wieder vergessen lassen. Und Cara hatte aufgehört, sich mit Jill zu treffen – Kreidezeichnungen und Pyjamapartys waren es nicht wert, Zoe zu verlieren. Nichts war es wert, Zoe zu verlieren.

Zoe rutschte vom Bett und setzte sich neben den Stapel alter Zeitschriften auf den Boden. Sie schnappte sich eine *InStyle* und blätterte darin herum. »Sieh mal, das hier könntest du mit deinem neuen Haarschnitt auch machen.« Sie hielt die Zeitung hoch, und Cara beugte sich vor, um sich ein Model mit feucht glänzend zurückfrisiertem Haar anzusehen.

»Das sieht mir nach 'ner Menge Gel aus«, erwiderte sie skeptisch. Es klopfte an der Tür. Caras Herz machte einen gigantischen Satz – wie eine Maus, die aus ihrem Brustkorb entfliehen wollte. »Mist!«

Zoe glitt lautlos wie eine Schlange ins Badezimmer. Sie schloss leise die Tür, während Mom von draußen rief: »Cara? Bist du fertig?«

Cara kramte in ihrem Gedächtnis nach dem Ereignis, für das sie fertig sein sollte. Sie machte die Tür einen Spaltbreit auf. Mom trug ihr graues Kostüm und goldene Ohrringe. Sie hielt Samson wie ein Baby auf dem Arm. »Wovon redest du?«

»Von Sydneys Beerdigung.« Mom wirkte ein wenig überrascht. »Hast du das etwa vergessen, Cara? Wir wollen in zehn Minuten los.« Sie schielte über Caras Schulter. »Hast du geschlafen, Liebling?«

Cara widerstand dem Drang, ihrer Mutter die Tür vor der Nase zuzuschlagen. Das wäre vermutlich nicht besonders gut angekommen. Sie hörte das Rascheln des Duschvorhangs, und die Maus in ihrem Brustkorb machte einen Satz. Cara setzte ein freundliches Lächeln auf. »Nein, hab ich nicht vergessen. Ich bin in fünf Minuten unten. Muss mir nur kurz die Haare machen.«

Mom nickte. Nachdem sie einen weiteren kritischen Blick ins Zimmer geworfen hatte, entfernte sie sich den Flur hinunter. Cara sah ihrer Mutter hinterher, bis sie die Treppe hinunterstieg, dann wandte sie sich wieder ihrem Zimmer zu. »Verdammt!«, fluchte sie und riss den Kleiderschrank auf. Zoe lugte durch die Badezimmertür.

»Ist sie weg?«

»Ja«, erwiderte Cara schroff, während sie sich ihr schwarzes Jerseykleid über den Kopf zog. Sie zog eine Nylonstrumpfhose aus ihrer Unterwäscheschublade und stieg hastig hinein.

Zoe setzte sich auf die Bettkante und sah ihr mit im Schoß gefalteten Händen zu. »Wow, du hast echt keinen Bock auf Sydneys Beerdigung, oder?«, stellte sie fest. »Du kriegst hundertpro 'ne Laufmasche, wenn du so daran reißt.«

Cara bemühte sich, ihre schwarze Strumpfhose vorsichtig über die Knie zu streifen. »Ich werde einfach total wütend bei der Vorstellung, anderen den ganzen Nachmittag dabei zusehen zu müssen, wie sie sich wegen eines Mädels die Augen ausheulen, das in Wirklichkeit eine dumme Zicke war. Lieber lasse ich mir alle Zähne ziehen.« Sie verstummte und schlug sich die Hand vor den Mund. »Oh, wow. 'tschuldigung. Das war echt fies.«

Zoe gähnte. »Entschuldige dich nicht bei *mir* – ich bin froh, dass diese Zicke tot ist. Ich finde es, ehrlich gesagt, ganz cool, wenn du mal ein bisschen zickig wirst. Du bist normalerweise immer hypersupernett.« Sie ließ sich rückwärts auf Caras ungemachtes Bett fallen und schnappte sich die *InStyle*.

Cara fuhr sich mit der Bürste durchs Haar. »Das muss wohl an deinem Einfluss liegen.« Sie seufzte und ließ die Bürste wieder sinken. »Ich bin einfach nur angenervt, weil ich keine Lust habe, mir eine Stunde lang ansehen zu müssen, wie Alexis sich an Ethans Schulter ausheult.«

»Hmmm, klingt verlockend.« Zoe rekelte sich gemütlich auf dem Bett und legte ihren angewinkelten Arm übers Gesicht. »Geh nur und genieß die Sydney-Heul-Parade 2011. Ich mache derweil ein kleines Nickerchen auf deinem Bett.« Cara warf ihr einen Flipflop an den Kopf. Zoes Lachen wehte ihr wie ein Banner hinterher, als sie die Treppe hinunterrannte.

Draußen strahlte ihr ein leuchtend blauer Nachmittagshimmel entgegen. Der Kondensstreifen eines Flugzeugs hatte hoch über ihr eine silberne Linie in den Himmel gezeichnet. Cara warf einen flüchtigen Blick auf Sydneys Haus, das neben ihr aufragte wie ein schlafender Riese. Alle Vorhänge waren zugezogen, die Haustür verschlossen. In der Einfahrt standen keine Autos. Sydneys Eltern waren vermutlich schon zur Kirche gefahren. Cara wandte den Blick ab und eilte die Einfahrt hinunter.

Ihre Eltern saßen bereits im Lexus und erwarteten sie mit laufendem Motor. Cara kletterte auf die Rückbank. Im Wagen herrschte Stille, während Dad rückwärts aus der Einfahrt setzte. Cara verschränkte die Arme vor der Brust und starrte die piekfeinen Häuser an, die vor ihrem Fenster vorüberzogen. Es war ja nicht gerade so, als würde sie Sydney hassen, sagte sie sich. Aber sie hatte dieses ganze Getue bei der Schulversammlung schon einmal mitgemacht. Musste sie sich wirklich zweimal von Sydney verabschieden, wenn einmal schon mehr als genug war? *Zickenalarm!*, spottete Zoe in ihrem Kopf.

Überhaupt nicht, widersprach Cara. *Ich hasse es nur, mich zu verstellen.*

Vorne räusperte sich Dad. Cara bekam gerade noch mit, wie ihre Eltern einen vielsagenden Blick wechselten.

»Was?«, fragte sie, mit einem Mal alarmiert.

Mom drehte sich zu ihr um. Ihre roten Lippen hoben sich wie ein Paradiesapfel von ihrer frisch gepuderten Haut ab. Zwischen ihren Augenbrauen hatte sich eine zarte Falte gebildet. Sie räusperte sich. »Liebling, ähm, Dad und ich, wir haben uns gefragt …« Sie hielt inne und kniff nervös die Lippen zusammen.

Caras Blick ging von einem Elternteil zum anderen. »Was ist los?« Ihr Herz verkrampfte sich. Sie mussten irgendeinen Hinweis auf Zoe gefunden haben. Irgendein T-Shirt oder so. Oder schlimmer noch – die Polizei hatte angerufen. Sie kamen ihr allmählich auf die Schliche. Caras Stirn war mit einem Mal feucht von Schweiß.

Vom Fahrersitz aus meldete sich ihr Vater zu Wort. »Wir wollten nur fragen, ob es dir in letzter Zeit gut geht, Cara. Deiner Mutter ist aufgefallen, dass du sehr blass geworden bist.«

»Mir geht's gut«, erwiderte Cara vorsichtig. War das etwa eine Falle, damit sie von sich aus zugab, Zoe bei sich versteckt zu halten?

Mom seufzte und warf Dad einen weiteren Blick zu. Er nickte stumm. Sie wandte sich erneut um. »Liebling, ich finde, du hast letzte Woche außergewöhnlich viel Zeit in deinem Zimmer verbracht.« Ihre blauen Augen wirkten groß und besorgt. »Dad und ich haben uns gefragt, ob du vielleicht in der Schule zu sehr unter Stress stehst. Vielleicht solltest du die Leichtathletik auf nächstes Jahr verschieben.«

Cara ließ sich zurück in ihren Sitz sinken, während die Anspannung aus ihr herausströmte wie ein Fluss. Sie atmete aus, ohne sich bewusst zu sein, dass sie den Atem angehalten hatte. »Nein, Mom. Gott, ist das etwa alles? Mir geht's gut, okay? Leichtathletik ist toll.« Sie wusste, dass sie wie wild drauflosquatschte, aber irgendwie konnte sie nicht aufhören. »Macht euch wegen der Schule keine Sorgen. Ich komme besser klar als je zuvor. Manche Mädels aus meinem Jahr sind echt nett.« Ihre Stimme wurde fester.

Ihre Mutter schien immer noch skeptisch. »Sicher?«

»Mom! Ganz sicher!« Cara hatte Mühe, ihre Stimme nicht übermäßig scharf klingen zu lassen. »Ehrlich«, sagte sie etwas ruhiger.

Ihre Mutter seufzte und drehte sich wieder nach vorn. Dad tätschelte ihr Knie, während er in eine viel befahrene Einkaufsstraße einbog. Cara konnte die gelbliche Klinkerfassade der Kirche erkennen, die von einem Autohändler und einem Chili-Restaurant flankiert wurde. »Ich nehme an, der Gottesdienst wird wohl ziemlich gut besucht sein«, sagte Dad.

»Das arme Mädchen«, seufzte Mom. »So jung. Es war schrecklich, sie so daliegen zu sehen. Ich kann gar nicht glauben, dass das bei uns nebenan passiert ist.«

Dad hielt direkt vor dem Kirchengebäude, einem gedrungenen Flachdachbau, der von einem hässlichen Parkplatz umrahmt wurde. Ein paar dürre Büsche säumten die Front des Gebäudes. Über dem gläsernen Eingangsportal verkündete eine schlichte schwarze Tafel: »Methodisten«. Das Gebäude glich eher einer

Bank als einem Gotteshaus. »Ich werde hier vorn garantiert keinen Parkplatz bekommen«, sagte Dad. »Marge, ich lass euch beide schon mal raus. Vielleicht ist hinter der Kirche noch etwas frei.«

Cara und ihre Mutter kletterten aus dem Auto. Ein scharfer Wind wehte ihnen um die Beine, Cara hielt ihr Kleid mit beiden Händen fest. Elegant gekleidete Personen in Mänteln und Anzügen hatten sich vor dem Eingang zu kleinen Gruppen zusammengeschart und unterhielten sich. Cara entdeckte Sarit in einer Gruppe von Mitschülern. Sie lächelte und nickte, aber Sarit sah sie nicht oder wollte sie nicht sehen. Cara ließ sich von ihrer Mutter am Ellbogen durch die Menge führen, bis sie den überhitzten Vorraum der Kirche erreichten.

Die Kirchenglocke schlug einmal, und die Trauergäste strömten herein. Die Luft im Eingangsbereich wurde erfüllt vom Geruch feuchter Wolle. Die Gespräche gingen leise, doch unvermindert weiter. Cara spürte, wie sich die Geräusche durch ihre Gehörgänge in ihr Hirn fraßen, um sich in ihrer Stirn festzusetzen wie ein Schwarm Bienen. Sie ließ sich von der Menge in den großen, luftigen Kirchenraum tragen, dessen Buntglasfenster von abstrakten Mustern geziert wurden. Die Methodisten hatten keinerlei grausame Kruzifixe, lediglich ein schlichtes helles Holzkreuz erhob sich vorn über dem Altar.

Cara entdeckte Sarit, Julie und die anderen, die sich in eine der hinteren Bänke schoben. Alexis schleppte sich, von ihren Freundinnen umringt, nach vorn und ließ sich auf einer der mittleren Bänke nieder, als wäre sie die trauernde Witwe. Ethan war nirgends zu sehen. Sydneys Eltern saßen wie starre Strichmännchen in der Mitte der ersten Bank. Ein überdimensionales Bild von Sydney in einem freizügigen Kleid – Cara erkannte es als

Ausschnitt aus dem Gruppenfoto des letzten Abschlussballs – stand vorn auf einer Staffelei, umrahmt von üppigen Blumenarrangements mit lilafarbenem Rittersporn.

Dad eilte den Mittelgang hinauf, während Cara von Mom in eine der Kirchenbänke geschoben wurde. Sie setzte sich brav zwischen ihre Eltern. Die Gegenwart der beiden schien sie regelrecht zu bedrängen. Ein bieder wirkender junger Mann mit Brille erhob sich von seinem Stuhl neben dem Altar und öffnete ein großes schwarzes Ringbuch. Er war anscheinend der Pfarrer, obwohl er einen ganz normalen Anzug mit Krawatte trug. Respektvolle Stille senkte sich über die Trauergemeinde.

Hinter ihnen öffnete sich eine der großen Türen. Cara drehte sich um und entdeckte Ethan, der hastig den Mittelgang hinunterschritt, die Haare feucht vom Duschen und extrem attraktiv in seiner beigen Stoffhose und dem hellblauen Hemd. Ein leises Murmeln ging durch die Menge, als er sich neben Alexis in die Bank schob und seinen Arm um sie legte. Sie vergrub ihr feuchtes Gesicht in seiner Schulter.

Der Pfarrer begann seine Ansprache. »Liebe Familie, liebe Freunde, wir haben uns heute hier versammelt, um uns von einer außergewöhnlichen jungen Frau zu verabschieden, die uns leider viel zu früh verlassen hat.«

Cara rutschte auf ihrem Platz hin und her, um auf der harten Holzbank eine bequemere Sitzposition zu finden, während der Pfarrer über Sydneys sogenannte Lebenslust sprach, über ihre Liebe zur Familie, zu ihren Freunden, der Schule, der Welt. Verwandte und Mitschüler marschierten der Reihe nach nach vorn und verschwanden wieder. Lippen formten Worte der Trauer und Bestürzung, beschworen Erinnerungen an Sydney am Rand des Footballfelds, auf Familienfeiern, am Welthungertag, als sie die örtliche Tafel mit Lebensmitteln bestückte. Cara spürte, wie sich die harte Kante der Holzbank in ihre Oberschenkel bohrte und ihre Beine allmählich taub wurden. Ein Hauch von Zugluft schlang sich um ihre Fußgelenke. Sie warf einen Seitenblick auf ihre Mutter, die heimlich ihren Blackberry studierte. Schuldbewusst blickte sie zu ihr auf und ließ das Handy zurück in die offene Handtasche zu ihren Füßen gleiten.

»Lasst uns beten.« Der Pfarrer neigte sein Haupt. Cara starrte die abgeknabberten Nägel ihrer Finger an, die sie im Schoß zusammengelegt hatte. Die Nagelhaut war ausgefranst, ihre Handrücken waren rau. Sie musste sich dringend angewöhnen, regelmäßig Handcreme zu benutzen.

»Amen.« Der Pfarrer blickte auf. Die Trauergäste erhoben sich und begannen sich leise zu unterhalten, während sie ihre Handtaschen und Jacken zusammenrafften. Mehrere Gruppen gingen nach vorn, um Sydneys Eltern zu umarmen.

Cara rappelte sich mit ächzenden Knien auf und streckte ihren Rücken durch.

»War das nicht ein schöner Gottesdienst?« Mom klang, als hätte sie den Autopiloten eingeschaltet.

»Sehr schön«, wiederholte ihr Vater.

Cara konnte die nächsten Worte ihrer Mutter geradezu mitsprechen. »Ich überlege gerade, ob wohl genug Zeit ist, noch kurz in der Kanzlei vorbeizuschauen.«

Cara nickte. »Sicher, Mom.« Sie hatte nichts dagegen, ihre Mutter so schnell wie möglich loszuwerden. Cara folgte dem anthrazitgrauen Rücken ihres Vaters, der alle paar Schritte stehen blieb, um andere Trauergäste vorzulassen, die ebenfalls aus ihren Reihen in den Vorraum drängten.

Der Geräuschpegel stieg kontinuierlich an, so als hätte man

die Versammlung gerade aus dem Schulunterricht entlassen. Cara entfernte sich von ihren Eltern, die mit Madeline Brazeltons Eltern plauderten, und steuerte auf den Trinkwasserbrunnen in der Ecke zu. Sie betätigte den glänzenden Metallhebel, um sich in tiefen Zügen zu erfrischen, bis ihr Durst einigermaßen gestillt war. Dann fuhr sie sich mit dem Handrücken über ihr tropfendes Kinn und drehte sich um, wobei sie versehentlich gegen eine andere Person stieß, die unmittelbar hinter ihr wartete.

»Oh, Entschuldigung!«, platzte Cara heraus. Vor ihr stand Sarit, die ein graues Strickkleid und hohe braune Stiefel trug.

Sie grinste. »Kein Problem. Es ist unglaublich warm hier drin. Ich sterbe vor Durst.« Sie beugte sich über den Brunnen und schlürfte, während Cara wie eine Idiotin danebenstand und überlegte, ob sie warten oder gehen sollte.

Sarit richtete sich auf. Sie blinzelte überrascht, als Cara immer noch neben ihr stand, doch dann sammelte sie sich wieder. »War der Gottesdienst nicht total traurig, irgendwie?«, fragte sie, während sie den Vorraum durchquerten. Die Kirche hatte sich inzwischen geleert. Caras Eltern unterhielten sich immer noch angeregt mit den Brazeltons. Mehrere Schülergrüppchen waren ebenfalls zurückgeblieben und quatschten.

Cara nickte, vielleicht etwas zu emphatisch. »Ja, *total* traurig«, wiederholte sie. Sie waren fast bei den Leichtathletikmädels am Eingang angekommen. Cara spürte, wie ein Teil ihrer alten Unsicherheit zurückkehrte – sollte sie sich dazustellen und mit ihnen reden? Oder unterhielt sich Sarit nur mit ihr, bis sie wieder bei ihren Freundinnen angekommen war?

Cara blieb für einen Moment stumm an Sarits Seite stehen und kam sich extrem dämlich vor. Nachdem sie etwa eine Minute lang mit idiotisch gleichförmigem Lächeln ausgeharrt hatte und immer noch niemand mit ihr sprach, durchquerte sie den Raum und gesellte sich zu ihren Eltern, nur um wie ein völlig unnützes Anhängsel danebenzustehen. Die beiden nahmen ihre Anwesenheit nicht einmal zur Kenntnis, so sehr waren sie in ihr Gespräch mit den Brazeltons vertieft – irgendwas von wegen Vermögenssteuer. Damit war ihr Status als weltgrößte Versagerin eindeutig besiegelt, dachte sich Cara. Nicht einmal ihre eigenen *Eltern* redeten mit ihr.

Die Leichtathletikmädels gingen nacheinander hinaus. Sarit sagte irgendetwas zu den anderen und verließ die Gruppe. Cara beobachtete ungläubig, wie sie den leeren Vorraum durchquerte und auf sie zukam.

»Hey, Cara, ein paar Leute wollen gleich noch mit zu mir kommen, um ein bisschen abzuhängen und, na ja, an Sydney zu denken und so«, sagte sie. »Willst du vielleicht mitkommen?«

Mom unterbrach ihr Gespräch und drehte sich endlich um. »Sarit Kohli?«, fragte sie. Sarit nickte. »Meine Güte, ich hätte dich fast nicht wiedererkannt. Ihr Mädchen werdet immer größer.«

Sarit lächelte geduldig.

»Danke, Sarit, das wär echt toll«, schaltete Cara sich ein, bevor ihre Mutter sie noch weiter demütigen konnte. Sie musste sich stark zusammenreißen, um das fette Grinsen unter Kontrolle zu bringen, das von ihrem Gesicht Besitz ergreifen wollte.

»Oh ja, das wäre toll«, wiederholte ihre Mutter. Sie versetzte Cara einen winzigen Schubs. »Viel Spaß, Liebling.« Sie winkte ihr hinterher, als wäre Cara auf dem Weg in den Kindergarten.

Sarit grinste, und Cara verdrehte die Augen. Sie eilten durch den Vorraum nach draußen. Madelines roter Mazda wartete bereits an der Bordsteinkante. Julie saß vorn, während sich Rachael und ein anderes Mädchen, das Cara nicht kannte, auf die Rückbank gequetscht hatten. Sarit kletterte zu ihnen, und nach kurzem Zögern folgte Cara ihrem Beispiel.

»Hi, Cara«, begrüßte sie Julie.

»Sarit, geh von meinem Bein runter«, maulte Rachael.

»Hab keinen Platz«, erwiderte Sarit lachend.

Cara musterte die anderen, auf der Suche nach irgendwelchen Anzeichen von Verärgerung, weil sie sich einfach so dazwischendrängte, doch niemand wirkte in irgendeiner Weise verärgert. Genau genommen schienen die anderen nicht einmal überrascht, dass sie dabei war. Trotz ihrer beengten Sitzposition ließ Cara sich entspannt gegen die Autotür sinken. Madeline lenkte den Wagen in den Verkehr. Erst als sie bereits mehrere Kilometer gefahren waren, fiel Cara ein, dass Zoe allein in ihrem Zimmer hockte und auf ihre Rückkehr wartete.

Kapitel 12

Sarits Türklingel stand keinen Moment still. Das große abgesenkte Wohnzimmer füllte sich nach und nach mit immer mehr Schülern von ihrer Schule. Sie strömten in Scharen herein und machten es sich auf den Sofas und auf dem Boden bequem. Aus der Stereoanlage in der Ecke drang leise Bob Marley. Cara hockte sich auf die Kante eines Sofas. Ihre Handtasche fühlte sich an wie ein Aktenkoffer. Eine riesige Schüssel Brezeln tauchte plötzlich auf und machte die Runde. Alle unterhielten sich mit gedämpften Stimmen, und nur gelegentlich erfüllte Lachen den Raum. Hinter den großen Panoramafenstern breitete sich die violette Dämmerung aus.

Cara hielt nach den Leichtathletikmädels Ausschau, aber sie konnte weder Sarit noch die anderen irgendwo entdecken. Vermutlich waren sie in der Küche. Hinter einer Schiebetür zu ihrer Rechten entdeckte Cara eine Gruppe von Schülern, die sich in schicken Terrassensesseln um eine Feuermulde geschart hatten. Sie erkannte Alexis, die schräg in einem Sessel lehnte. Sie schien zu schlafen. Jack hatte sich direkt neben ihr niedergelassen. Ethan saß ebenfalls draußen – an Alexis' anderer Seite – und stocherte mit einem Stock im Feuer herum. Sein Blick war wie gebannt auf die tanzenden Flammen gerichtet. Cara fragte sich, ob er es wohl absichtlich vermied, Jack oder Alexis anzusehen.

Cara zwang sich, dem großen Typen neben ihr ein Lächeln

zu schenken. Er hatte seine blaue Krawatte gelockert und seinen Hemdkragen aufgeknöpft. Irgendwie kannte Cara niemanden hier – die meisten Schüler waren älter als sie. Zwei Mädels, die ihr gegenübersaßen, starrten sie mit leeren Blicken an. Eine von ihnen nahm sich eine Brezel und knabberte elegant daran. Caras Hände kamen ihr vor wie riesige Pfannkuchen. Sie stützte die Handflächen aufs Sofa, aber das fühlte sich irgendwie komisch an, daher legte sie ihre gefalteten Hände in den Schoß, was sich allerdings noch viel komischer anfühlte.

»Wo steckt eigentlich Sammi?«, fragte ein großes dunkelhaariges Mädchen, das in der Nähe auf dem Boden saß.

»Na, wo wohl?«, sagte der Typ mit der blauen Krawatte vielsagend. Alle lachten über Sammis mysteriösen Aufenthaltsort. Cara versuchte mitzulachen. Sie hatte das Gefühl, in großen Lettern das Wort »Poser« auf der Stirn stehen zu haben.

»Was hat sie sich nur dabei gedacht?«, seufzte das große Mädel.

Ihre Freundin verdrehte die Augen. »Kann die überhaupt denken? Sie war sich einfach hundertprozentig sicher, dass die weg sind.«

»Waren sie aber nicht!« Eine Blondine lachte. Die anderen schlossen sich an. Cara spürte, wie sich ihr Lächeln verkrampfte. Sie befahl ihrem Auge, jetzt bloß nicht zu zucken, doch genau das tat es natürlich. Das Zucken fing ganz langsam an, doch es nahm beständig zu, bis Cara das Gefühl hatte, ihr ganzes Augenlid würde zittern.

Sie stand abrupt auf und blieb mit der Fußspitze am Rand des Couchtischs hängen, sodass sie leicht ins Stolpern geriet. »'tschuldigung«, murmelte sie den anderen zu. Es kam ihr vor, als würden ihr die Blicke quer durch den Raum folgen.

Die unaufgeräumte Küche war menschenleer. Dreckige Teller stapelten sich in der Spüle. Das Fenster über der Arbeitsplatte überblickte einen kleinen Hinterhof mit einer alten Holzgarage und einem Gartenzaun als Grenze zum Nachbargrundstück. Cara durchsuchte die Küchenschränke nach einem sauberen Glas und nahm schließlich eine Tasse mit dem Aufdruck »Sherman High Junior Prom 2005« heraus. Auf dem Henkel stand die Ergänzung »Königin«. Sie schien Sarits älterer Schwester zu gehören.

Cara atmete tief ein und entspannte sich ein wenig in der ungestörten Ruhe der Küche. Sie spürte, wie ihr Augenzucken allmählich abflaute und schließlich verschwand. Dann füllte sie die Tasse mit Leitungswasser und trank einen winzigen Schluck. Es war warm und schmeckte nach Metall. Cara betrachtete ihr Gesicht, das aufgrund der zunehmenden Dunkelheit von der Fensterscheibe reflektiert wurde. Ihr Spiegelbild starrte sie mit weit aufgerissenen Augen an, ihr offenes Haar umrahmte ihr Gesicht. Die Schatten unter ihren Augen wirkten wie große dunkelgraue Flecke. Dann sah Cara über ihrer Schulter, wie Ethan die Küche betrat.

Sie wirbelte herum. Seine Krawatte war gelockert und sein Haar zerzaust, so als wäre er sich wiederholt mit den Fingern hindurchgefahren. »Oh, hi.« Er lächelte sie auf seine typisch ungezwungene Art an. »Ich wusste gar nicht, dass du auch hier bist.«

Caras Kehle schnürte sich abrupt zu. »Ja, bin ich«, brachte sie stammelnd hervor. *Bravo, Cara. Mit Mayo oder Ketchup?*

Ethan öffnete den Kühlschrank, um dessen Inhalt zu studieren. Er griff nach einer Flasche Eistee und öffnete den nächstbesten Schrank. Er war voller Töpfe und Pfannen.

»Oh! Hier.« Cara reichte ihm eine weitere »Prom 2005«-Tasse, auf der »König« stand – passend zu ihrer eigenen.

»Danke. Willst du auch was?«

»Ähm, gern.« Cara sah zu, wie er ihre Tasse zur Hälfte füllte und sich den Rest einschüttete.

Er reichte Cara die Tasse, und ihre Finger berührten sich leicht. Ihre Hand zitterte.

»Ups. Nicht fallen lassen.« Er lächelte sie an, und für einen winzigen Moment blickten seine hellblauen Augen direkt in ihre. Cara hatte das Gefühl, einen Herzinfarkt zu bekommen. Sie zwang sich, die Tasse fest zu umklammern. Ethan lehnte sich gegen die Arbeitsplatte und kippte die Hälfte seines Tees in einem einzigen Schluck herunter. »Leichenschmaus. Ist irgendwie 'ne seltsame Tradition, oder?«

Cara lächelte ein wenig. »Ja, irgendwie schon. Aber ich glaube, im Moment will einfach niemand allein sein.« Sie warf einen Blick in das überfüllte Wohnzimmer. »Ich kenne kaum jemanden hier.«

Ethan schüttelte den Kopf. »Ich auch nicht. Eigentlich hasse ich Partys.«

»*Du?*« Cara konnte sich den Ausruf nicht verkneifen. »Du wirkst immer so …« Sie suchte nach einem Wort. »… gesellig«, beendete sie ihren Satz lahm.

Ethan zog die Augenbrauen hoch. »Ehrlich? Ist ja verrückt. Ich habe immer das Gefühl, mich nur in dieser winzigen Seifenblase von Freunden zu bewegen. Ich hänge selten mit anderen Leuten ab als mit meinen Freunden und Alexis …« Er verstummte. Dann räusperte er sich.

Cara verlagerte ihr Gewicht. Ihr wurde plötzlich bewusst, wie nah sie beieinanderstanden. »Warum hasst du Partys?«

Ethan kippte den Rest seines Eistees herunter. »Vermutlich, weil ich früher mal dick war.« Seine Stimme klang gedämpft, und sein Gesicht war zur Hälfte hinter der Tasse verborgen.

»Was?« Cara glaubte, sich verhört zu haben – oder dass er vielleicht einen Witz machte.

Ethan ließ die Tasse sinken. Ein schräges Grinsen hatte sich über seinen Mund gebreitet. »Weißt du etwa nicht, dass ich in der Mittelstufe der kleine fette Außenseiter war?«

Cara schüttelte den Kopf.

»Mann, ich war echt ein Koloss!« Ethan holte sein Portemonnaie aus der Gesäßtasche. Er klappte es auf und zog ein knittriges Foto hinter seinem Führerschein hervor. Cara musterte das Bild. Ein deutlich jüngerer und deutlich dickerer Ethan stand schüchtern vor dem Grand Canyon, umgeben von diversen Familienmitgliedern, die allesamt in die Sonne blinzelten.

»So schlimm war's doch gar nicht.« Sie gab ihm das Foto zurück, und er steckte es weg.

»Ich habe die Hemden meines Vaters getragen, damit mein Bauch nicht so auffällt.« Ethan trommelte mit den Fingern auf die Arbeitsplatte. Seine Ohren waren hochrot angelaufen. »Jedenfalls war ich mit Abstand der einsamste Junge in der fünften Klasse. Ich hatte keinen einzigen Freund.« Er ließ seine Stimme bewusst gleichgültig klingen.

Cara verspürte plötzlich eine Welle von Mitgefühl. Sie wollte seine Hand nehmen, die schlaff herabhing, um sie zu drücken. »Aber dann hat sich doch noch alles zum Guten gewendet«, sagte sie stattdessen. Sie konnte es gar nicht glauben, dass *sie* Ethan tröstete.

Er grinste. »Ja. Mit elf Jahren bin ich circa fünfzehn Zentimeter gewachsen. Trotzdem will ich jedes Mal, wenn ich auf der

Straße einem kleinen dicken Jungen begegne, zu ihm hingehen und sagen: ›Keine Sorge, Kumpel. Das wird schon.‹« Er stellte die benutzten Tassen in die Spüle, und sie gingen zurück ins überfüllte Wohnzimmer.

»Der würde sich garantiert fragen: ›Wer ist dieser Irre und was zum Teufel redet der da?‹«, erwiderte Cara lachend.

In diesem Moment sagte irgendjemand hinter ihr: »Schlampe.« Sehr laut und sehr deutlich.

Cara drehte sich um, während ihr das Lachen im Halse stecken blieb. Alexis stand in der Terrassentür, in eine Wodkawolke gehüllt. Maren und noch ein weiteres Mädel standen hinter ihr, zusammen mit Jack. Die drei hatten ein neugieriges Funkeln in den Augen – wie Theaterbesucher, die auf den Beginn ihrer Vorstellung warteten. Alexis schwankte und griff nach dem Türrahmen, um nicht das Gleichgewicht zu verlieren. Ihr Haar war am Hinterkopf verstrubbelt und seitlich platt gedrückt, ihre Wimperntusche völlig verschmiert.

»Was zum Teufel machst du hier?«, fauchte sie Cara mit zusammengekniffenen Augen an. Das Gift in ihrer Stimme ließ Cara rückwärts gegen die Armlehne des Sofas stolpern. »Du kanntest Sydney doch nicht mal. Sie hat dich gehasst, Versagerin.« Das vollgepackte Wohnzimmer wurde mit einem Mal still. Das einzige Geräusch war das gelegentliche Klappern von Eiswürfeln in einem Glas.

»Wir haben uns ständig über dich kaputtgelacht, weißt du das?« Manche ihrer Worte klangen gelallt. Sie stolperte vorwärts und verlor fast das Gleichgewicht, doch sie konnte sich gerade noch fangen. »Sydney hat immer gesagt, du wärst die größte Lachnummer an der Sherman High, *Würger*.« Sie ließ sich das Wort auf der Zunge zergehen.

Cara spürte, wie sich ein ganzer Raum voll gierig glänzender Blicke in ihren Rücken bohrte. Sie wollte wegrennen, aber es ging nicht. Ihre Augen waren wie gebannt auf Alexis' entstelltes Gesicht gerichtet. Ihre Augen waren blutunterlaufen, die Lider aufgequollen. Ihre Haut wirkte blass und ungesund. »Du bist ein Freak, Cara. Und Sydney hat es gewusst. Du bist total erbärmlich. Und jetzt ist sie tot, und du lebst.«

Alexis kam mit ihrem Gesicht so nah an sie heran, dass Cara eine Ader erkennen konnte, die an ihrer Stirn pulsierte. »*Du* hättest in diesem verdammten Swimmingpool ertrinken sollen. *Du* hättest in dieser Nacht verrecken sollen – nicht Sydney. *Du* hättest sterben sollen!« Sie schrie inzwischen. Spucketropfen flogen gegen Caras Stirn. Ihr Körper fing an, unkontrolliert zu zittern.

»Alexis! Halt endlich die Klappe!!« Ethan packte Alexis am Arm und zog sie ein paar Schritte zurück. Er umfasste ihre Schultern. »Du bist betrunken. Geh schlafen. Du benimmst dich wie ein verdammtes Miststück.«

»Wie wär's, wenn *du* mal die Klappe hältst, Ethan?« Jack trat durch die Terrassentür. Die Menge schnappte kollektiv nach Luft.

Ethan warf Jack einen flüchtigen Blick zu, sein Gesichtsausdruck wirkte hart. »Halt du dich da raus.« Er versuchte Alexis aus dem Raum zu führen, aber sie schüttelte seinen Arm ab.

»Lass mich los!«, kreischte sie. »Was fällt dir ein, diese Versagerin auch noch in Schutz zu nehmen? Verpiss dich, Ethan!« Ihre Stimme klang grauenhaft, wie eine Kreissäge durchschnitt sie die Stille. Ethan ließ die Arme sinken und trat einen Schritt zurück, während Alexis schluchzend herumwirbelte und aus dem Raum stürzte. Die Haustür fiel knallend ins Schloss.

Die Stille im Haus war erdrückend. Cara versuchte zu schlucken, aber der Kloß in ihrem Hals war immer noch gigantisch.

Blindlings wandte sie sich ab, taumelte zurück in die Küche und umklammerte mit ihren schwitzigen Händen den kühlen Rand der Spüle, um sich über das Becken zu beugen. Sie befahl ihrem Körper, sich nicht zu übergeben. Hinter ihr erklang leises Gemurmel.

Sie starrte aus dem Fenster über der Spüle. Der Garten leuchtete in der Dunkelheit, angestrahlt vom Scheinwerferlicht. Cara blinzelte. Sie hatte das Gefühl, hinten im Hof eine Bewegung bemerkt zu haben, als wäre jemand hinter der Garage verschwunden. Sie hätte schwören können, das Flattern langer schwarzer Haare gesehen zu haben. Doch ehe sie noch weiter darüber nachdenken konnte, fühlte sie Ethans warme Hand auf ihrem Rücken.

»Alles okay?«, fragte er. Cara blickte ihm ins Gesicht. Seine eisblauen Augen wirkten besorgt. Sie nickte zittrig und zog sich einen Stuhl heran. Sie ertrug es nicht, Ethan anzusehen. War er womöglich der gleichen Meinung wie Alexis? Hielt er sie ebenfalls für einen Freak und Versager?

Die Party war vorbei. Die Gäste schnappten sich ihre Jacken und Taschen und gingen nach und nach hinaus. Niemand verlor viele Worte. Draußen sprangen die ersten Motoren an. Das Wohnzimmer war ein deprimierendes Schlachtfeld von verschütteten Getränken und zerquetschten Plastikbechern. Sarit ging bereits mit einem Müllsack herum und sammelte die Reste ein.

Cara spürte, wie ihr Tränen die Wangen herunterliefen. Ihr war bewusst, dass ihr Gesicht gleich rot und verquollen aussehen würde. Plötzlich tauchte vor ihr eine Box frischer, weicher Kleenex auf. Sie hob den Blick. Ethan hielt ihr die Taschentücher hin.

»Na komm«, sagte Ethan. »Ich bring dich nach Hause.«

Kapitel 13

Die Nachtluft war kühl und still. Ein großer gelber Herbstmond stand am östlichen Horizont. Cara ging schweigend neben Ethan her, die Hände tief in den Jackentaschen vergraben. Ihre Schritte machten leise, schlurfende Geräusche im Laub, das den gesamten Gehweg bedeckte. Wann war das eigentlich passiert? Der Herbst war so plötzlich hereingebrochen, dass Cara nichts davon mitbekommen hatte. Soweit sie sich erinnern konnte, waren die Bäume eben noch grün gewesen.

Ethans Schulter stieß sanft gegen ihre. »'tschuldigung«, sagte er.

»Macht nichts«, flüsterte sie heiser. Sie hatte Angst, erneut weinen zu müssen. Zusammen stapften sie an den gepflegten Ziegelhäusern vorbei, die wie aufmerksame Wachtposten die Straße säumten. Jede Rasenfläche bildete ein perfektes Quadrat, dunkelgrün und silberig vom frühen Frost. Die Straße selbst war leer und dunkel, abgesehen vom gelblichen Licht einer einzelnen Laterne am anderen Ende der Straße. Cara bildete sich ein, das Echo ihrer Schritte zu hören, das von den Fassaden der Häuser zurückgeworfen wurde.

Ethan schwieg. Er hatte die Hände in den Hosentaschen vergraben. Cara fragte sich, ob er wohl wütend war. Auf sie? Oder wegen der ganzen Situation? Schließlich konnte sie das Schweigen nicht länger ertragen.

»Ethan …« In der Stille der Nacht klang ihre Stimme dünn und zittrig. Sie stellte fest, dass sie Ethan noch nie mit seinem Namen angeredet hatte. Es war ein ungewohntes Gefühl auf ihrer Zunge. Sie verstummte. Sie hatte keine Ahnung, was sie als Nächstes sagen sollte.

»Cara, es tut mir leid«, erwiderte Ethan. »Das Ganze ist meine Schuld.«

»Was?«, fragte sie. »Wieso ist es deine Schuld?«

Er schüttelte den Kopf. »Ich habe gesehen, wie sie sich immer mehr betrunken hat. Ich hätte sie nach Hause bringen sollen.« Er hielt inne. »Aber ich bin es leid, ständig ihre Launen ertragen zu müssen – vor allem in letzter Zeit.« Er warf Cara einen Blick zu. »Ich komme mir vor wie ein Arschloch, wenn ich das sage.«

»Überhaupt nicht!«, beruhigte sie ihn. »Es muss hart sein, sich in so einer Situation um jemanden zu kümmern.« Sie blickte im Gehen zu ihm auf. Sein Profil zeichnete sich im Mondschein deutlich ab. Ein eisiger Wind fuhr Cara durchs Haar und ließ sie unwillkürlich erzittern. Ethan blickte zu ihr herab.

»Ist dir kalt?«

Sie schüttelte den Kopf, aber er holte dennoch ein Paar dicke Fleecehandschuhe aus seiner Tasche und reichte sie ihr. Cara zog sie dankbar an. Sie waren ihr viel zu groß, aber dafür warm. Sie widerstand dem Drang, sich damit über die Wangen zu streichen.

»Ja, Alexis kann manchmal ziemlich schwierig sein.« Ein ironisches Lächeln umspielte seine Mundwinkel. »Ist dir vielleicht schon aufgefallen.«

Cara kicherte. »Das eine oder andere Mal.«

Sie gingen einen Moment lang schweigend nebeneinander her, aber die Stille war jetzt nicht mehr unangenehm.

»Kann ich dir mal was erzählen?«, fragte Cara nach einer Minute.

Ethan nickte. Seine Augen wirkten ruhig.

Cara atmete tief ein. »Es gibt da eine Sache, die mir schon 'ne Weile durch den Kopf geht.« Sie schwieg. Ethan wartete ab. »Es geht darum, ähm … Meine Mutter hat mir erzählt, dass Sydneys Tod vielleicht … kein Unfall war.« Sie spürte, wie die Last des Geheimnisses von ihr abfiel, als sie es laut aussprach.

Ethan runzelte die Stirn. »Was soll das heißen?«

Cara schüttelte den Kopf. »Mehr weiß ich auch nicht.«

»Meinst du, es hätte sie jemand reingestoßen oder so was?« Ethan blieb stehen.

»Ich weiß nicht!« Ihre Stimme klang lauter als beabsichtigt. Sie senkte ihre Stimme. »Im Ernst. Es macht mich total wahnsinnig, wenn ich mir vorstelle, dass Sydney sich vielleicht das Leben genommen hat oder womöglich sogar ein anderer daran beteiligt war …« Sie hatte den Gedanken noch nie zu Ende gedacht, aber jetzt, da sie ihn laut aussprach, kam ihr die Möglichkeit durchaus plausibel vor. Konnte es sein, das jemand Sydneys Tod gewollt hatte?

Ethan legte den Arm um ihre Schulter und drückte sie leicht. »Hey. Mach dir mal keinen Kopf.« Er ließ den Arm wieder sinken. »Vermutlich wollen sie einfach nur besonders gründlich sein.«

»Ja.« Cara konzentrierte sich darauf, wie es sich angefühlt hatte, von Ethan umarmt zu werden. Sie ließ sich von dem Gefühl trösten.

Sie kamen an einer kleinen »Einkaufsstraße« vorbei, bestehend aus einer Bäckerei, einem Schuster, einem Architekturbüro und einem Zahnarzt, deren Fenster allesamt dunkel waren. Die

Polizeistation hingegen war hell erleuchtet. Die Streifenwagen standen vor dem Gebäude aufgereiht wie ein Satz glänzender Munition. Eine ältere Frau mit einem Golden Retriever kam auf sie zu und ging hastig an ihnen vorbei, während der Hund an seiner Leine zog, um an ihren Beinen zu schnuppern.

»Darf ich dich mal was fragen?«, bat Ethan.

Cara nickte.

»Warum bist du in der Schule immer so still?«

Cara schwieg für einen Moment. Hatte er sie etwa in der Schule beobachtet? Sie hatte immer gedacht, er hätte nur Augen für Alexis. Ihr wurde bewusst, dass er eine Antwort erwartete. Aber wie beantwortete man eine solche Frage? »Ähm, tagsüber bin ich taubstumm. Das ist so ähnlich wie Vampirismus, nur nicht so cool.«

Ethan prustete laut los. Sie grinste ihn an und verdrehte die Augen.

»Okay, hab schon kapiert«, erwiderte er. »Ich werd nicht weiterbohren.«

»Nein, nein. Ist schon okay.« Cara widerstand dem Drang, ihre Arme wie einen Schutzschild vor der Brust zu verschränken. Sie seufzte. »Ich fühle mich nur irgendwie total fehl am Platz. Es ist so ähnlich wie das, was du vorhin beschrieben hast, wie es dir in der Mittelstufe ergangen ist. Nur dass es bei mir noch andauert. Ich habe ständig das Gefühl, dass mich alle beobachten, und ich weiß nicht, was ich tun oder sagen soll. Es ist irgendwie leichter, sich aus allem rauszuhalten.« Cara konnte kaum glauben, dass sie Ethan einfach so ihr Herz ausschüttete. Es kam ihr fast so vor, als hätte die Ruhe der Nacht einen anderen Menschen aus ihr gemacht. Sie lachte leise in sich hinein.

»Was?« Ethan lächelte ein wenig.

Cara schüttelte den Kopf. »Nichts. Ich hab das nur noch nie jemandem erzählt. Ich glaube, ich hab's mir nicht mal selbst eingestanden. Aber – ich weiß nicht – die Dinge haben sich irgendwie verändert. Ich habe … endlich wieder Kontakt zu einer alten Freundin, Zoe. Bevor wir hierhergezogen sind, war sie meine beste Freundin. Sie ist einer dieser Menschen, die einen irgendwie dazu bringen, dass man sich plötzlich total seltsam benimmt. Weißt du, was ich meine?« Sie sah ihr Haus am Ende des Blocks aufragen. Die Eingangsbeleuchtung war eingeschaltet, und die Autos ihrer Eltern standen in der Einfahrt.

Ethan lachte. »Ja, ich bin definitiv schon solchen Leuten begegnet.« Seine Hand sank herab und streifte leicht ihren Handrücken. Die unerwartete Berührung wärmte sie bis in die Knochen.

»Das da ist unser Haus.«

»Nicht übel«, sagte Ethan. »Jetzt, wo ich weiß, dass du hier wohnst, kann ich dich jederzeit belästigen.« Er grinste.

»Mach das.« Hatte Ethan Gray gerade angedeutet, dass er mal bei ihr vorbeikommen würde? Passierte das alles wirklich? Vielleicht hatte ihr auf Sarits Party jemand etwas in den Drink gekippt, das Halluzinationen verursachte. Wenn ja, waren dies die besten Halluzinationen aller Zeiten.

Ethan blieb am Fuß ihrer Einfahrt stehen, die Hände in den Taschen vergraben, und wartete, bis Cara die Haustür aufgeschlossen hatte. Sie drehte sich noch einmal um und winkte, ehe sie hineinging und die Tür hinter sich zumachte.

Im Haus war es dunkel und still. Ihre Eltern waren vermutlich schon im Bett. Cara schwebte die Treppe hinauf. Hoffentlich war Zoe noch wach. Sie konnte es gar nicht abwarten, ihr alles zu erzählen. Von Ethan, nicht von Alexis. Seltsam, dass ein einziger Abend so genial und so schrecklich zugleich sein konnte.

An ihrem Zimmer angekommen öffnete sie die Tür ganz leise, für den Fall, dass Zoe schon im Bett war. Das Licht war ausgeschaltet, doch im Halbdunkel der Flurbeleuchtung konnte sie die zerwühlten Laken erkennen. Das Bett war leer.

»Süße, ich bin wieder da!«, sagte Cara sanft. Sie machte die Tür zu und sah sich um. »Zoe?« Cara ging ins Badezimmer in der Erwartung, Zoe vor dem vollgepackten Waschbecken zu finden. Doch das Badezimmer war leer, der rosa gepunktete Duschvorhang zur Seite geschoben. Cara hockte sich hin und fühlte an der Badematte, die verknittert am Boden lag. Sie war feucht.

»Zoe?«, fragte Cara erneut. Keine Antwort. Sie blieb mitten im Zimmer stehen und blickte sich hilflos um, während leise Panik in ihr aufstieg. »Zoe?« Ihre Stimme bebte wie die eines kleinen Mädchens, das sich im Dunkeln verirrt hat.

Sie setzte sich auf die Bettkante und atmete tief durch. Vielleicht war ihre Reaktion ein wenig übertrieben. Immerhin hatte Zoe selbst gesagt, dass sie allmählich zappelig wurde. Vielleicht war sie einfach nur zur Scheune gegangen. Eine winzige Welle der Erleichterung rollte über Cara hinweg. Das musste es sein. Zoe hatte sich gelangweilt und hielt sich zur Abwechslung in der Scheune auf. Vermutlich würde sie zurückkommen, noch ehe Cara eingeschlafen war.

Sie schaltete das Licht im Badezimmer ein und spritzte ein wenig Make-up-Entferner auf einen Wattebausch. Dann rieb sie sich damit über die Augenlider. Zoes Verschwinden ärgerte sie – immerhin hatte sie ihr eindringlich klargemacht, wie gefährlich es war, da draußen rumzurennen. Andererseits war es immerhin Nacht. Hoffentlich hatte Zoe wenigstens genug Verstand, sich lediglich in der Scheune aufzuhalten und nirgendwo sonst hinzugehen, wo sie jemand sehen konnte.

Cara warf den schwarz verschmierten Wattebausch in den Mülleimer und hielt ihre Zahnbürste unter den Wasserhahn. Während sie sich die Zähne putzte, betrachtete sie ihr Gesicht im Spiegel. Irgendwie hatte sie das Gefühl, sie müsste jetzt anders aussehen. Dieses Gesicht gehörte einer Person, die mit Ethan Gray nach Hause gegangen war. Und sie hatte sogar einen echten Draht zu ihm gehabt – das spürte sie ganz einfach.

Cara entblößte ihre Zähne, sodass ihr der Zahnpastaschaum über die Lippen lief. Sie waren weiß und gerade, dank drei Jahren Zahnspange. Sie drehte ihren Kopf langsam von links nach rechts. Normalerweise ging sie Spiegeln immer aus dem Weg. Aber heute Abend fand sie sich beinahe hübsch. Ihr neues kurzes Haar fiel ihr locker ums Gesicht, und ihre Wangen waren von der Aufregung und Kälte leicht gerötet. Ihre weit geöffneten Augen funkelten. Sie konnte sich fast, *fast* vorstellen, dass Ethan auf ein Mädchen wie sie stehen könnte.

Cara spülte ihre Zahnbürste aus und betätigte den Lichtschalter, sodass der Raum im Dunkeln versank. Dann schlüpfte sie aus ihrem knittrigen schwarzen Kleid, warf sich auf ihr Bett und zog sich die weiche alte Baumwolldecke über die Schultern. Während sie der süße Schlaf übermannte, hoffte sie, Zoe würde vorsichtig sein, wo auch immer sie gerade stecken mochte.

Cara träumte. Eine zehnjährige Zoe schwebte vor ihr her. Ihr langes schwarzes Haar wurde von einem Stirnband zurückgehalten, das ihre hohe weiße Stirn betonte. Sie hielt eine Dose in der Hand, auf der ein blaues Nagetier abgebildet war. Cara verspürte ein seltsames Gefühl in der Magengrube, eine Mischung aus

Erregung und Entsetzen. Sie wusste, was als Nächstes passieren würde, aber sie konnte es nicht verhindern. Sie musste zusehen, bis der Traum vorbei war.

Cara blickte an sich selbst hinunter. Sie trug ihre Jeansshorts und ein gelbes T-Shirt – ihre Lieblingsklamotten in der fünften Klasse. Ihre Füße steckten in Ledersandalen, die sie in jenem Jahr endlos getragen hatte. Die rechte Schnalle war immer schon kaputt gewesen. Ringsum erstreckte sich Zoes alter Hinterhof in leuchtendem Technicolor. Das Gras war knallgrün, der Himmel strahlte in grellem Saphirblau. Wie eine Pantomimin schüttelte Zoe die blaue Dose direkt vor ihren Augen. Cara spürte, wie sie nickte, obwohl ihre innere Stimme laut schrie: »Warte!«

Langsam traten Zoe und sie an den kaputten Maschendrahtzaun. Der Schäferhund ihrer Nachbarn war heute angekettet. Er sprang auf und zerrte an seinem Halsband, wütend und tonlos bellend. Ihr Traum-Ich betastete den Verband an ihrem Arm. Sie dachte an all das Blut, das aus der Bisswunde gequollen war, und plötzlich wurde ihr Herz von einer glühenden Wut erfasst. Begeistert sah sie zu, wie Zoe die blauen Kristalle in eine Dose Hundefutter streute. Auf der feuchten braunen Oberfläche funkelten die giftigen Körner wie seltene Edelsteine. Zoe rührte sie mit einem Stöckchen unter und hielt Cara die Dose hin. Ihr Gesichtsausdruck wirkte entsetzlich übereifrig. Cara sah, wie ihre eigene Hand die Dose entgegennahm. Sie schob sie unter dem Zaun hindurch und hockte sich neben Zoe. Der Hund war auf der Stelle abgelenkt und stürzte sich kauend und schleckend auf das Futter, bis nichts mehr davon übrig war außer einer glänzend sauberen Dose.

Zoe packte Caras Arm und zeigte auf den Hund. Seine Hinterläufe fingen bereits an zu zittern. Die Mädchen blieben in der

Hocke sitzen, die Arme um die Knie geschlungen, und sahen zu, wie sich die Zuckungen über seinen Rücken bis in die Vorderläufe und in seinen Kopf ausbreiteten. Er taumelte über den Hof, als würden ihm seine Beine nicht länger gehören. Dann riss ihn die Kette abrupt zurück, und er fiel mit einem dumpfen Geräusch zu Boden. Sein Maul stand offen. Schaum lief ihm über die Zunge. Seine Beine strampelten hilflos gegen den Boden und entwurzelten ganze Grasbüschel.

Zoe starrte den Hund mit leuchtenden Augen an. Cara starrte Zoe an.

Abrupt wachte sie auf und schnappte nach Luft. Sie saß senkrecht im Bett, schweißgebadet. Ihr Blick ging zur Uhr auf dem Nachttisch: 03:47. Mit einem zittrigen Seufzer ließ Cara sich zurück in die Kissen sinken. Es war derselbe alte Traum. Sie hatte seit Jahren nicht mehr an diesen Hund gedacht. Doch nach seiner Vergiftung hatte sie wochenlang davon geträumt.

Cara legte einen Arm übers Gesicht und versuchte ihren hämmernden Herzschlag zu beruhigen. Erst in diesem Moment wurde ihr bewusst, dass jemand neben ihr im Bett lag. Sie zuckte erschrocken zusammen und unterdrückte einen Schrei, ehe sie begriff, dass es lediglich Zoe war. Logisch. Ihre Freundin lag zusammengerollt auf der Seite, die Augen geschlossen. Sie schlief tief und fest. Cara stützte sich auf den Ellbogen und blickte auf sie hinab. Zoes altes graues T-Shirt war ein wenig verschwitzt, und ihr Atem drang zischend durch ihre Nase. Cara hörte ein jaulendes Geräusch, wenn ihre Freundin ein- und ausatmete. Ihre Augen zuckten wie wilde Tiere, und ihre Hände umklammerten die Bettdecke, um sich im nächsten Moment wieder zu entspannen.

Zoe drehte ihren Kopf von einer Seite auf die andere, und

ihre Lippen formten unverständliche Worte. Cara hatte das beängstigende Gefühl, dass ihre Freundin denselben Traum hatte. Zoes Beine zuckten und zitterten wie die des Hundes in seinem Todeskampf. Dann beruhigte sich ihr Atem. Ihre Finger entkrampften sich. Sie seufzte, drehte sich auf die andere Seite und blieb ruhig liegen.

Cara beobachtete sie einen Moment lang. Dann schob sie ihr Kissen an den äußersten Rand des Bettes und kehrte Zoe den Rücken zu. Sie rollte sich zu einer winzigen Kugel zusammen, kniff die Augen zu und versuchte verzweifelt, sich zum Einschlafen zu zwingen. Doch stattdessen lag sie lange Zeit einfach nur da – wach hinter geschlossenen Augenlidern –, ehe der Schlaf sie endlich packte und mit sich in die Tiefe riss.

Kapitel 14

Als Cara die Augen öffnete, strömte ihr strahlendes Sonnenlicht entgegen. Sie warf einen Blick auf die andere Seite des Bettes, fast in der Erwartung, Zoe wäre erneut verschwunden. Doch sie lag immer noch neben ihr, den Kopf unter der Decke vergraben, sodass ihr schwarzer, glänzender Haarschopf kaum zu sehen war. Vorsichtig schlüpfte Cara aus dem warmen Nest ihres Bettes und fröstelte, als die kühle, trockene Luft ihre vom Schlaf erwärmte Haut attackierte. Sie zog sich ein Kapuzenshirt über und schob die Füße in ihre Lammfellpantoffeln, dann schlich sie sich aus dem Zimmer. Die Schlafzimmertür ihrer Eltern war noch fest verschlossen.

Unten in der Küche war es schwül und stickig. Samson kam in den Raum stolziert und miaute, als er Cara hörte, aber sie ignorierte ihn und öffnete die Fenster. Genüsslich atmete sie den Duft des feuchten Laubs ein. Hohe bauschige Wolken jagten über den tiefblauen Himmel. Cara steckte zwei Scheiben Brot in den Toaster und summte leise vor sich hin. In diesem Moment knallte die Hintertür, und Mom kam in ihrer Joggingkleidung in die Küche gestürmt, ihr Gesicht rot von der frischen Luft. Sie erschrak, als sie Cara erblickte.

»Oh, Liebling!«, sagte sie. »Ich hatte ja keine Ahnung, dass du schon wach bist.«

Warum war ihre Mutter eigentlich jedes Mal überrascht,

wenn sie Cara in ihrem eigenen Haus antraf? Als wäre sie ein Hausgast, der zu lange geblieben war. »Ja, bin schon wach.«

Samsons Miauen wurde immer hartnäckiger. Mom nahm ihn auf den Arm. »Süßer! Cara, hast du ihm nichts gegeben?« Sie holte eine Dose Lachsschmaus aus der Speisekammer und zog vorsichtig den Deckel ab. Der intensive Fischgeruch weckte in Cara das Bedürfnis, den Kopf aus dem Fenster zu halten.

Mom füllte Kaffeepulver in die Maschine. Cara trommelte mit den Fingern auf die Arbeitsplatte. Die Stille dehnte sich.

»Oh, fast hätte ich es vergessen! Wie war eigentlich euer Treffen gestern Abend? Sarit ist wirklich süß.« Mom rempelte Cara auf dem Weg zum Kühlschrank leicht an.

»Es war toll, Mom. Sarit ist nett.« Ihr Toast sprang heraus. Cara holte sich einen Teller aus dem Schrank und legte ihre Toastscheiben darauf, um sie dick mit Butter und Marmelade zu bestreichen.

Mom nahm einen Schluck Kaffee. »Cara, ich habe Cheryl gebeten, dein Zimmer sauber zu machen, wenn sie heute vorbeikommt. Sie soll alle Läufer mit Teppichschaum behandeln, also heb bitte deine Sachen auf, damit sie deinen auch sauber machen kann.«

Cara wirbelte herum. »Nein, Mom!« Ihre Stimme klang lauter als beabsichtigt.

Ihre Mutter schien verwirrt. »Warum denn nicht, Cara?«, fragte sie vorsichtig.

Cara fiel auf, dass ihre Knöchel bereits weiß wurden, so fest hielt sie ihren Teller umklammert. Sie lockerte ihren Griff ein wenig. »Ich hasse es, wenn Fremde in mein Zimmer gehen und meine Sachen anfassen. Das weißt du.«

»Ach, Liebling, es ist doch nur Cheryl. Und wenn du deine

Klamotten aufsammelst, braucht sie sie auch nicht anzufassen, stimmt's?« Mom lachte über ihren eigenen Witz und tätschelte Caras Bein, doch Cara wich vor ihr zurück und stürmte, ohne ein Wort zu sagen, die Treppe hinauf.

»Zimmerservice.« Sie stieß die Zimmertür auf.

»Arghhh.« Zoe schob einen Arm unter der Decke hervor und schlug ihn sich vors Gesicht. »Wie spät ist es? Warum ist es hier drin so hell?« Sie versuchte sich die Decke über den Kopf zu ziehen. Cara schnappte sich einen Zipfel und riss sie ihr weg. Zoe kreischte und kringelte sich wie eine Garnele in T-Shirt und Jogginghose. »Du bist echt fies! So was nennt man Folter.« Sie versuchte, die Decke zurückzuerobern, aber Cara hielt sie außer Reichweite und streckte ihr stattdessen einen Toast hin.

»Aufstehen!«, befahl sie. »Mom hat der Putzfrau aufgetragen, heute hier sauber zu machen.« Cara schnappte sich einen Armvoll dreckiger Sportsocken und muffig riechender Jeans und stopfte alles in den Wäschekorb. »Also müssen wir hier raus. Wir machen einfach eine kleine Wanderung – ich kenne einen tollen Pfad, den kein Mensch benutzt –, und anschließend gibt's Picknick in der Scheune.« Cara stopfte sich ein Stück Toast in den Mund. Sie fühlte sich wie ausgehungert.

»Gott, du bist ja wahnsinnig.« Zoe vergrub ihren Kopf in den Händen. »Warum fühle ich mich eigentlich so, als hätte ich einen Kater, obwohl ich überhaupt nichts getrunken habe?«

Cara warf ihr ein Sweatshirt und eine Jeans in den Schoß. Sie landeten auf Zoes Toast. »Iiiih!« Angewidert hielt Zoe die Jeans mitsamt der Toastscheibe hoch, die ihr am Hintern klebte. Beide brachen in lautes Gelächter aus.

Das größte Risiko an der ganzen Aktion bestand darin, Zoe die Treppe hinunterzuschleusen, während Mom unter der Dusche stand. Zoe kicherte ununterbrochen, während Cara sie hektisch vor sich her scheuchte. Draußen angekommen war der Rest ein Kinderspiel. Sie mussten nur rasch hinter den Häusern herrennen – der Bürgersteig war logischerweise viel zu gefährlich –, dann erreichten sie eine ehemalige Grundschule, die inzwischen mit Brettern vernagelt war, und waren in Sicherheit.

»Der Weg beginnt gleich hier hinter dem Wasserturm und endet in der Nähe der Scheune. Kein Mensch geht da lang.« Cara hievte ihren Rucksack ein wenig höher auf die Schultern. Sie hätte nie gedacht, dass ein Stück Käse, eine Schachtel Cracker und eine halbe Peperoni so viel wiegen könnten, doch ihre Tasche schien mit jeder Sekunde schwerer zu werden. Als sie am Waldrand entlanggingen, spähte Cara zwischen die Bäume. Hinter den dunklen Baumstämmen wand sich ein schmaler Pfad. »Hier ist es.«

Die Mädchen schlugen sich durch das dichte Brombeergestrüpp, um in den Wald einzudringen. Im Sommer, wenn die Zikaden in den Bäumen zirpten, trugen die Sträucher riesige dunkelviolette Beeren, die Luft war golden vor Pollen, und die Sonne stand wie eine flache, blendend weiße Scheibe am Himmel. Doch inzwischen ließen die Büsche traurig ihre Blätter hängen, und ihre Zweige waren zu einem dürren braunen Wirrwarr verstrickt. Die Erde unter Caras Füßen war matschig und roch nach Torf und fauligem Laub. Vor ihnen wand sich der Pfad allmählich den Hügel hinauf und schlängelte sich an umgestürzten Bäumen vorbei. Cara suchte sich einen Weg durch den kleinen Bach, der am Fuß des Hügels entlangplätscherte, und beobachtete, wie das Wasser gegen ihre Schuhsohlen sprudelte.

Zoe folgte ihr schweigend. Irgendwie trug die Stille dazu bei, endlich die Frage aussprechen zu können, die Cara seit Tagen beschäftigte.

»Sag mal … Gibt es eigentlich irgendwelche Neuigkeiten von zu Hause?« Cara versuchte, die Frage möglichst beiläufig klingen zu lassen.

»Was meinst du?«, antwortete Zoe nach einer Sekunde. Sie klang ein wenig atemlos.

Cara stapfte um eine große Pfütze herum. »Nichts weiter. Ich meine nur, deine Mutter muss doch vor Angst ausflippen. Du bist jetzt seit über einer Woche weg.«

Zoe schnaubte verächtlich. »Unwahrscheinlich. Ich meine, sie flippt höchstwahrscheinlich aus, aber bestimmt nicht, weil ich weg bin.«

»Was soll das heißen? Weshalb sollte sie sonst ausflippen?« Cara drehte sich um und sah ihre Freundin an. Zoes Gesicht war kühl, ihr Blick leer.

»Ich habe etwas Schlimmes getan, Cara. Aber nichts Schlimmeres, als was er mir angetan hat. Okay? Ich kann nicht dahin zurück. Und ich will nicht drüber reden.« Ohne Caras Antwort abzuwarten, drängte sie sich an ihr vorbei und ging weiter.

Caras Magen zuckte nervös. »Zoe, wovon redest du da? Was hast du getan?«

Zoe blieb stehen, aber sie drehte sich nicht um. »Ich hab doch gesagt, ich will nicht drüber reden.« Ihr Rücken war kerzengerade.

»Okay, okay«, erwiderte Cara beschwichtigend. Zoe ging weiter. Cara versuchte ihre Gedanken wieder auf das akutere Problem zu konzentrieren. Sie konnte ihre Eltern nicht ewig aus ihrem Zimmer fernhalten. Es war ja nicht so, als wollte sie Zoe loswerden – ganz im Gegenteil –, aber sie musste sich irgendetwas einfallen lassen.

Sie holte tief Luft. »Zo. Was auch passiert ist, wir müssen uns dringend etwas überlegen …«

»Wie war's denn eigentlich gestern Abend?«, fiel ihr Zoe ins Wort.

»Genial. Aber hör zu, ich hab über diese ganze Situation nachgedacht …«

»Wo hast du überhaupt gesteckt? Ich hab auf dich gewartet.«

Cara gab auf. Der Pfad war matschiger als erwartet, und sie musste sich konzentrieren, um nicht auszurutschen. Sie entschied sich, lieber abzuwarten, bis Zoe in einer versöhnlicheren Stimmung war.

»Ja, ich war noch bei Sarit.« Sie untersuchte Zoes Rücken auf irgendwelche Anzeichen von Verärgerung. »Ich hab mich echt gut mit Ethan unterhalten. Aber Alexis war wieder mal eine totale Zicke.« Sie beschrieb flüchtig die Szene im Wohnzimmer.

Zoes Rücken war kerzengerade. Cara fragte sich, wie Zoe es nur schaffte, in einem dreckigen Sweatshirt und zu weiten Jeans wie ein Model auszusehen. »Weißt du, was dein Problem ist, Cara? Du lässt dich viel zu leicht herumschubsen. Du hättest die Schlampe erledigen sollen.« Sie stapfte durch eine riesige Pfütze.

»Zoe, du kriegst klatschnasse Füße!«, warnte Cara. Sie hievte ihren Rucksack ein wenig höher. »Und wann habe ich je irgendetwas erledigt bekommen?«

Zoe ging unbeirrt weiter, obwohl ihre Jeans bis zu den Knien durchnässt war. »Vermutlich bist du deshalb so eine Versagerin auf der Highschool.«

Ihre Worte durchbohrten Cara wie eine Klinge. Sie blieb stehen. »Warte mal – du hältst mich für eine Versagerin?« Allein das

Wort auszusprechen tat weh. Sie hatte das Gefühl, Alexis' Spuckeregen erneut auf ihrer Stirn zu spüren.

Zoe drehte sich um. Sie seufzte übertrieben, als würde sie mit einem anstrengenden Kleinkind reden. »Car. Ich habe nicht behauptet, dass *ich* dich für eine Versagerin halte. Ich wiederhole nur, was deiner eigenen Aussage nach die anderen von dir denken.«

»Oh.«

Zoe ging weiter, und Cara folgte ihr. Sie spürte, wie sich an den Innenseiten ihrer großen Zehen Blasen bildeten.

Vor den Mädchen lag ein kurzer, steiler Anstieg. Während Cara hinaufstapfte, spürte sie, wie sich ihre Waden verspannten. Das Lauftraining hatte offenbar wahnsinnig viel gebracht, wenn sie schon bei einem lächerlichen Drei-Kilometer-Spaziergang an ihre Grenzen stieß. Der Wald schien sich um sie beide zu drängen, seine feuchten Äste griffen nach ihren Schultern. Caras Stiefel versanken in dem dichten Laub, das den Waldboden vollständig bedeckte. Nach ein paar Schritten bemerkte Cara, dass sie Zoe nicht mehr hinter sich hörte. Sie drehte sich um. Ihre Freundin war auf halber Höhe stehen geblieben und starrte einen Gegenstand in ihren Händen an. »Was ist?«, rief Cara. Zoe gab ihr keine Antwort.

Cara trottete den Hügel wieder hinunter, streng darauf bedacht, nicht im Matsch auszurutschen. »Was ist?«

»Sie hat sich einfach nur im Laub hin und her gewälzt und gequiekt«, sagte Zoe traurig. Sie betrachtete die kleine graue Feldmaus in ihren Händen. Sie rührte sich nicht. »Sie hat gelitten.«

Cara brauchte einen Moment, um die Situation zu durchschauen. »Warte mal, du hast die Maus da im Laub gesehen und sie aufgehoben?«

Zoe nickte. »Ich musste sie von ihren Qualen erlösen.« Sie blickte traurig auf.

Sekundenlang begriff Cara nicht, was Zoe damit meinte. »Gott, Zoe, hast du sie etwa umgebracht?« Die Maus lag reglos da. Ihr Kopf war unnatürlich verdreht, ihre Schnurrhaare und ihre winzigen rosa Füßchen ruhten auf Zoes Handfläche.

»O Gott!«, rief Cara angewidert und schlug Zoe die Maus aus der Hand. Sie fiel mit einem dumpfen Geräusch ins Laub. »Das ist ja ekelhaft.« Sie starrte ihre Freundin an. Zoe erwiderte den Blick, ihre violetten Augen ruhig und gelassen wie immer.

Sie zuckte mit den Schultern und ging an Cara vorbei. »Also, glaubst du, Ethan will eine große Hochzeit oder heiratet ihr eher im kleinen Kreis?«, rief sie ihr über die Schulter hinweg zu. Cara blieb einen Moment lang stehen und betrachtete den kleinen grauen Leichnam zu ihren Füßen. Aus einem Impuls heraus beugte sie sich nach unten und breitete ein paar feuchte Blätter über das Tier. Irgendwie schien es ihr nicht richtig, die Maus einfach so den Elementen ausgesetzt zu lassen.

»Komm schon, Cara!«, rief Zoe. Cara blickte auf und sah ihre Freundin am Gipfel des Hügels stehen. Ihre Gestalt zeichnete sich vor dem inzwischen weiß verhangenen Himmel scharf ab. Ihr Haar flatterte im Wind wie ein Banner. »Ich hab gewonnen!«

Wenige Minuten später erreichten sie die Scheune. Cara schob das schwere Tor auf, und Zoe stürzte sich auf der Stelle ins moderige Heu. Cara war ein wenig übel von dem Gedanken an die tote Maus, daher zog sie ihr Sweatshirt aus und fächerte sich Luft unter ihr blaues Top. Die uralten Bretter der Box ächzten, als Cara sich dagegen lehnte und die Wolldecke unter ihren Beinen glatt zog. Irgendetwas Weißes hoch oben im Gebälk weckte ihre

Aufmerksamkeit – ein alter Lappen oder so. Die Schatten waren zu dicht, um es eindeutig identifizieren zu können.

Cara kramte den Proviant hervor und griff nach den Crackern. Eine Weile aßen sie beide schweigend. Dann steckte Cara die Käsepackung und die leere Crackerschachtel zurück in den Rucksack, während Zoe die Augen schloss. Sie legte sich mit dem Rücken ins Heu und schob die Hände unter den Kopf.

Cara schüttete die letzten Tropfen ihrer Wasserflasche aus und beäugte ihre Freundin aufmerksam. »Wo warst du eigentlich letzte Nacht, als ich nach Hause gekommen bin?«

Zoe verlagerte das Gewicht, doch sie ließ die Augen geschlossen. »Nirgendwo. Ich habe mich zu Tode gelangweilt, also bin ich hierhergekommen, um ein bisschen abzuhängen. Ich glaube, ich bin für 'ne Weile eingeschlafen.«

Cara räusperte sich. »Du warst also … nirgendwo sonst?« Sie dachte an das Aufblitzen von langen schwarzen Haaren, die hinter Sarits Garage verschwunden waren. Zoe war ihr doch wohl nicht gefolgt, oder?

Zoe setzte sich auf. »Ich sag doch, ich war hier.« Ihr Gesicht war ausdruckslos, ihre Augen weit geöffnet.

Cara spielte mit ein paar Strohhalmen und legte sie zu einem Quadrat zusammen. »Ich – ich dachte nur, ich hätte dich gesehen …« Sie verstummte. Zoe starrte sie an, ohne zu blinzeln, und fuhr sich mit den Fingern durch ihr langes Haar. Sie nahm eine Strähne nach vorn und untersuchte sie auf splissige Spitzen. Draußen wehte ein scharfer Wind, der die kaputten Scheiben in den Fensterrahmen klirren ließ.

»Auch egal«, beendete Cara das Thema. Sie wischte die Strohhalme mit einer Hand beiseite. Zoe rollte irgendetwas zwischen ihren Fingern hin und her.

»Was ist das?« Cara betrachtete den Gegenstand etwas genauer. Eine winzige Perle, die im trüben Halbdunkel zu leuchten schien.

»Das hier?« Zoe hielt die Perle hoch und untersuchte sie, als wäre sie ein Juwelier. »Die ist von meiner Mutter. Ich hab sie mir genommen, bevor ich abgehauen bin.« Sie kniete sich urplötzlich hin und spähte aus dem Fenster.

»Ist das nicht total cool?«, fragte sie und wandte sich mit einem breiten Lächeln um. »Wie in alten Zeiten.« Sie umarmte Cara. Ihre nackte Haut fühlte sich weich an. Ein Hauch von Achselgeruch drang Cara in die Nase. »Und? Hat Ethan irgendwas bei dir versucht?«

Cara widerstand dem Drang, Zoe von sich zu stoßen. »Nein, natürlich nicht. Er ist schließlich mit Alexis zusammen! Für so was ist er viel zu anständig.«

»Ich bezweifle stark, dass Alexis dir noch weiter Probleme machen wird.« Zoe lachte. Ihre Zähne waren leicht vergilbt, so als hätte sie sie seit Tagen nicht geputzt. »Und du hattest wirklich keine Gelegenheit, dein Training in die Tat umzusetzen? Sei ehrlich!«

Ihr Atem roch widerlich. Cara wich unauffällig einige Zentimeter zurück. »Nein, nichts dergleichen, ehrlich. Du weißt, ich würde es dir sofort erzählen, wenn irgendetwas passiert.« Gott, es war echt furchtbar, wie Zoe sich gehen ließ. Vielleicht war sie einfach nur deprimiert, weil sie permanent im Schlafzimmer eingesperrt war und keinen Grund hatte, sich hübsch zu machen. Cara legte ihre Hand auf Zoes. »Zo … ich wünschte, wir könnten zusammen in die Schule gehen und ganz normal abhängen. Ich finde es total ätzend, dass du die ganze Zeit in meinem Zimmer hocken musst.«

Zoe schien überrascht. »Find ich überhaupt nicht.«

Cara blinzelte. »Nicht?«

»Nö. Warum sollte ich in die Schule gehen wollen? Ich hab doch in deinem Zimmer alles, was ich brauche … Essen, was zum Lesen, Musik – und dich!« Ihre Lippen waren zu einem maskenhaften Grinsen verzogen.

Cara riss den Blick von ihr los. »Komm«, sagte sie unvermittelt, während sie aufstand und sich ihren Rucksack auf die Schultern hievte. »Lass uns von hier abhauen. Mir ist eiskalt.«

Zoe sprang auf. Ihre Lustlosigkeit von vorhin schien mit einem Mal wie weggeblasen. Sie tänzelte aus der Scheune und vollführte einen zierlichen Sprung, wie eine Waldelfe, im durchweichten goldenen Gras. Cara folgte ihrer tänzelnden Gestalt den Hügel hinauf nach Hause.

Kapitel 15

Als sie von ihrer Wanderung zurückkehrten, ging Cara ins Badezimmer und zog sich langsam ihre Kleidung aus. In einer fließenden Handbewegung verriegelte sie die Tür. Sie fragte sich nicht, warum. Stattdessen drehte sie das heiße Wasser auf, bis sich der Dampf in dem winzigen Raum ausbreitete. Ihre Schultern hingen schlaff herab, und ihre Füße waren schwer. Als sie in die Dusche stieg, fielen ihr die tiefen Kratzer an ihren Beinen und Unterarmen auf. Das Brombeergestrüpp war anscheinend schärfer gewesen, als sie es empfunden hatte. Die Kratzer brannten, als das warme Seifenwasser darüberlief.

Cara blieb so lange unter der Dusche, bis das heiße Wasser nur noch lauwarm war. Sie begann zu frösteln, doch sie wollte noch nicht hinaus. Sie wollte sich für immer in dem winzigen Badezimmer verkriechen. Erst als ihre Arme von einer Gänsehaut überzogen waren, stellte sie das Wasser ab und hüllte sich in ihren wärmsten Bademantel. Sie zog sich ein paar Wollsocken und Hausschuhe an und wrang ihr nasses Haar aus. Doch sie hörte nicht auf zu zittern, nicht einmal, als sie sich den Föhn geradewegs ins Gesicht richtete.

Als Cara schließlich aus dem Badezimmer schlich, hatten die abendlichen Schatten das Zimmer in tiefes Grau getaucht. Zoe lag mit dem Gesicht nach unten auf dem Bett und schlief tief und fest. Sie hatte immer noch Jeans und Stiefel an. Cara ging auf Zehenspitzen zu ihr herüber und starrte auf ihre Freundin herab. Die Bettdecke war von Erdklumpen und Laubfetzen übersät, wie Cara angewidert feststellte. Zoe hätte sich zumindest die Stiefel ausziehen können. Ihr Atem war tief und gleichmäßig. Sollte sie sich ruhig erholen, dachte Cara im Stillen. Dann zog sie sich rasch etwas über und schlich aus dem Zimmer, erfüllt von einem geradezu schuldbewussten Gefühl der Erleichterung.

Im Erdgeschoss herrschte Festbeleuchtung. Der Gaskamin brannte, und Dad kam mit einem duftenden Pizzakarton zur Tür herein. Cara atmete tief durch. Ihr lief das Wasser im Munde zusammen. Mom trug gerade Teller und Servietten ins Wohnzimmer. O Gott, sie hatte sogar Salat gemacht! Cara verkniff sich einen ironischen Kommentar bezüglich Moms Kochkünsten. »Sieht toll aus«, sagte sie stattdessen. »Will sonst noch wer 'ne Cola Light?«

Ihr Vater schüttelte den Kopf. »Für uns nicht, danke.«

Cara holte sich eine eisige Coladose aus der Küche und ließ sich aufs Sofa sinken. Dann lud sie sich drei Stücke Pizza auf den Teller. Das Licht der Lampen erhellte die dicht zugezogenen Vorhänge, und im Hintergrund lief fröhlich der Fernseher. Cara nahm einen riesigen Bissen Käse und Boden und schloss genüsslich die Augen. Selbst Samson war zur Abwechslung einmal still. Er saß an seinem angestammten Platz auf der Rückenlehne des Sofas und leckte sich das Fell, ehe er sich hinlegte, um ins Feuer zu starren.

Dad griff nach der Fernbedienung und ging die verschiedenen Sender durch, während sich Cara über ihr zweites Stück Pizza hermachte. Es war echt unglaublich, wie hungrig sie dieser harmlose Waldspaziergang gemacht hatte. Sie dachte daran, dass sie Zoe ein paar Stücke Pizza verwahren musste. Dad blieb bei den Lokalnachrichten hängen.

»... die Eagles lagen in der Halbzeit drei Punkte im Rückstand«, verkündete die blonde Nachrichtensprecherin. Cara fragte sich, ob ihr orangefarbener Teint wohl so aussehen sollte oder ob in der Maske etwas schiefgelaufen war.

»Als Nächstes berichten wir über eine vermisste Schülerin der Sherman Highschool. Ist das Mädchen von zu Hause ausgerissen? Die Polizei ermittelt.«

Cara setzte sich aufrecht hin. Die Nachrichtensprecherin verschwand und wurde von einer tanzenden Klobürste abgelöst. Cara legte ihr Pizzastück zurück auf den Teller und wischte sich die Hände an der Serviette ab, einen Finger nach dem anderen. Das Fett hinterließ durchsichtig gelbe Flecken auf dem weißen Papier. In ihrer kleinen Gemeinde geschah für gewöhnlich nicht viel – doch nun erst die Sache mit Sydney und jetzt das hier. Wer mochte wohl verschwunden sein? Vielleicht dieses Goth Girl, das in Mathe neben ihr saß. Die sagte nie einen Ton, nicht mal, wenn sie vom Lehrer aufgerufen wurde, und sie malte ständig blutige Dolche in ihr Notizbuch. Bestimmt ging es um sie – sie schien genau der Typ, der von zu Hause wegrennen würde.

Mit diesem beruhigenden Gedanken schluckte Cara den letzten Bissen Pizza herunter, auf dem sie immer noch herumgekaut hatte, und setzte sich die Coladose an den Mund, um einen ausgiebigen Schluck zu nehmen.

»Die Schülerin Alexis Henning wurde letzte Nacht als vermisst gemeldet, nachdem sie von einer Party nicht nach Hause gekommen war«, kehrte die Stimme der Nachrichtensprecherin zurück.

Cara kippte sich vor Schreck ihre Cola über den Schoß.

Mom schnappte nach Luft. »Alexis? Wie furchtbar.« Sie starrte den Bildschirm an. Dad starrte ebenfalls wie gebannt geradeaus, das Pizzastück in seiner Hand hatte er offenbar vergessen.

Auf dem Bildschirm erschien ein korpulenter Mann mit schütterem Haar, der auf dem Rasen einer weißen holzverkleideten Villa stand, die mehrere Kilometer entfernt lag und, wie Cara wusste, Alexis' Familie gehörte. Der Mann trug eine grüne Windjacke. An seiner Seite stand ein Reporter, der aussah, als wäre er ungefähr zwölf. »Harold Salazar ist Alexis Hennings Onkel und offizieller Sprecher der Familie.« Er wandte sich dem Mann zu. »Mr Salazar, was möchten Sie der Öffentlichkeit mitteilen?«

Alexis' Onkel wirkte ein wenig nervös. Er sah abwechselnd den Reporter und die Kamera an. »Dies ist ein äußerst bedrückender Moment für unsere Familie«, las er von einem schweißfleckigen Zettel ab, den er fest umklammert hielt. »Alexis' Eltern möchten die Medien darum bitten, ihnen in dieser bedrückenden Situation die nötige Privatsphäre zu gönnen« – Cara konnte sehen, wie ihm schlagartig bewusst wurde, dass er das Wort »bedrückend« wiederholt hatte –, »und jeder, der irgendeinen Hinweis hat, der uns zu Alexis führen könnte, möge sich bitte umgehend an die Polizei wenden. Danke.« Er ließ seinen Zettel fallen und verschwand sekundenlang aus dem Blickfeld der Kamera, um ihn wieder einzusammeln.

Caras Lippen waren eiskalt. Sie nahm die verschüttete Cola kaum wahr, die sich langsam in ihre Jeans saugte. Die orangefarbene Nachrichtensprecherin kehrte mit ernster Miene zurück ins Bild. Ein winziges Porträtfoto von Alexis schwebte rechts über ihrem Kopf. »Die Polizei geht davon aus, dass es sich bei Alexis

Hennings Verschwinden um Selbstmord handelt«, verkündete die Nachrichtensprecherin. »Die Vermisste wirkte offenbar seit dem Tod ihrer besten Freundin, Sydney Powers, extrem verstört.« Alexis' Foto verschwand und wurde durch ein Foto von Sydney ersetzt. Cara zuckte innerlich zusammen, als sie das Bild von Sydneys Beerdigung wiedererkannte.

Die Nachrichtensprecherin fuhr fort: »Freunde der Vermissten berichten, dass sich Alexis kurz vor ihrem Verschwinden mit ihrem Freund gestritten hat. Die Polizei sucht derzeit im Bereich des Deer Fork River nach ihrer Leiche.« Auf dem Bildschirm erschien ein Video des Flusses. Der Himmel war bewölkt, und Regentropfen bedeckten die Linse der Kamera. Polizisten in leuchtend gelben Regenjacken suchten den Fluss mit Motorbooten ab, während ein kleiner Kran, der auf einem weiteren Boot angebracht war, unermüdlich hin und her schwenkte. Cara glaubte, am rechten Bildrand Alexis' Eltern zu erkennen, die sich gegenseitig im Arm hielten. Sie bildete sich ein, Alexis' Mutter schluchzen zu hören.

»Oh, wie furchtbar.« Mom war kreidebleich geworden. Sie stellte ihren Teller auf den Couchtisch. »Kathy und Mike tun mir so leid. Ich werde sie gleich morgen früh anrufen. Und das so kurz nach Sydneys Tod! Vielleicht ist sie ja nur weggelaufen. Der Gedanke an Selbstmord ist einfach unerträglich.« Sie wandte sich Cara zu, die reglos auf der Couch saß. »Hast du etwas davon gehört, dass Alexis verschwunden ist, Cara?«

Ihr schoss ein Bild von Alexis' violett geschminkten Lippen durch den Kopf, die sich im Foyer über sie lustig machten. Alexis, die sie auf Sarits Party anbrüllte, ihr Gesicht zu einer wütenden Grimasse verzogen. Caras Magen rebellierte. Mit einem Mal bereute sie es, das letzte Stück Peperonipizza gegessen zu haben. Sie schüttelte den Kopf. »Nein, hab ich nicht«, würgte sie hervor.

Dad hatte sich wieder seiner Pizza zugewandt. »Tragisch«, sagte er kopfschüttelnd, den Mund voller Käse.

Die Übelkeit drängte sich in ihrem Hals nach oben. »Ooh«, stöhnte sie leise und setzte sich anders hin. Mom warf ihr einen alarmierten Blick zu.

»Cara, ist dir schlecht?«, fragte sie scharf.

Nein. Es beunruhigte ihre Eltern, wenn ihr plötzlich schlecht wurde. *Sag »Nein«.* Sie schüttelte den Kopf, während ihr Schweißperlen auf die Stirn traten. Sie konnte das kalte, fettige Stück Pizza auf dem Couchtisch nicht einmal ansehen. Sie spürte, wie die Übelkeit in ihr hochstieg, und stürmte hinauf in ihr Zimmer. Ihre sprachlosen Eltern ließ sie hinter sich zurück.

Zoe richtete sich im Bett auf, als Cara durch die Tür gestürzt kam und ins Bad rannte. Vor dem Klo ließ sie sich auf die Knie fallen und beugte den Kopf über die Schüssel. Die Fliesen drückten sich kalt gegen ihre Knie. Sie wartete ab.

Hinter sich hörte sie ein leises Rascheln, dann tauchten Zoes knallgrün lackierte Zehennägel, deren Lack bereits absplitterte, in ihrem Sichtfeld auf. Zoes Fußsohlen waren dreckig von der Wanderung. Cara spürte, wie ihre Freundin auf sie herabblickte.

»Was ist los?« Ihre Stimme klang neugierig und distanziert zugleich, so als würde sie eine interessante wissenschaftliche Entdeckung betrachten.

Cara würgte einmal, doch es kam nichts heraus. Atemlos wartete sie ab, doch ihr Magen schien sich allmählich zu beruhigen. Cara blickte auf und griff nach einem Kosmetiktuch. »Alexis ist verschwunden. Die Polizei glaubt, dass sie Selbstmord begangen hat.« Aus ihrem Mund klangen die Worte irgendwie irreal.

Zoe blinzelte nicht einmal. Sie zuckte mit den Schultern. »Ja, die war echt voll am Ende. Was für eine Psychopathin.« Sie drehte sich um und trottete zurück zu ihrem Lager auf dem Bett.

Cara stand mühsam auf und füllte sich am Waschbecken ein Glas mit Wasser. Sie nahm einen Schluck. Dann stellte sie das Glas ab und trat in den Türrahmen. Zoe lag auf dem Rücken und hielt sich ein Kinderbuch vor die Nase. *Ferdinand, der Stier.* »Die Geschichte fand ich immer total schön«, sagte sie schwärmerisch.

»Warte mal, woher weißt du, dass Alexis total am Ende war?«, fragte Cara.

Zoe blickte sie an. »Na, du hast's mir doch selbst erzählt. Richtig?«

»Oh ja, richtig«, wiederholte Cara.

»Hier.« Zoe reichte ihr das Buch und klopfte neben sich aufs Bett. »Lies mir etwas vor.«

Cara setzte sich auf die zerwühlte Bettdecke, und Zoe kuschelte sich wie ein kleines Kind an. Sie schloss die Augen und ließ ihren Kopf auf Caras Schulter sinken.

»Es war einmal in Spanien …«, begann Cara. Sie las und las, während sich draußen die Dunkelheit herabsenkte.

Kapitel 16

Cara ertrank. Irgendetwas zog sie nach unten, und sie konnte sich nicht befreien. Mühsam kämpfte sie sich durch mehrere bauschige Schichten von Schlaf und befahl ihren Augen, sich zu öffnen. Die gelblichen Leuchtziffern ihres Weckers zeigten 05:30. Zoe hatte sich neben ihr zusammengekuschelt, den Arm mit Caras verhakt. Ihre Augen waren fest geschlossen, und sie atmete durch den Mund. Cara wich unwillkürlich vor ihrem schalen Atem zurück. Zoe schlug unvermittelt die Augen auf und blickte ihr direkt ins Gesicht. Sie lächelte.

»Guten Morgen«, sagte sie, ohne sich zu rühren. Cara zwang sich zu einem Lächeln. Sie rutschte ein paar Zentimeter zurück, bis sie am Abgrund der Bettkante schwebte, dann schob sie die Beine unter der Decke hervor und suchte nach ihren Schlappen.

Zoe ließ ihren ausgestreckten Arm träge aufs Bett plumpsen und schnappte sich Caras verlassenes Kopfkissen. Sie schob es sich seitlich unter den Kopf und starrte Cara mit großen, schläfrigen Augen an. »Was hast du vor? Es ist viel zu früh zum Aufstehen.«

Cara hatte immer noch eine Gänsehaut davon, dass sie so nah neben Zoe aufgewacht war. Sie stopfte ein T-Shirt und ihre Spikes in die Sporttasche. »Ich glaube, ich sollte heute mal besonders früh in den Trainingsraum gehen. Ich fühle mich in letzter Zeit ziemlich verspannt.« Sie steckte ihren Geschichtstext und zwei Schnellhefter in den Rucksack und machte den Reißverschluss zu.

Zoes Gesicht verzog sich. »Ich dachte, wir könnten heute mal zusammen frühstücken. Ich meine, ich weiß zwar, dass ich uns nicht selbst was machen kann, aber ich hatte mir eine ganz besondere Überraschung ausgedacht.« Sie rieb sich mit den Knöcheln über die Augenlider, wie ein kleines Kind.

Cara bekam plötzlich Schuldgefühle. Zoe war ihre beste Freundin, und Cara rannte vor ihr davon, als wäre sie eine Aussätzige. Sie hockte sich neben ihr Bett. »Tut mir leid. Was war's denn für eine Überraschung?«

Zoe setzte sich auf. »Ich habe mir gedacht, du könntest uns vielleicht zwei Frühstücksburger besorgen und sie hierherbringen. Wäre das nicht cool?«

Cara blinzelte. »Oh. Ähm …« Es war ja nicht gerade so, als hätte sie erwartet, dass Zoe ein reichhaltiges Frühstück mit frischen Pfannkuchen unter dem Bett hervorzaubern würde, aber ein McMuffin, den sie obendrein selbst besorgen musste, klang nicht gerade nach einer besonderen Überraschung. »Ich hab heute echt keine Zeit dazu. Vielleicht morgen?«

Zoes Blick verschloss sich. Sie kehrte Cara den Rücken zu und zuckte mit den Schultern. »Vielleicht.« Sie stützte sich auf den Ellbogen und griff nach einer Zeitschrift auf dem Nachttisch. Cara blieb unentschlossen hinter ihr stehen.

»Ich dachte, du musst los«, sagte Zoe, ohne sich umzudrehen.

»Muss ich auch«, erwiderte Cara. Sie legte Zoe behutsam eine Hand auf den Rücken. »Hey, soll ich uns vielleicht nach der Schule ein paar Cookies vom Bäcker mitbringen?«

Zoe schüttelte ihre Hand ab. »Ganz wie du willst, Würger.«

Cara stand für einen langen Moment einfach nur da. Ihre

Hände und Füße fühlten sich eiskalt an. »Wie hast du mich gerade genannt?«, brachte sie schließlich hervor.

Zoe blickte zu ihr auf. Ein Lächeln umspielte ihre Mundwinkel. Einen Augenblick lang schien es, als wollte sie das Ganze abstreiten, doch dann veränderte sich ihr Gesichtsausdruck. »Kannst du etwa keinen Spaß vertragen, Cara?« Sie sagte ihren Namen mit außergewöhnlicher Präzision.

Cara zwang sich zu einem Lächeln. »Doch, natürlich.«

Zoe nickte und wandte sich wieder ihrer Zeitschrift zu. Nach einem weiteren langen Moment drehte sich Cara um, ging aus dem Raum und zog die Tür hinter sich zu.

Draußen hing ein weißer Nebel in der gräulichen Morgendämmerung. Das Äußere des Volvo war mit feinen Tauperlen überzogen, aber das Gebläse heizte den Innenraum rasch auf, und als Cara die stillen Straßen entlangfuhr, wehte ihr ein warmer Lufthauch um die Füße. Sie dachte erneut über die Nachricht von Alexis' Verschwinden nach, während sie die ausgestorbenen Kreuzungen passierte. Es kam ihr seltsam vor, dass sich Alexis einfach so das Leben genommen haben sollte. Cara hatte immer geglaubt, dass Menschen, die Selbstmord begingen, irgendeinen Plan hätten. Vielleicht war Alexis wirklich nur abgehauen, wie Mom gesagt hatte. Cara bog in den Springfield Pike ein. Die Bäckerei, Frieda's, machte gerade auf, und einer der Mitarbeiter schob ein Tablett mit frischen Donuts ins Schaufenster. Spontan fuhr Cara in eine Parklücke und stellte den Motor ab. Das Innere des winzigen Ladens war angenehm warm und duftete nach heißem Zucker. Cara atmete tief ein, als würde sie eine Art Wunderelixier inhalieren. Die Frau hinter der Theke hatte gepflegte graue Dreadlocks und lächelte sie freundlich an. »Was darf's sein?«

»Ich hätte gern vier Donuts, zwei mit Schoko, zwei mit Marmelade.« Cara beobachtete, wie die Verkäuferin die Donuts in eine Papiertüte steckte. Sie würde sie heute Nachmittag mit zu Zoe nehmen, um sich dafür zu entschuldigen, dass sie sie allein gelassen hatte. *Ich geh doch nur zur Schule,* wandte eine Stimme in ihrem Kopf ein. *Das ist ja wohl kein Verbrechen!* Im Auto steckte sie die weiße Papiertüte in ihre Sporttasche und vergrub sie vorsichtig zwischen ihren Klamotten, damit sie nicht zerdrückt wurde.

Als sie die Schule erreichte, war der Parkplatz noch so gut wie leer. Nur in der Nähe des Eingangs standen ein paar vereinzelte Autos – wie Hunde, die auf ihre Herrchen warteten. Cara ging hastig die frisch gewachsten Korridore hinunter zum Trainingsraum. Sie stieß die Tür auf und erstarrte.

Ethan saß in sich zusammengesunken auf einer der Bänke, den Rücken zur Tür gewandt. Er hatte die Ellbogen auf die Knie gestützt und den Kopf in den Händen vergraben. Sein Rücken hob und senkte sich leicht. Zuerst dachte sie, er wäre außer Atem. Das Geräusch der Tür ließ ihn aufblicken, und Cara stellte erschrocken fest, dass sein Gesicht tränenüberströmt war.

»Oh! Tut mir leid. Ich wusste nicht, dass jemand hier ist.« Cara wandte sich zum Gehen.

»Nein, schon okay.« Seine Stimme klang ein wenig heiser.

Cara blieb mit der Hand an der Türklinke stehen.

Ethan wischte sich mit dem Arm übers Gesicht. »Ich hab mich nur hier … verkrochen oder so.« Er starrte erneut zu Boden.

Cara trat langsam näher. Zögerlich setzte sie sich neben ihn auf den Rand der Holzbank. Er rührte sich nicht, sondern starrte nur stumpf zu Boden. Vorsichtig legte Cara ihm eine Hand auf den Rücken. Sie spürte die Wärme unter seinem

T-Shirt. Er blickte zu ihr auf, und Cara zog erschrocken die Hand zurück, so als hätte sie sich verbrannt. Doch sein Gesichtsausdruck wirkte dankbar.

»Ich hab's in den Nachrichten gesehen«, sagte Cara. »Das ist echt furchtbar.«

Ethan schüttelte den Kopf. Die Worte sprudelten nur so aus ihm heraus, als hätte jemand den Hahn aufgedreht. »Es ist alles meine Schuld. Ich hätte auf der Party nicht wütend werden sollen. Ich hätte es einfach besser wissen müssen. Sie war in letzter Zeit so traurig – so verwundbar. Ich bin ein verdammter Vollidiot.« Er schlug sich mit der offenen Hand aufs Knie.

»Hey, hör auf mit dem Quatsch.« Cara beugte sich zu ihm hinunter, um ihm in die Augen zu blicken. »Du darfst dir nicht die Schuld dafür geben. Du – du hast nur getan, was du für richtig gehalten hast.«

Er sah sie zum ersten Mal wirklich an. Seine Augen waren blutunterlaufen und feucht vor Tränen. »Ich fühle mich so verdammt schuldig«, sagte er beinahe flüsternd. Er ergriff ihre Hand und umklammerte sie.

»Es tut mir so leid.« Sie erwiderte den Druck seiner Finger, und ehe sie begriff, was geschah, hatte er die Arme um sie geschlungen und den Kopf an ihrem Hals vergraben. Sie strich ihm wieder und wieder über den Rücken, während er leise weinte. Cara spürte die Hitze seines Körpers und wie seine Arme sie fest umklammert hielten. Sie fühlte sich mit einem Mal extrem aufmerksam, so als hätte sie eine Art übersinnliche Wahrnehmung entwickelt. Sie bemerkte jedes kleinste Detail – ein winziges Loch an der Schulter seines grauen T-Shirts, einen plattgetretenen Kaugummi auf dem Linoleumboden zu ihren Füßen, die gelb lackierte Oberfläche der Bank, glänzend wie Buttertoffee.

Seine Tränen hatten den Rand ihres T-Shirts völlig durchnässt, als sein Weinen endlich verebbte. Mit knallroten Wangen wich er vor ihr zurück. »O Gott.« Er beugte sich vor und wischte sich das Gesicht am Rand seines T-Shirts ab. »Du musst mich für völlig gestört halten.«

»Nein! Überhaupt nicht«, beruhigte ihn Cara. Er lächelte matt, dann räusperte er sich. Cara starrte auf ihre Knie. Ihre Schulter brannte an der Stelle, wo sein Kopf geruht hatte. Tiefe Stille breitete sich über sie. Sie saßen nebeneinander auf der Bank, als wären sie in einer Kirche.

Spontan holte Cara die kleine weiße Papiertüte aus ihrer Sporttasche. Sie steckte die Hand hinein und griff nach einem der glasierten Donuts. Er war noch warm. »Donut?«

Ethan starrte ihn an, als hätte er so etwas noch nie gesehen. Einen Moment lang dachte Cara, sie hätte ihn beleidigt. Vielleicht war dies nicht der richtige Augenblick. Vielleicht hasste er Donuts. Vielleicht hatte er sie immer mit Alexis zusammen gegessen und fühlte sich nun daran erinnert, wie dreckig es ihm ging.

Doch dann breitete sich ein Grinsen über sein Gesicht. »Danke. Wow. Ja, ein Donut wär jetzt echt klasse.« Er sah sie verblüfft an, während er das Gebäck mit drei Bissen herunterschlang. Cara knabberte an einem Schokoladendonut. Ethan griff erneut in die Tüte und machte sich über den zweiten Marmeladendonut her. Eine Weile kauten sie einfach nur gesellig vor sich hin.

Dann stopfte sich Ethan den letzten Bissen in den Mund und wischte sich mit dem Handrücken ein paar Zuckerkrümel von den Lippen. »Meine Eltern haben gesagt, ich müsste heute nicht zur Schule gehen. Aber allein in meinem Zimmer zu hocken wäre noch tausend Mal schlimmer.«

Cara nickte. »Ja, ich weiß, wie es ist, allein zu Hause zu hocken.« Sie faltete ihre Serviette zu einem Quadrat zusammen und strich sie auf ihrem Oberschenkel glatt. »Eigentlich weiß ich sogar ziemlich genau, was du da gerade durchmachst.«

»Ehrlich?«

Cara nickte. »Ja. Als wir hierhergezogen sind, musste ich meine beste Freundin verlassen. Sie war für mich der wichtigste Mensch auf der Welt. Es war einfach schrecklich. Ich habe tagelang geheult.« Sie hatte plötzlich einen Kloß im Hals, als sie an Zoe zu Hause in ihrem Zimmer dachte. Gott sei Dank war Zoe zurückgekehrt. Die Spannungen der letzten Tage spielten plötzlich keine Rolle mehr. Cara hatte riesengroßes Glück, ihre Freundin wiederzuhaben.

Ethan nickte. »Man fühlt sich völlig im Stich gelassen, oder? Im einen Moment ist die Person da, und im nächsten ist sie plötzlich verschwunden.«

»Und man denkt nur noch an die ganzen blöden Streitereien …«

»… und wünscht sich, man könnte alle Gemeinheiten zurücknehmen, die man dem anderen an den Kopf geworfen hat.« Sein Mund war zu einer traurigen Linie verzogen. »Ich verlier manchmal die Beherrschung, wie zum Beispiel auf der Party. Alexis hat immer gesagt, ich sollte mich mehr zusammenreißen.«

»Ich auch.« Cara leckte sich den Zucker von ihren klebrigen Fingern. »Ich werde manchmal unglaublich *wütend*. Dann tue ich Dinge, die ich eigentlich gar nicht tun will. Man fühlt sich manchmal so machtlos gegenüber seinen eigenen Gefühlen.«

Ethan hielt feierlich den letzten Schokodonut in die Höhe. »Zucker. Die Lösung lautet Zucker. Das Allheilmittel gegen sämtliche Probleme.«

Cara grinste. »Der Coach wird begeistert sein, wenn er mitkriegt, dass wir uns hier 'ne Überdosis widerlicher Kohlenhydrate reinschaufeln und obendrein seinen geliebten Trainingsraum vollkrümeln.«

Ethan brach den Donut in zwei Hälften und reichte Cara eine. »Umso besser. Irgendwie fühle ich mich gerade rebellisch.«

Sie lächelte und nickte. Ihr Mund war mit süßem Teig vollgestopft, und das Glück schoss ihr nur so durch die Adern. Zucker war tatsächlich ein Allheilmittel.

Kapitel 17

»Irgendwelche Neuigkeiten aus der Schule?«, fragte Mom am Montagabend, während sie sich einen Bissen Delikatess-Kartoffelsalat in den Mund schob und ihre Tochter mit Blicken durchbohrte.

Cara schüttelte den Kopf und schob ein paar grüne Bohnen ihres Dreierlei-Bohnensalats auf dem Teller hin und her. Ihr Vater schaufelte sich mit der einen Hand Thunfisch in den Mund und kritzelte mit der anderen Notizen auf eine Papierserviette. Cara war sich ziemlich sicher, dass er nicht einmal wusste, was er da aß.

Ihre Mutter lächelte geduldig. Cara seufzte. »Ähm, Mr Furlong hat ein paar Footballspielern bei sich zu Hause Wodka angeboten und wurde gefeuert.« Bitte schön. Das sollte sie für eine Weile zufriedenstellen.

Einen Moment lang herrschte Stille, während Mom die Nachricht verarbeitete. Cara aß eine Bohne. Ihr Vater bedachte seine Serviette mit einem entrüsteten Schnauben und nickte mit dem Kopf.

»Don.« Ihre Mutter warf ihm einen Du-verschwendest-wertvolle-Zeit-mit-deiner-Tochter-Blick zu.

»Was?« Dad blickte auf. »Was hast du gerade gesagt, Cara?« Seine Augen wanderten zu seinem Teller. »Ist das Thunfischsalat?«

»Sie hat erzählt, dass …« Mom wurde vom Läuten der Türklingel unterbrochen.

»Ich geh schon!« Cara rutschte von ihrem Stuhl herunter. Hinter sich hörte sie, wie ihre Mutter Mr Furlongs Wodkageschichte nacherzählte. Einen Moment lang hegte Cara den äußerst gewagten und aufregenden Gedanken, dass Ethan vielleicht vor der Tür stehen könnte. Sie waren sich seit ihrer Begegnung im Trainingsraum heute Morgen nicht mehr über den Weg gelaufen. Vielleicht kam er ja einfach mal vorbei, um zu quatschen oder so. Mit einem unsicheren Lächeln auf den Lippen riss sie die Tür weit auf.

Zwei Polizeibeamte standen vor ihr auf der Matte, direkt unter der Eingangsbeleuchtung. Hinter ihnen lauerte die stille, eisige Herbstnacht. Caras Herz machte einen gigantischen Satz. Sie trat einen Schritt zurück. Das war's, dröhnte es in ihrem Kopf. Sie hatten herausgefunden, wo Zoe steckte. Sie würden sie mitnehmen und zurück zu ihrem Stiefvater bringen. Cara wollte die Treppe hinaufstürmen, um Zoe zu warnen, aber ein ruhiger, kluger Instinkt hielt sie davon ab.

»Sind wir hier richtig bei Familie Lange?«, fragte die Polizistin. Ihr blondes Haar war zu einem gepflegten Knoten hochgesteckt. Auf ihrem Namensschild stand »Stanton«.

Cara nickte stumm.

»Wer ist denn da, Cara?«, rief ihre Mutter aus der Küche. Caras Mund war zu trocken, um zu antworten.

»Dürfen wir reinkommen?«, fragte der große männliche Polizist. Das Dienstabzeichen auf seiner Brust strahlte im Licht der Eingangsbeleuchtung. Es funkelte ihr geradewegs in die Augen. Sie blieb reglos stehen. Die beiden Polizisten, die dieses Verhalten vermutlich gewohnt waren, traten unbeirrt über die Schwelle und stellten Cara vor die Wahl, aus dem Weg zu gehen oder über den Haufen gerannt zu werden.

»Cara, wer …?« Mom blieb in der Tür zum Flur stehen, die Serviette noch in der Hand. Ihr Ausdruck von milder Verärgerung erstarrte, als sie statt einer Kekse verkaufenden Pfadfinderin die beiden Polizeibeamten erblickte.

»Mrs Lange?«, fragte Stanton.

Moms Hand flog an ihren Hals. »Ja? Ist irgendetwas passiert?«

Dad tauchte mit erschrockenem Gesichtsausdruck hinter ihr auf. Er legte Mom eine Hand auf die Schulter.

»Wir müssen Sie in einer dringenden Angelegenheit sprechen«, sagte der groß gewachsene Polizist. Cara warf einen Blick auf sein Namensschild. Fitzgerald.

Cara spürte, wie ihr der Dreierlei-Bohnensalat wieder hochkam. Das war's. Jetzt würde alles rauskommen. Zoe. Das Versteck. Der Umstand, dass sie einer Flüchtigen geholfen und sie bei sich untergebracht hatte. War das etwa ein Verbrechen? Zoe, wie sie die Stufen hinuntergeschleift wurde, kreischend und tretend. Würde man ihr wohl Handschellen anlegen? Zoe, wie sie Cara anflehte und die Arme nach ihr ausstreckte. Die Polizisten mit versteinerten Mienen, wie sie Zoe in den Streifenwagen zwangen. Und für immer fortbrachten.

Cara gab ein ersticktes Geräusch von sich, und alle Erwachsenen sahen sie an. »Cara«, sagte ihre Mutter scharf. »Möchtest du vielleicht einen Schluck trinken? Du siehst blass aus.«

Cara schüttelte den Kopf. Ihre Mutter warf den Polizisten einen entschuldigenden Blick zu. »Meine Tochter ist ein wenig … nervös.« Cara beobachtete, wie ihre Mutter die Fassung zurückerlangte und ihre professionelle Anwaltshaltung einnahm. »Bitte, nehmen Sie doch Platz.« Sie deutete auf ein Paar Sessel.

Die Polizeibeamten setzten sich und legten ihre Kappen auf den Schoß, die Füße fest auf den Boden gestellt, die Rücken kerzengerade, so als hätte man ihnen auf der Polizeischule beigebracht, wie man richtig sitzt. Mom und Dad nahmen ihnen gegenüber auf dem Sofa Platz, während Cara vorm Kamin stehen blieb, die Hände hinter dem Rücken gefaltet wie ein Kind, das vor die Klasse gerufen wurde.

Fitzgerald zog ein Notizbuch aus der Tasche, klappte es auf und brachte seinen Kuli in Position. »Wir ermitteln im Fall des Verschwindens von Alexis Henning, einer Schülerin der Sherman Highschool. Ist Ihnen bekannt, dass Ms Henning am Samstag, dem zwanzigsten September, als vermisst gemeldet wurde?«

Cara spürte, wie sich das eiserne Band um ihren Brustkorb ein wenig lockerte. Es ging gar nicht um Zoe. Zoe war in Sicherheit. Cara hatte das Bedürfnis, sich auf den Boden zu legen. *Aber warum fragen sie mich nach Alexis?*

»Oh, durchaus«, sagte Mom. »Wir haben es in den Nachrichten gehört. Es ist einfach furchtbar. Wir kennen ihre Eltern gut. Können wir irgendwie helfen?«

»Das können Sie«, sagte Stanton. Sie hatte eine außergewöhnlich tiefe Stimme, die von einem leichten Bostoner Akzent geprägt war. »Wir haben eine Perlenkette gefunden, die den Eltern zufolge Alexis gehörte. Der Fundort der Kette befindet sich zwischen dem Anwesen der Familie Kohli, wo Alexis zuletzt gesehen wurde, und dem Zuhause der Hennings. Anwohner haben zudem berichtet, dass sie Geräusche eines Handgemenges gehört haben. Der Verdacht lautet daher nicht mehr auf Selbstmord, sondern auf mögliche Entführung.« Stantons Gesicht wirkte glatt und unbeteiligt. Vor Caras Augen blitzte ein Bild der Scheune auf. Zoe, die eine kleine leuchtende Perle zwischen den Fingern rollte.

»Entführung!« Ihre Mutter atmete scharf ein. Sie schlug sich die Hand vor den Mund. »Oh, die Ärmste!« Cara sah, wie sich Tränen in ihren Augen sammelten. Sie schien mit einem Mal furchtbar alt, wie sie so auf dem Sofa saß, die Fußgelenke übereinandergeschlagen, ihre makellos weiße Bluse im Lampenlicht schimmernd. Cara konnte jede einzelne Falte erkennen, jedes graue Haar.

Fitzgerald räusperte sich. »Wir würden Cara gern ein paar Fragen stellen, wenn es Ihnen recht ist.«

Cara spürte, wie ihre Ohren heiß wurden, als sich alle vier Augenpaare plötzlich auf sie richteten. Wie auf Kommando fing ihr Auge an zu zucken. »M-mir?«, stammelte sie. Von oben her hörte sie, wie sich leise eine Tür öffnete. Zoe hatte sich aus ihrem Zimmer geschlichen. Cara versuchte, sich möglichst nichts anmerken zu lassen. Von ihrem Platz am Kamin aus konnte sie durch den breiten Türdurchgang hindurch bis zur Treppe sehen. Hinter dem Treppengeländer erschien ein schmales weißes Gesicht. Zoe beobachtete sie. Für einen Moment erwiderte Cara ihren Blick, und Zoe zwinkerte ihr zu. Sie dankte Gott, dass ihre Eltern und die beiden Polizisten nicht in Richtung Treppe saßen. Aber Mom müsste nur ein klein wenig nach links rutschen und aufblicken, dann hätte sie freie Sicht …

»Cara?«

»Hm?« Alle sahen sie erwartungsvoll an.

»Cara, Officer Stanton hat gefragt, ob du bestätigen kannst, am Samstag auf Sarits Party gewesen zu sein.« Ihr Vater sah sie seltsam an. »Konzentrier dich. Das hier ist wichtig.«

»Oh!« Cara riss ihren Blick von Zoe los. »Ähm, genau, ich meine, ja, ich war nach der Beerdigung auf Sarits Party«, stammelte sie. Ihr Auge zuckte mit einer Geschwindigkeit von einer Million Stundenkilometern.

Fitzgerald machte sich eine Notiz in seinem Buch. »Und während Sie dort waren, haben Sie da zufällig mit Ethan Gray gesprochen?«

Mit Ethan? Sie nickte. Fitzgerald machte sich eine weitere Notiz.

»Und was wissen Sie über Ethans Aktivitäten in jener Nacht?«, fragte Stanton. Zoe verlagerte ihr Gewicht, und das Holz der Treppe ächzte. Cara zwang sich, Stanton ins Gesicht zu blicken. Warum befragte man sie über Ethan? Plötzlich trat ihr ein Bild vor Augen, wie er am Morgen zusammengesunken auf der Bank im Trainingsraum gesessen hatte. *Ich fühle mich so verdammt schuldig*, hatte er geschluchzt. Nein. Nein, das war unmöglich.

»Ich weiß nicht, was Sie meinen«, sagte sie beinahe flüsternd.

»Liebling! Hast du auf der Party mit Ethan geredet?«, mischte sich Mom besorgt ein.

Cara nickte. »Ja, ich habe mit ihm geredet. Wir haben eine Weile in der Küche gestanden und uns unterhalten.« Sie dachte an das schwarze Viereck des Fensters über der Spüle. An den Hinterhof im grauen Zwielicht. Das schwarze Haar, das sie ein Leben lang gekannt hatte, wie es hinter der Garage verschwand. »Er hat gesagt, er würde mich nach Hause bringen.« *Ethan wird sich niemals an dich ranmachen, solange er mit seiner widerlichen Freundin zusammen ist.*

»Und hat er das?«, fragte Stanton. Fitzgerald kritzelte wie wild in sein Notizbuch.

»Hat er was?«

Stanton sah sie forschend an. »Hat er Sie nach Hause gebracht?«

Cara nickte. »Ja, hat er.«

»Und wann genau war das?«, fragte Stanton.

»Ähm, ich bin mir nicht ganz sicher. So gegen elf.« Cara war überrascht, wie ruhig ihre Stimme klang.

Fitzgerald blickte von seinen Notizen auf. »Und haben Sie Alexis Henning auch auf der Party gesehen, Ms Lange?«

Alle Blicke richteten sich auf Cara. Der Moment dehnte sich zum endlosen Ticken der Kaminuhr. Cara schüttelte den Kopf. »Nicht so richtig. Ich glaube, sie war die meiste Zeit draußen.« Im selben Augenblick, wie ihr die Lüge mühelos über die Lippen ging, beruhigte sich auch ihr Auge und hörte auf zu zucken.

Fitzgerald ließ sein Notizbuch zuschnappen und nickte Stanton zu. Die beiden standen auf. Fitzgerald steckte den Kuli in die Brusttasche seiner Jacke. »Vielen Dank, Ms Lange.«

Mom brachte die beiden zur Tür. »Wenn wir Ihnen sonst noch irgendwie helfen können …« Sie verstummte.

Die Beamten nickten. »Dann melden wir uns«, erwiderte Stanton. Die Tür fiel hinter ihnen ins Schloss.

Cara und ihre Eltern blieben im Flur stehen, als wären sie Schauspieler, die auf ihren nächsten Einsatz warten. »Nun!«, sagte ihr Vater schließlich. »Das ist wirklich furchtbar. Ich bin froh, dass du ihnen helfen konntest, Cara.«

Sie nickte. Der Druck in ihrer Brust drohte sie zu ersticken. »Ich muss mal dringend aufs Klo«, platzte sie heraus. Ungeachtet der überraschten Blicke ihrer Eltern drehte sie sich auf dem Absatz um und rannte die Treppe hinauf.

Cara stürzte ins Zimmer. »Wo warst du Samstagabend?«, brüllte sie.

»Schrei nicht so. Die hören dich sonst«, erwiderte Zoe ruhig. Sie verließ ihren Platz am Fenster, von wo aus sie Sydneys Haus betrachtet hatte. »Der Polizist war echt schnuckelig, oder?«

»Zoe, ich meine es ernst!« Cara ging auf ihre Freundin zu und blickte geradewegs in ihre violetten Augen. Das Weiß ihrer Augäpfel war blutunterlaufen. »Ich muss es wissen. Wo bist du am Samstag gewesen?« Sie packte Zoe am Arm.

Zoe riss sich los. »Lass mich. Das hab ich dir doch schon gesagt. Ich war 'ne Weile in der Scheune, und dann bin ich zurückgekommen.«

»Woher hast du diese Perle?«, fuhr Cara sie an.

»Das hab ich dir *auch* schon gesagt! Von meiner Mutter.« Zoe kniff die Augen zusammen. »Warum verhörst du überhaupt *mich*?« Sie machte eine kurze Pause. »Du solltest dir lieber über Ethan Gedanken machen.«

Cara wich einen Schritt zurück. »Was willst du damit sagen? Dass Ethan Alexis …« – das Wort »umgebracht« wollte ihr nicht über die Lippen – »etwas angetan hat?«

Ich habe etwas Schlimmes getan, Cara. Aber nichts Schlimmeres, als was er mir angetan hat.

Zoe zuckte mit den Schultern und schnappte sich Caras Kajalstift, der auf dem Schminktisch lag. Sie blickte in den Spiegel und zeichnete sich eine breite schwarze Linie auf ihr Augenlid. Ihre waschbärartigen Augen schienen ihr halbes Gesicht einzunehmen. »Na, so was in der Art hat die Polizei doch wohl angedeutet, oder?« Sie legte den Kajal beiseite und sah ihre Freundin an. »Ich versuche dir nur zu helfen, Car. Wie wär's, wenn du deiner besten Freundin gegenüber mal ein bisschen Loyalität zeigen würdest?« Sie musterte Cara und lächelte unerwartet. »Lust auf eine kleine Gurkenmaske?« Sie hielt eine halb leere Tube hoch. »Die hab ich heute Morgen in deiner Schublade gefunden.«

Cara nickte stumm. Sie ließ sich zu ihrem Stuhl führen und schloss die Augen, während Zoe ihr einen heißen, feuchten Waschlappen übers Gesicht legte. Er roch moderig. Unter dem dicken Stoff spürte sie, wie Zoe ihr die Hände aufs Gesicht drückte. Sie hatte das Gefühl, lebendig begraben zu werden.

Kapitel 18

Cara wälzte sich in jener Nacht in den verhedderten Laken hin und her, unfähig, die Bilder zu verdrängen, wie Ethan mit Handschellen in eine Zelle geführt wurde. Oder wie er mit hängendem Kopf vor einem hohen Richterpult stand, die Hände mit Ketten an die Hüften gefesselt, in einen orangefarbenen Gefängnisanzug gekleidet, während der Richter sein Urteil sprach. Sie strampelte die Bettdecke von sich und blieb in ihrem T-Shirt liegen. Ethan konnte Alexis doch unmöglich etwas angetan haben, oder? Er war der einfühlsamste Junge, der ihr je begegnet war. *Aber selbst einfühlsame Menschen drehen manchmal durch*, argumentierte ihr Verstand. Genau dasselbe hätte Zoe auch gesagt. Und immerhin hatte er selbst zugegeben, dass er manchmal die Beherrschung verlor …

Cara schauderte, als ein plötzlicher Luftzug ihre schweißnasse Haut kühlte. Rasch zog sie sich die Decke über ihren klammen Körper. Zoe schlief friedlich neben ihr weiter. Ein paar Haarsträhnen hingen ihr quer übers Gesicht, und sie hatte die Hände unter die Wange geschoben, als würde sie für eine Postkarte posieren. Als endlich ein Schimmer von Grau und Rosa den östlichen Horizont erhellte, kroch Cara aus dem Bett, um sich nach unten in die stille Küche zu schleichen.

Auf der Arbeitsplatte, die gelben Augen wachsam geweitet, saß Samson, mitten in einem wirren blauen Haufen, den Cara zunächst für geschreddertes Papier hielt. Dann erkannte sie, dass es ihr Sportbeutel war. Zerfetzt, ruiniert und übersät mit grauen Katzenhaaren.

Wut kochte in ihr hoch. Das war ihr Lieblingsbeutel, den sie jeden Tag benutzte, und dieses Mistvieh von einer Katze wagte es auch noch, sie seelenruhig anzusehen, als wäre nichts passiert. »Verschwinde!« Sie versuchte ihn beiseitezuschieben. Samson fauchte und wehrte ihre Hand mit der Tatze ab. Mit aller Kraft stieß sie ihn von der Arbeitsplatte. Er stürzte klatschend auf den Linoleumboden und rappelte sich mit schliddernden Pfoten auf, um ins Wohnzimmer zu flüchten.

Caras Gesicht glühte so sehr, dass sie kaum noch etwas sah. Sie griff nach der zerfetzten Tasche und stopfte sie in den Mülleimer unter der Spüle. Dann knallte sie die Schranktür so fest zu, dass sie wieder aufsprang. Caras Fäuste ballten sich, und sie blieb einen Moment lang reglos stehen, um sich davon abzuhalten, den Mülleimer in der Küche auszukippen. Nach etwa einer Minute hatte sich ihr Puls einigermaßen beruhigt. Sie schloss behutsam den Spülenschrank und nahm sich eine Packung Cheerios aus der Speisekammer.

Sie schüttete die Cheerios in eine Schüssel und beugte sich über die Kücheninsel, um ihr Frühstück lustlos in sich hineinzuschaufeln. Stumpfsinnig starrte sie die kleinen braunen Kringel an, die auf einer Milchpfütze in der Müslischale dahintrieben. Sie massierte sich mit den Fingern die Schläfen. In weniger als zwei Stunden würde sie ihren Englischraum betreten. Und Ethan wäre entweder da … oder nicht.

Mom betrat die Küche in Jeans und Sweatshirt, ihr Gesicht zerknittert vom Schlaf. Sie steuerte schnurstracks auf die Spüle zu, um Wasser in die Kaffeemaschine zu füllen. »Cara, ich habe gerade mit Kathy Henning telefoniert. Sie haben für heute eine große Suchaktion angesetzt. Hört sich an, als wäre der ganze Stadtteil involviert. Dein Vater und ich werden uns jedenfalls beteiligen. Ich finde, es wäre schön, wenn du dich anschließen würdest. Du kannst die Schule ruhig mal einen Tag ausfallen lassen.« Sie stellte die Kaffeekanne auf die Platte und schaltete die Maschine ein.

»Okay«, erwiderte Cara. Sie stellte sich vor, wie sie das Flussbett nach Alexis' Leiche absuchte. Sie entdeckte eine weiße Hand, die unter einem Baumstamm hervorragte, umspült vom Wasser. Die Cheerios in ihrem Magen wirbelten unangenehm herum. Sie schluckte schwer.

»Treffpunkt ist um neun an der Methodistenkirche«, fuhr Mom fort, während sie eine Tüte Brot öffnete. »Dad und ich gehen schon früher hin, um Kathy bei den Vorbereitungen zu helfen.«

Nachdem ihre Eltern mit den Worten verschwunden waren: »Wir sehen uns in einer Stunde!«, blieb Cara allein am Küchentisch sitzen. Irgendetwas hielt sie davon ab, hinauf in ihr Zimmer zu gehen. Sie wollte jetzt nicht in Zoes Nähe sein, wollte nicht auf der Bettkante sitzen und ihr beim Atmen zusehen – denn genau das würde sie tun, wenn sie jetzt hochginge. Durch das offene Fenster hörte sie, wie draußen Menschen vorbeigingen und sich unterhielten. Zahlreiche Autos fuhren die Straße entlang, deutlich mehr als sonst. Alle bereiteten sich auf die große Suchaktion vor.

Cara saß reglos da, während die Heizung ansprang und wieder ausging. Die Küchenuhr zählte die Sekunden, dann die Minuten. Zwei Minuten verstrichen, dann eine weitere. Als die Uhr 08:45 zeigte, rutschte Cara von ihrem Hocker herunter, schnappte sich auf dem Tisch im Flur ihr Handy und schnürte ihre Turnschuhe zu. Dann nahm sie Dads Steppjacke aus dem Garderobenschrank und ging hinaus, um die bedrückende Stille hinter sich einzusperren.

Draußen begrüßte sie ein strahlender Herbsttag. Über ihr erhob sich der Himmel in jenem ergreifenden Blau, das man nur im Herbst zu sehen bekommt. Astern und Chrysanthemen wiegten sich in den Blumenbeeten, und die Rasenflächen waren noch immer leuchtend grün. Die hohen, knisternden Laubhaufen am Straßenrand waren hier und da plattgetreten und auf der Straße zerstreut, weil ein Kind hineingesprungen war.

Bereits aus einem Block Entfernung konnte sie sehen, dass der Parkplatz der Kirche voller Autos war. Der Rasen vor dem Gebäude glich einem Rummelplatz. Alle Anwesenden trugen Jacken und Baseballkappen. Sie hatten sich zu ernsten kleinen Gruppen zusammengeschart und unterhielten sich mit den Händen in den Taschen. Mehrere Schäferhunde zerrten an ihren Leinen, und an einer Straßenecke bemerkte Cara ein halbes Dutzend Pferde, die sich im Kreis aufgestellt hatten. Ihre Reiter plauderten leise miteinander, während die Tiere mit den Köpfen schlugen und angesichts der ungewohnten Gerüche und Geräusche die Ohren spitzten.

In der Nähe der Eingangstreppe war ein Klapptisch aufgebaut. Die Hennings standen dahinter und begrüßten die ankommenden Helfer. Vor ihnen lagen ein Zettel, der nach einer Anwesenheitsliste aussah, sowie ein Stapel verschwommener Schwarz-Weiß-Kopien von Alexis' Foto. Caras Eltern standen direkt daneben. Mom bediente eine riesige Thermoskanne voll Kaffee, den sie eifrig in Pappbecher füllte, und Dad wühlte in einem Pappkarton mit Zuckerpäckchen, Rührstäben und Kaffeesahne.

Sarit und Madeline standen mit ein paar anderen Schülern der Sherman High unter einem Baum am Rand der Wiese. Sarit winkte, und Cara nickte ihr zu, aber sie ging nicht zu ihnen rüber. Im Moment wollte sie nur mit einer einzigen Person sprechen. Erneut ließ sie ihren Blick über den Rasen schweifen, doch sie konnte Ethan nirgends entdecken. Sie mochte sich nicht ausmalen, wo er wohl steckte.

Ein Mann, den Cara als Alexis' Onkel wiedererkannte, stieg mit einem Zettel in der Hand die Eingangsstufen der Kirche hoch. »Ich möchte euch alle kurz um eure Aufmerksamkeit bitten!« Er wedelte mit den Armen, und die Menge beruhigte sich. »Vielen Dank, dass ihr alle gekommen seid. Dies ist eine schwierige Zeit für unsere Familie, und nur die unermüdliche Unterstützung unserer Gemeinde gibt uns die Kraft, das hier durchzustehen. Wir werden die Helfer in vier Gruppen einteilen. Diese Gruppen sollen die Bereiche Shelton Woods, French Park, Mill Creek und das Flussufer absuchen. Ein besonderer Dank gilt unseren Helfern zu Pferd. Wenn *ihr* bitte die steilen Abhänge der Hügel übernehmen könntet, das wäre wunderbar.« Der Mann las eine Reihe weiterer Anweisungen von seinem Zettel ab.

Dann leerte sich der Rasen. Die Helfer mit den Hunden verteilten sich auf die verschiedenen Gruppen, während die Reiter in die hügeligen Wälder ritten. Cara hatte sich noch immer nicht in die Liste eingetragen – sie wollte Mr und Mrs Henning nicht zu nahe kommen –, doch als sich die Helfer aufteilten, schloss sie sich der Gruppe an, die den Park absuchte.

Als sie die große offene Parkfläche erreichten, veranlasste die Gruppenleiterin, eine Frau mit einem Baby auf dem Rücken, dass alle Anwesenden eine Kette bildeten, die sich über die gesamte Breite des Parks erstreckte. Sie sollten langsam mit gesenktem Kopf vorwärtsschreiten und während des Gehens den Boden absuchen. Falls irgendjemand etwas Auffälliges entdeckte, sollte er rufen, damit die Leiterin die Stelle für die Polizei markieren konnte.

Cara begab sich ans Ende der Kette, am Rande des Parks, und stellte sich neben einen hageren Mann mit grauen Haaren und abgewetzten Motorradstiefeln. Zu ihrer Linken lag der Wald. Sie hörte, wie die Helfer drüben Äste zertraten und sich rufend miteinander verständigten. Urplötzlich fühlte sie sich erleichtert, dass das Suchgebiet nicht in der Nähe der alten Scheune lag. Was, wenn Zoe sich erneut zu einem unplanmäßigen Ausflug entschieden hätte?

Auf Zuruf der Leiterin setzte sich die Gruppe in Bewegung. Cara schritt langsam vorwärts und suchte dabei das feuchte Gras ab, in das sie mit ihren Turnschuhen einsank. Neben ihr hielten die Motorradstiefel auf gleicher Höhe Schritt. Dann folgte ein Paar Mokassins, die mit jedem Schritt mehr durchnässt wurden.

Plötzlich entdeckte sie zu ihrer Linken ein weiteres Paar Turnschuhe. Cara blieb stehen und blickte überrascht auf – geradewegs in Ethans blaue Augen.

Sie schlug unwillkürlich die Hand vor den Mund. »Gott, du bist es!«, rief sie. Der Motorradstiefelmann warf ihr einen erschrockenen Blick zu. Ethan packte ihren Arm und zog sie in das schützende Dickicht des Waldes.

Cara widerstand dem Drang, ihm um den Hals zu fallen, und begnügte sich stattdessen mit einem gemurmelten »Ich hab dich vorhin gar nicht gesehen«. Ethan wirkte erschöpft. Sein Haar war ungekämmt und seine Kleidung zerknittert, so als hätte er darin geschlafen. Er fröstelte in seiner dünnen Jacke, als um sie herum plötzlich ein eisiger Windstoß in die Bäume fuhr und an den Ästen rüttelte. Auf der anderen Seite des Brombeergestrüpps, das sie vom Park trennte, konnte Cara einige Helfer erkennen, die langsam vorüberschritten und einander Dinge zuriefen. Eines der Pferde trabte mit klirrendem Zaumzeug an ihnen vorbei, die Hufe versanken schmatzend in der sumpfigen Erde.

Cara schlang die Arme um den Körper. Einen gedehnten Moment lang versuchte sie, Ethans Gesicht auf irgendeinen Hinweis abzusuchen, wo er wohl gesteckt hatte. Doch seine Augen wirkten trüb. Sie gaben nichts preis.

»Die Polizei war gestern Abend bei uns«, sagte Cara schließlich.

Er nickte. »Ja. Die haben mehrere Häuser abgeklappert – Alexis' gesamten Freundeskreis.«

»Was – was ist passiert?«, fragte Cara flüsternd. Ethan wirkte extrem niedergeschlagen, wie ein Hund, der zu oft getreten worden war und sich nicht mehr erheben konnte.

Er setzte sich auf einen Baumstamm und ließ seine Stirn auf die Knie sinken, um stumm den Waldboden anzustarren. Cara setzte sich vorsichtig neben ihn. Das nasse Moos an der Oberseite des Stammes gab unter ihrem Hintern nach. Sie spürte, wie sich die Feuchtigkeit in ihre Jeans sog. Es war ihr egal. Das Einzige, was jetzt zählte, war Ethan – hier an ihrer Seite.

Er atmete tief ein. »Sie sind so gegen acht aufgekreuzt und haben gesagt, ich müsste zu einer Befragung mit auf die Wache kommen. Sie waren zu zweit. Eine Frau, Stanton, und ...«

»Fitzgerald«, warf Cara ein.

Ethan nickte. »Genau. Meine Eltern haben sich tierisch aufgeregt, aber die Polizisten haben behauptet, sie würden mich nicht festnehmen, sie wollten mir nur ein paar Fragen stellen.

Aber sie hätten mich auch gleich festnehmen können, denn genauso haben sie sich aufgeführt.« Er verstummte. Nach kurzem Zögern legte Cara ihre Hand auf Ethans. Seine Haut war trocken und weich. Er erwiderte den Druck ihrer Hand und klammerte sich daran fest, als wäre es eine Rettungsleine. Plötzlich sprudelten die Worte nur so aus ihm heraus. »Sie haben mich in diesen winzigen Raum geführt, genau wie im Film, und mich immer wieder gefragt, was in der Nacht passiert ist. So als würden sie erwarten, dass ich plötzlich etwas anderes sage. Aber ich konnte ihnen nicht mehr sagen als die Wahrheit.«

Cara hielt den Atem an. »Und was – was ist die Wahrheit?« Ihre Stimme zitterte leicht. Sie konnte die Vorstellung nicht ertragen – wirklich nicht ertragen –, dass Ethan Alexis … *irgendetwas* … angetan hatte.

Er runzelte die Stirn. »Das weißt du doch. Alexis und ich haben uns gestritten, und dann habe ich dich nach Hause gebracht. Und dann bin ich nach Hause gegangen und habe geschlafen.« Ethan schüttelte den Kopf. »Ich kam mir vor wie ein Verbrecher. Als würde ich ihnen irgendetwas verheimlichen, obwohl es überhaupt nichts zu verheimlichen gibt. Ich hatte das Gefühl, die wollten mich verhaften.«

»Das klingt echt furchtbar.« Cara drückte seine Hand.

Er nickte. »War es auch. Aber es hätte noch viel schlimmer kommen können, wenn du nicht gewesen wärst.«

»Ich?«

»Du hast ihnen erzählt, dass ich dich nach Hause gebracht habe – das ist mein Alibi. Ich habe keine Ahnung, was sonst passiert wäre.« Er beugte sich spontan zu ihr herunter und küsste ihre Hand. Seine Lippen waren warm und glatt; sein Haar streifte sanft ihr Handgelenk.

Ethan blickte zu ihr auf. Seine blauen Augen wirkten besorgt. »Cara, *du* glaubst aber doch nicht, dass ich Alexis etwas angetan habe, oder?« Der Druck seiner Hand nahm zu.

Cara blickte ihm tief in seine blauen Augen. Sie konnte bis auf den Grund sehen. Sie schüttelte den Kopf. »Ethan, ich weiß, dass du ihr nichts getan hast.«

Er nahm sie spontan in den Arm. »Danke. Danke.« Sie blieben lange Zeit so sitzen, sein Kopf in ihrem Nacken vergraben. Sie spürte seinen heißen Atem auf ihrer Haut. Schließlich hob er den Kopf. Sein Gesicht war tränenüberströmt.

Cara starrte ihn an. Der Ethan aus ihren Träumen war verschwunden. Er wirkte einfach nur wie ein Mensch, der furchtbar traurig war. Cara fühlte sich geradezu erleichtert. Träume vergingen, wenn man erwachte. Die Wirklichkeit war deutlich besser.

Cara streckte ihre Hand aus und wischte ihm mit dem Ärmel eine Träne weg. Er lächelte. »Du musst mich für ein totales Wrack halten«, sagte er und schniefte einmal laut.

Sie schüttelte vehement den Kopf. »Nein, überhaupt nicht. Du hattest eine harte Nacht.« Cara spähte durch die Äste hindurch in den Park, wo die Suche ununterbrochen weiterging. »Und leider ist das Ganze noch nicht vorbei.«

Ethan folgte ihrem Blick. Die bunten Jacken der Helfer malten farbenfrohe Punkte in die herbstliche Landschaft. In der Ferne hörte Cara das Bellen eines Schäferhunds. Ethan seufzte. »Hey, hast du eigentlich noch mal was über die Ermittlungen zu Sydneys Tod gehört?« Seine Stimme klang jetzt wieder völlig normal.

Cara schüttelte den Kopf. »Nein, nichts. Ich schätze mal, die arbeiten noch daran.«

»Ich habe fast damit gerechnet, dass mich die Polizisten auch dazu befragen, aber sie haben die Sache nicht mal erwähnt.« Ethan stand auf und streckte Cara die Hand hin. »Meinst du, wir sollten mal wieder zurückgehen?«

Cara nickte und ließ sich von ihm hochziehen. Vorsichtig drängten sie sich durch das Gestrüpp und trotteten mit gesenktem Kopf über den Rasen – auf der Suche nach irgendeinem Fetzen, irgendeinem Hinweis, wo Alexis wohl stecken mochte.

Kapitel 19

Vier Stunden später waren Caras Jeans bis zu den Knien durchweicht. Ihre Schuhe hatten sich bis auf die Socken mit Wasser vollgesogen, und sie hatte einen fetten Kratzer auf der Wange, wo ihr ein Brombeerzweig ins Gesicht gepeitscht war. Von Alexis keine Spur. Für einen kurzen Moment hatte Aufregung geherrscht, als einer der Hunde einen Knochen fand. Doch wie sich herausstellte, gehörte dieser zu einem Rehkadaver, der einige Meter entfernt lag. Gegen drei Uhr löste sich der Suchtrupp allmählich auf. Die Helfer schlenderten durch den Park nach Hause, und auf dem Kirchenparkplatz fuhren die Autos nach und nach davon, bis nur noch die Hennings und Caras Eltern übrig blieben, die eifrig damit beschäftigt waren, den Kaffeespender zu verstauen und zerrissene und feuchte Fotokopien vom Rasen aufzulesen. Ethan musste sich verabschieden, nachdem er einen Anruf von seiner Mutter erhalten hatte.

Mom und Dad hatten den Hennings versprochen, noch mit ihnen essen zu gehen. Erleichtert schlenderte Cara nach Hause. Der Hausflur war wie ausgestorben, lediglich eine runde Mulde markierte die Stelle, wo Samson für gewöhnlich auf seinem Sessel lag. Cara ging auf direktem Wege in ihr Zimmer. Ihr tat einfach alles weh, ihre Füße waren eingefroren, und sie wünschte sich nichts sehnlicher als ein heißes Bad und ihren Bademantel. Und im Anschluss essen und fernsehen auf dem Sofa. Sie wollte sich in irgendeiner albernen Romantikkomödie verlieren, wo niemand tot im Pool herumschwamm oder mitten in der Nacht verschwand.

Doch ihr Zimmer war leer – schon wieder. »Verdammt noch mal!« Cara schleuderte ihren Rucksack zu Boden. Es war dämlich und gefährlich, wenn Zoe da draußen herumlief, vor allem heute, wo so viele Leute unterwegs waren. Insbesondere, wenn sie zu Hause tatsächlich irgendwelche Dummheiten angestellt hatte. Cara war bemüht, nicht allzu sehr in Zoes Vergangenheit herumzustochern. Aber wenn Zoe tatsächlich ein Verbrechen begangen hatte, würde es sie irgendwann einholen. Die Polizei war überall. Sie konnte sich nicht ewig verstecken. Und anscheinend wollte sie das ja auch gar nicht.

Brodelnder Zorn schäumte in Cara hoch, bis sie sich schließlich umdrehte und kopflos aus dem Zimmer stürmte. Sie polterte die Treppe hinunter und rannte durch die Hintertür. Ihre nassen Turnschuhe klatschten gegen den Boden.

Draußen hatte sich der Himmel inzwischen zugezogen, und die strahlenden Farben vom Morgen waren tristen Schatten gewichen. Die Sonne stand tief am Himmel. Cara rannte die Straße entlang, vorbei an der alten Schule und dem Wasserturm, den steilen Hang hinunter, der zu den Feldern führte. Heute hatte die Landschaft überhaupt nichts Reizvolles – weit und breit sah man nichts als tote braune Goldruten und zusammengefallene gelbe Grasbüschel. Cara sprintete über die Felder, bis ihr der Atem in der Kehle pfiff.

Die Scheune war bereits zu sehen. Als Cara sich ihr näherte, verlangsamte sie ihr Tempo. Es überraschte sie nicht, dass das Tor einen Spaltbreit offen stand. »Zoe?«, rief sie. Sie schob sich seitwärts durch die Öffnung. Verdammt, war das dunkel hier drin!

»Zoe?«, rief sie erneut. Keine Antwort, nur ein Rascheln. Caras Herz schlug ein wenig schneller, und mit einem Mal wollte sie nicht mehr im Dunkeln allein sein. Sie stemmte die Füße gegen den Boden und drückte mit dem Rücken das schwere Schiebetor auf, bis von draußen graues Tageslicht hereinströmte.

Zoe stand in der Mitte des strohbedeckten Scheunenbodens und trug trotz der Kälte eines von Caras Spitzenunterhemden und Flipflops. Sie hatte Samson auf dem Arm.

»Was machst du hier?«, rief Cara. »Weißt du überhaupt, wie gefährlich es ist, heute da draußen rumzulaufen? Was ist nur los mit dir, Zoe? *Willst* du etwa, dass sie dich kriegen?« Cara schritt unruhig auf und ab, ihre Wut sprühte Funken.

»Tut mir leid«, sagte Zoe mit der Stimme eines kleinen Mädchens. Sie schob die Unterlippe vor und drückte Samson noch fester an sich. Der Kater wehrte sich. »Nein, nein, mein Süßer. Bleib bei Tante Zoe.« Sie drehte ihn auf den Rücken und wiegte ihn wie ein Baby. Samson legte die Ohren an und fuhr seine Krallen aus.

»Was machst du hier?«, wiederholte Cara.

Zoe zuckte mit den Schultern. »Nur abhängen.« Samson fauchte und zerkratzte ihr den Unterarm. Abrupt ließ Zoe ihn fallen. »Dummes Vieh.« Er landete unbeholfen am Boden und raste aus der Scheune, sein Schwanz aufgebauscht wie eine Flaschenbürste.

Zoe kam auf sie zu. Ihr Haar war strähnig, ihr Unterhemd mit Essensresten beschmiert. Sie hatte sich die Haare zu einem komplizierten Knoten hochfrisiert, und lose Strähnen umrahmten wirr ihr Gesicht. Cara konnte Schuppen und Fett darin erkennen. Ihre Wimperntusche war zu dunklen Ringen verschmiert, die ihre violetten Augen gigantisch aussehen ließen.

Als sie sich näherte, rümpfte Cara angewidert die Nase. Sie roch nach Achselschweiß und ungewaschener Wäsche, überlagert von dem intensiven Duft von Shalimar. Irgendjemand hatte Cara mal einen Flakon zu Weihnachten geschenkt, aber sie hatte das Zeug nie angerührt. Zoe musste es in ihrem Schminktisch gefunden haben.

Zoe kam immer näher. Ein plötzlicher Anflug von Schwindel brachte Cara für einen Moment ins Wanken. »Ich hab dich so vermisst«, säuselte Zoe. Sie streckte die Hand aus und spielte mit einer Strähne von Caras Haar. Ihre Fingernägel waren gesplittert, einer sogar bis ins Fleisch, aber sie hatte sich nicht die Mühe gemacht, ein Pflaster drüberzukleben. »Ich hab mich den ganzen Tag so einsam gefühlt ohne dich.« Sie kam noch näher heran. Cara spürte Zoes heißen Atem an ihrer Wange.

Sie fühlte sich plötzlich von Übelkeit überwältigt und wich zurück. Hastig kehrte sie Zoe den Rücken zu und ging zu einem der glaslosen Fenster. Sie beugte sich hinaus und atmete die kühle, klare Luft ein, die nach feuchter Erde und Laub roch.

Als sie nicht mehr das Gefühl hatte, sich jeden Moment übergeben zu müssen, wandte sie sich erneut Zoe zu. Sie hockte am Boden und fummelte an einem ihrer Zehennägel herum.

»Zoe, was hast du eigentlich vor? Hast du irgendeinen Plan? Wie lange willst du noch bleiben?« Die Worte klangen schärfer als beabsichtigt. Cara beobachtete mit Bestürzung, wie sich Zoes Gesicht verzog. Ihre Augen wurden feucht.

»Was hast *du* denn jetzt vor, Cara?«, schniefte sie. Schmutzige Tränen rannen ihr übers Gesicht und tropften auf ihr Hemd. »Ich dachte, wir beide wären beste Freundinnen, und jetzt schmeißt du mich einfach so raus?«

»Nein, warte. Das wollte ich damit nicht sagen. Ich wollte

nur … ach, ich weiß auch nicht.« Sie ging ans andere Ende der Scheune.

»Wir sind doch beste Freundinnen, oder, Cara?« Zoes Stimme war tränenerstickt. Cara drehte sich zu ihr um. Zoe hockte immer noch am Boden, ihre Arme um die Knie geschlungen. Aus einem ihrer Nasenlöcher quoll eine grüne Rotzblase. Cara verzog das Gesicht.

»Hör zu, Zoe, ich sag das doch nur, weil du … offensichtlich nicht glücklich bist«, startete Cara einen weiteren Versuch. »Diese ganze Situation scheint dich ziemlich zu belasten. Wenn wir mal ernsthaft darüber nachdenken, können wir vielleicht einen besseren Aufenthaltsort für dich finden.«

Zoe wischte sich mit dem Handrücken die Nase ab. »Ich kann nirgendwo anders hin.« Sie klang mit einem Mal erschöpft. »Aber wenn du willst, dass ich verschwinde, dann geh ich. Und das willst du bestimmt, jetzt, wo du genug andere Freundinnen hast und sogar einen Freund. Stimmt – du musst mich echt satthaben.« Sie stand auf. Ihr Hemd verrutschte leicht und entblößte ihren dürren Oberkörper. Eine auffällige Narbe, an die sich Cara nicht erinnern konnte, verlief längs ihres Brustbeins nach unten. Cara schauderte innerlich und wandte sich ab.

»Ich muss nur meine Sachen aus deinem Zimmer holen. Dann wirst du mich nie wiedersehen.« Sie ging auf das Tor zu.

»Zoe, warte.« Die Worte drangen aus Caras Mund, als hätte sie ein anderer gesprochen. »Geh nicht.«

Zoe blieb stehen, doch sie drehte sich nicht um. Cara legte ihrer Freundin eine Hand auf die Schulter. Zoes Haut war kalt und klamm, wie die eines Frosches.

»Tut mir leid«, sagte Cara sanft. »Tut mir leid, Zo.« Sie seufzte.

»Es ist nur … ich hatte einen langen Tag, okay? Diese ganze Sache mit Alexis macht mich echt fertig.«

Zoe drehte sich um. Ihre Tränen waren verschwunden. »Hast du Ethan bei der Suche getroffen?«, fragte sie strahlend.

Cara blinzelte verwirrt angesichts ihres plötzlichen Sinneswandels. »Ähm, ja, hab ich«, erwiderte sie zögerlich. »Er hatte eine ziemlich harte Nacht. Die Polizei …«

»Hmm, hmm.« Zoe nickte eifrig. »Schon klar, die Sache mit Alexis macht dich fertig, wie? Oder vielleicht doch eher die Sache mit Ethan? Weißt du, du kannst echt froh sein. Jetzt, wo Alexis weg ist, hast du doch alles, was du wolltest. Oder hätte ich lieber nicht …« Sie unterbrach sich.

Cara starrte sie an. Zoes Augen waren inzwischen trocken, ihr Lächeln reichte über das ganze Gesicht. Sie blickte sich in der Scheune um. »Ich frag mich, wo Samson wohl steckt. Süßer!« Ihre Stimme hallte im Dachgebälk nach. Sie warf Cara einen Blick zu. »Ich kann nicht ohne ihn hier weg. Hilfst du mir, ihn zu suchen, Cara? Dann können wir zurück in dein Zimmer gehen. Und du musst mir haarklein erzählen, worüber du mit Ethan geredet hast.«

Cara nickte. Das war es, was Zoe wollte. Und genau das würde sie tun.

KAPITEL 20

Ich hab gehört, sie soll mit mehreren Typen geschlafen haben, um an Drogen heranzukommen, und einer von denen hat sie entführt.«

»Echt? Tara hat behauptet, sie hätte einen heimlichen Freund in San Francisco. Angeblich soll sie das Auto ihrer Eltern geklaut haben, um mit ihm durchzubrennen.«

Cara schloss langsam die Tür ihres Spinds, während sie den neuesten Gerüchten über Alexis' Verschwinden lauschte. Seit der großen Suchaktion am Dienstag ging das nun schon die ganze Zeit so. Inzwischen war Donnerstag, und niemand redete über etwas anderes als über Alexis, Alexis, Alexis. Die ganze Schule war mit grünen Bändern geschmückt – Alexis' Lieblingsfarbe – als Symbol für die Hoffnung, dass sie vielleicht doch noch wohlbehalten zurückkehren möge. Die Lehrer hatten sich die Bänder sogar an ihre Kleidung gesteckt. Und an jedem Schwarzen Brett hingen Vermisstenposter. Cara hatte das Gefühl, von Alexis' Augen verfolgt zu werden, wenn sie die Schule durchquerte. Selbst in der Cafeteria herrschte gedämpfte Stimmung. Die meisten aßen und gingen gleich wieder. Die ganze Schule schien so lange den Atem anzuhalten, bis Alexis endlich gefunden wurde.

Cara fiel auf, dass sie ihren Spind geschlossen hatte, ohne die Sachen herauszunehmen, die sie eigentlich brauchte. Sie öffnete ihn erneut. So was passierte ihr in letzter Zeit ständig, als würde sie schlafwandelnd durch die Welt gehen.

Sie stieß die schwere Eingangstür der Schule auf und blieb wie angewurzelt stehen. Ihr Mund war mit einem Mal völlig ausgetrocknet. Vor ihr erstreckte sich eine schnurgerade Straße, ein bis zwei Kilometer lang, die von unzähligen Telefonmasten gesäumt wurde. An jedem dieser Masten hing ein Plakat von Alexis. Um nach Hause zu gelangen, würde Cara sich durch einen Tunnel von flatternden Zetteln hindurchkämpfen müssen, die nach ihr griffen und ihr Gesicht streiften wie lebende Tentakel.

Cara blinzelte und schüttelte den Kopf. Die albtraumhafte Vision verschwand, und vor ihr lagen wieder die vertrauten, baumbesetzten Straßen der Umgebung. Nichts als Häuser und Rasenflächen, wie gewohnt. Gott, sie brauchte dringend mehr Schlaf. Sie verfiel schon mitten auf der Eingangstreppe ihrer Schule in Tagträumereien.

Bis zu ihrem Haus waren es nur drei Blocks, vorbei an gepflegten, schläfrigen Häusern mit halb heruntergelassenen Rollos. Aus einem der hinteren Gärten drang Kindergeschrei, doch ansonsten waren alle Türen fest verschlossen. Die Bürgersteige waren wie ausgestorben. Cara bog um eine Ecke. Am Ende der Straße ragte ihr eigenes Haus auf wie eine Festung, in der eine verrückte Prinzessin lebte. Zoe befand sich da drin.

Cara war fast zu Hause angekommen, als sie es bemerkte. Ein Dutzend Poster von Alexis waren um ihr Haus herum an jeden Baum getackert. Mom schien sie dort aufgehängt zu haben. Jetzt musste Cara tatsächlich zwischen den Postern hindurchgehen, um zu ihrem Haus zu gelangen.

Sie spürte, wie ihr Herz plötzlich schneller schlug. An ihrem Haaransatz bildeten sich Schweißperlen. Sie hatte das seltsame

Bedürfnis, Alexis' Foto höflich anzulächeln, so als würde sie auf einer Party jemandem begegnen, mit dem sie nicht reden wollte. *Ich war's nicht, Alexis. Es ist nicht meine Schuld.* Oder doch? Sie befahl ihren Füßen weiterzugehen und sie an dem letzten Poster vorbei die Eingangsstufen hinaufzutragen. Erleichtert ließ sie sich gegen das Verandageländer sinken.

Cara atmete tief durch, als sie die Haustür öffnete und hinter sich schloss. Die Stille des Hauses umfing sie wie eine Umarmung. Sie ließ ihre Schultasche schwer auf den Dielenboden fallen und ging in die Küche, während sie versuchte, möglichst nicht an Zoe zu denken. Das tat sie in letzter Zeit häufig – versuchen, nicht an Zoe zu denken. Sie wusste nicht, was sie sonst tun sollte.

Cara nahm eine Dose Cola Light aus dem Kühlschrank und öffnete sie, um einen ausgiebigen Schluck zu trinken. Dann schob sie sich eine Handvoll Cracker in den Mund und schaltete den Fernseher über der Mikrowelle an. Oprah im Interview mit Kofi Annan; ein fescher Fernsehkoch, der den Zuschauern erklärte, wie man aus Wackelpudding eine Burg baut; eine schluchzende Mutter, die direkt in die Kamera sprach. Caras Finger erstarrten an der Fernbedienung. Sie zwang sich, nicht zu der weinenden Frau zurückzuschalten. Doch ihre Finger wollten ihr nicht gehorchen. Sie schaltete zurück.

»Und bitte, bitte, wenn irgendjemand etwas weiß, ganz egal was, dann soll er sich an diese Nummer wenden«, brachte Mrs Henning hervor. »Meine Tochter könnte überall sein, verletzt und allein …« Ihre Stimme versagte, erstickt von Tränen. Cara stand wie erstarrt vor dem Fernseher, die Fernbedienung in ihren schlaffen Fingern. Alexis' Mutter sah furchtbar aus – ihre Haare waren zerzaust, ihre Augen rot und geschwollen. Mr Henning stand an ihrer Seite, tätschelte ihre Schulter und starrte zu Boden. Seit Sydneys Beerdigung vor einer Woche schien er um zehn Jahre gealtert. Die stille Eleganz seines silbrigen Haars und der gebräunten Haut war mit einem Mal verschwunden. Er wirkte wie ein gebrochener alter Mann.

Mit zitternden Händen legte Cara die Fernbedienung behutsam zurück auf die Arbeitsplatte. Der Appetit war ihr inzwischen vergangen. Sie ließ die Cracker stehen und stieg die Treppe hinauf. Sie wollte nicht da hochgehen. Sie wollte nicht zu Zoe. Aber sie hatte keine andere Wahl. Sie musste mit ihr reden.

Vorsichtig öffnete Cara die Tür zu ihrem Zimmer. Rötlich flackerndes Licht strömte ihr entgegen, und einen verwirrenden Moment lang dachte Cara, ihr Zimmer stünde in Flammen. Sie stieß die Tür vollständig auf und bemerkte, dass Zoe überall Kerzen aufgestellt hatte. Die Vorhänge waren zugezogen, das Licht ausgeschaltet.

Ein widerlicher Gestank schlug ihr entgegen, als sie den Raum betrat. Es roch nach schlechtem Atem, vergammeltem Essen und ungewaschener Wäsche. Jeder Quadratzentimeter des Fußbodens war mit Klamotten bedeckt. Die Tür des Kleiderschranks stand in einem unnatürlichen Winkel offen – sie hing nur noch an einem Scharnier. Die leeren Kleiderbügel hingen kreuz und quer an der Stange. Die Kommode und der Schreibtisch waren übersät mit Tellern voll angetrockneter Speisereste. Den Nachttisch bedeckten Gläser, die trüb waren von Fingerabdrücken. Wann hatte das Ganze nur derart überhandgenommen? Oder war es von Anfang an so gewesen? Cara konnte sich nicht erinnern. Sie fühlte sich benommen, orientierungslos.

Zoe kauerte am Boden vor einem Blatt Papier. Als Cara eintrat, blickte sie auf, ihre Augen fiebrig leuchtend. »Hi.« Sie lächelte. »Ich hab schon auf dich gewartet.« Sie trug Moms schwarzen Satinmorgenmantel.

Cara starrte den Morgenmantel an. »Wo hast du den her?«

Zoe zuckte mit den Schultern. »Aus dem Kleiderschrank deiner Mutter.«

»Zoe, du kannst hier nicht einfach so herumschnüffeln, wenn niemand zu Hause ist«, begann Cara. Dann bemerkte sie, was da vor Zoe auf dem Boden lag. Es war eines der Vermisstenposter, und Zoe malte es mit Textmarkern aus. Cara sah entgeistert zu, wie sie Alexis' Augen sorgfältig mit Blau nachzeichnete und dabei eine leise Melodie summte.

Zoe blickte erneut auf und bemerkte, dass Cara sie anstarrte. Sie lächelte liebenswürdig. »Ich fand schon immer, dass ihr blaue Augen besser stehen würden.«

Cara spürte, wie ihr die Galle hochstieg. Sie schluckte heftig, angewidert von dem Geschmack. »Was zum Teufel machst du da?« Sie beugte sich zu Zoe herunter und riss ihr das Blatt aus den Händen. »Hast du denn überhaupt keinen Respekt?«

Zoe sagte nichts. Sie sah Cara nur an. Ihre Augen folgten jeder kleinsten Bewegung. Cara betrachtete das Bild in ihren Händen. Es war das erste Mal, dass sie es sich aus der Nähe ansah. Alexis trug ein kariertes Hemd und stand irgendwo im Freien, ihr Haar wurde vom Wind zurückgeweht. Das Foto zeigte sie mit einem angedeuteten Lächeln. Ihre Augen wirkten groß und dunkel. Gehetzt. *Cara, was hast du nur getan?*, schienen sie zu fragen.

Cara schüttelte so vehement den Kopf, dass ihre Zähne aufeinanderschlugen. Nichts. Sie hatte überhaupt nichts getan! *Aber du weißt, wer es getan hat, Cara.*

»Nein!«, rief Cara. Eine glühende Hitze durchströmte ihren

Körper, und ohne darüber nachzudenken, riss sie den Zettel in tausend Stücke und verstreute sie auf dem Bett. Zoe sah ihr aus der Hocke heraus zu, den Kopf auf die Seite gelegt – wachsam wie ein kleines Vögelchen.

Cara blickte stumm auf die Papierschnipsel herab, während sich ihre Brust hob und senkte. Alexis' Gesicht war reduziert zu einem Haufen bedeutungsloser schwarzer Flecken auf wirrem weißem Papier. Doch auf einem der Schnipsel funkelte ihr Auge. Cara starrte es an, und Alexis' Auge starrte zurück. *Es ist deine Schuld, Cara*, sagte das Auge.

»Hör auf!«, schrie Cara. Sie schnappte sich zwei Hände voll Papierschnipsel und rannte damit ins Badezimmer, um sie ins Waschbecken zu werfen. Halb schluchzend atmete sie ein und aus, während ihre zitternden Hände in der Badezimmerschublade kramten. Endlich fand sie, wonach sie suchte: ein altes Feuerzeug. Sie ließ ihren Daumen über das starre Rädchen gleiten – einmal, zweimal. Nichts. »Komm schon!«, schluchzte sie. Ein weiteres Mal – Feuer. Cara ließ ihre Hand vorsichtig ins Waschbecken sinken und hielt die Flamme ans Papier. Dann umklammerte sie mit beiden Händen den Beckenrand, während die Hitze des Feuers ihr Gesicht erwärmte und das wilde Hämmern ihres Herzens besänftigte. Die Flammen erstarben. Alles, was von Alexis übrig blieb, war ein Haufen grauer Asche.

Als Cara aufblickte, klopfte es an der Tür. Ihr Herz machte einen Satz, und sie wirbelte herum. Es klopfte erneut. »Cara?«

Es war Mom. Ihre Stimme klang eindringlich und besorgt. »Cara!«

Bevor Cara etwas erwidern konnte, hörte sie, wie die Tür aufging. Sie kniff die Augen zusammen und wartete auf Moms Schrei, wenn sie Zoe erblickte. Doch es folgte kein Schrei. Nur

Stille. Cara öffnete die Augen und spähte vorsichtig durch die Badezimmertür.

Mom stand einfach nur da. Sie trug immer noch ihr graues Kostüm, und die Aktentasche baumelte ihr am Arm. Sie hatte die Rückseite ihrer freien Hand vor den Mund gepresst. Als sie sich umdrehte, um ihre Tochter anzusehen, erschrak Cara. Ihre Mutter sah aus, als würde sie jeden Moment in Tränen ausbrechen.

»Cara«, sagte sie beinah flüsternd. »Dein Zimmer …«

Cara sah sich flüchtig im Raum um. Zoe war nirgends zu sehen. Sie musste sich unter dem Bett versteckt haben. Moms Blick fiel auf den kaputten Schrank, die angetrockneten Teller, die dreckigen Laken auf dem Bett.

Vorsichtig stellte Mom ihre Aktentasche bei der Tür ab und stieg über einen Haufen Kleidung hinweg. Sie setzte sich auf die Bettkante. Es war irgendwie seltsam, statt Zoe ihre Mutter dort sitzen zu sehen. »Liebling, sag mir, was hier los ist«, verlangte Mom. Ihr Mund war angespannt. Sie hatte die Hände im Schoß verschlungen und musterte Cara, als würde sie sich auf etwas Schlimmes gefasst machen.

Cara schluckte. Sie glaubte für einen Moment, Zoes Augen unter dem Bett hervorblitzen zu sehen. Doch als sie blinzelte, waren die Augen verschwunden.

»Cara!« Moms Stimme klang scharf.

Cara zuckte zusammen. »Was?«

»Dein Zimmer, Liebling, ich rede von deinem Zimmer.« Moms Stimme brach. Sie musste sich sichtlich zusammenreißen, um nicht die Beherrschung zu verlieren. »Konzentrier dich, okay? Was ist hier passiert?« Sie machte eine ausschweifende Handbewegung.

Cara atmete tief ein. Als sie antwortete, wunderte sie sich, wie ruhig und fest ihre Stimme klang. »Ich weiß, es sieht ein bisschen chaotisch aus, Mom. Tut mir leid. Aber ich hatte mit Leichtathletik und Schule so viel um die Ohren, dass ich einfach nicht zum Aufräumen gekommen bin. Ich werd mich drum kümmern, versprochen.«

Mom schüttelte den Kopf. »Ich will nur wissen, ob es dir gut geht. Das hier sieht mir nicht danach aus.«

»Mir geht's *gut*!« Die Augen unter dem Bett waren zurückgekehrt. Cara brachte ihre Stimme unter Kontrolle. »Mir geht's gut«, wiederholte sie etwas leiser.

Ihre Mutter seufzte und stand auf. »Das glaube ich erst, wenn ich es mit eigenen Augen sehe. Erst mal werde ich mit deinem Vater sprechen müssen.« Sie nahm ihre Aktentasche. »Ich mache mir Sorgen, Cara. Große Sorgen.« Sie öffnete die Tür, und Cara machte sie mit außergewöhnlicher Sorgfalt hinter ihr zu.

Kapitel 21

Am Freitagmorgen ging Cara eigentlich nur der Form halber zur Schule. Sie konnte sich kein bisschen konzentrieren. Man kam ihr allmählich auf die Schliche. Mom würde heute garantiert erneut versuchen, mit ihr zu reden. Und Dad würde sich ebenfalls einschalten. Und dann war es nur noch eine Frage der Zeit, bis sie Zoe fanden.

Erst beim Leichtathletiktraining gelang es Cara, an etwas anderes zu denken. Die Sonne schien ihr aufs Haar, und eine frische Herbstbrise gab ihr die Hoffnung zurück, dass ihre Welt nicht völlig in sich zusammenbrechen würde.

»Auf geht's, hopp, hopp!«, rief Coach Sanders. Er klatschte in seine großen, fleischigen Hände, und Cara zuckte zusammen. Jedes Geräusch schien ihr Trommelfell schmerzhaft zu durchbohren. Cara stand zusammen mit den anderen Mädels auf der Bahn. Sie hatte ihren kuscheligen Trainingsanzug vergessen, sodass sie nun kalt und entblößt auf die Anweisungen des Trainers warten musste.

»Vier mal vierhundert Meter Staffel, alle zusammen«, verkündete der Coach. »Zählt bitte durch.« Cara war Nummer drei, genau wie Sarit und Julie. Sie konnte sich nicht erinnern, wann ihr das letzte Mal so wenig nach Laufen zumute gewesen war. Und ihre Augen tränten wie verrückt. Cara wischte sich die Feuchtigkeit weg und betrachtete ihre Hände. Eine schmierig schwarze

Mascaraschicht klebte an ihren Fingern. Was zum Teufel war das? Sie schminkte sich nie. Vielleicht hatte Zoe im Schlaf versehentlich etwas von ihrer Schminke an Caras Gesicht geschmiert. Oder Zoe schminkte Cara heimlich, während sie schlief. In letzter Zeit schien beinahe alles möglich. Sie schauderte und wischte sich die Finger an ihren Shorts ab.

Sie musste in Sachen Zoe dringend etwas unternehmen. Irgendetwas stimmte nicht mit ihr. Das ließ sich nicht länger leugnen. *Heute*, beschloss Cara. Heute nach der Schule würde sie Zoe auffordern, ihr Zimmer aufzuräumen. Und dann würde sie ihr sagen ... dass sie bald gehen musste. Bei der Vorstellung, wie Zoe auf diese Nachricht reagieren würde, zog sich ihr der Magen zusammen. Doch sie hatte keine andere Wahl. Zoe musste von hier verschwinden, sobald sie einen anderen Aufenthaltsort gefunden hatte. Es ging schließlich um ihre eigene Sicherheit, jetzt, da Mom und Dad ihnen langsam auf die Schliche kamen. Ganz egal, was Zoe bei sich zu Hause angestellt hatte.

Ein lauter Pfiff aus Coach Sanders' Trillerpfeife direkt an ihrem Ohr ließ Cara zusammenfahren. Sie blickte sich um. Sie stand plötzlich allein auf der Bahn. Die anderen trabten bereits ans andere Ende, um sich für den Staffellauf in Position zu begeben. »Na los, Cara!« Das Gesicht des Trainers erschien unmittelbar vor ihr. »Bewegung!«

Wut kochte in ihr hoch, und sie verspürte den unbändigen Drang, auf den Coach loszugehen, ihre Fingernägel in seine Haut zu krallen, ihn zu beißen ... Cara riss sich abrupt zusammen. O Gott, *jetzt hast du wirklich den Verstand verloren*. Sie trabte ihrem Team hinterher, ohne sich noch einmal umzudrehen, aus Angst, ihre Wut könnte erneut aufschäumen. Cara erreichte das Ende der Bahn und atmete tief durch, um wieder herunterzukommen.

Zoe verursachte ihr eindeutig zu viel Stress. Sie musste unbedingt mit ihr reden.

Die Mädchen reihten sich für den Staffellauf auf. Cara stand in der Nähe der Tribüne. Julie war hinter ihr, Sarit vor ihr. Gelangweilt wartete sie auf den Pfiff des Trainers. Als es so weit war, beobachtete sie Julie, die wie im Traum auf sie zugerannt kam. Julie wurde immer größer und größer und hielt den glänzenden orangefarbenen Staffelstab fest umklammert. Cara stand einfach nur da und beobachtete sie, ohne an irgendetwas Bestimmtes zu denken.

Julie kam immer näher. Sie war ihr inzwischen so nah, dass Cara ihren verschwitzten Pony erkennen konnte, der ihr an der Stirn klebte. Sie gestikulierte wild mit den Händen und rief irgendetwas, das Cara nicht verstand. Mit beiläufigem Interesse beobachtete sie, wie sich Julies Lippen bewegten. Dann kehrten mit einem Mal alle Geräusche in die Welt zurück, so als hätte jemand die Lautstärke voll aufgedreht. »Los, Cara, los!«, rief Julie.

Erschrocken stellte sie fest, dass sie selbst laufen musste. Sie wandte sich Sarit zu und trabte los, bis sie den Staffelstab *klatschend* in ihrer Hand spürte. Sie hörte, wie die anderen Läuferinnen ihre Teams anfeuerten. Sie zwang sich, die Bahn hinunterzulaufen, doch Sarit schien ihr unerreichbar fern. Der Stab in ihrer Hand war wie eine Eisenstange, die ihre Schulter und ihren Rücken nach unten zog. Sie spürte, wie ihre Füße aneinander hängen blieben, und sah die körnige Aschenbahn langsam auf sich zukommen. *Ich falle*, stellte sie fest. Doch es war ihr irgendwie egal.

»*Uffff*.« Cara fing sich mit den Händen ab, während ihr ein beißender Schmerz ins Knie fuhr. Sie blieb einen Moment lang hocken und lauschte dem Trommeln von Schritten, die sich ihr näherten. Dann spürte sie eine warme Hand auf ihrem Rücken. Cara setzte sich auf und blickte in Sarits besorgte braune Augen.

»Alles okay?«, fragte sie. Cara nickte und spürte voller Entsetzen, wie ihr Tränen aus den Augenwinkeln drangen. Gott, was war nur los mit ihr? Heulte sie jetzt wie eine Achtjährige wegen eines aufgeschürften Knies?

»Okay, okay.« Coach Sanders drängte sich durch die kleine Menschentraube, die sich um Cara versammelt hatte. »Macht mal Platz da. Lange, alles klar?« Er blickte ungerührt auf sie herab. »Oh, verdammt«, bemerkte er, als er ihr zerfetztes Knie sah. »Geh in die Umkleide und versorg die Wunde. Erste-Hilfe-Koffer ist in meinem Büro.« Er wandte sich an die übrigen Läuferinnen. »Wir machen die Staffel noch mal, Leute!«, rief er.

Cara drehte sich um und schlurfte von der Bahn herunter, um über einen schmalen Betonpfad zurück zur Schule zu gehen. Ihr Knie pulsierte mit jedem Schritt. Sie spürte, wie ihr ein Tropfen Blut übers Bein lief und den Rand ihrer Socke beschmierte.

Cara war fast an der Turnhallentür angekommen, als jemand ihren Namen rief. Sie drehte sich um. Sarit kam den Weg entlang auf sie zugerannt. »Hey«, brachte sie atemlos hervor. »Ich hab dem Coach erzählt, ich hätte meine Tage bekommen. Dagegen kann er nichts sagen. Ich dachte mir, du hättest vielleicht gern ein bisschen Gesellschaft.«

Cara nickte überrascht. Sarit hielt ihr die Tür auf. Die freundliche Geste ließ Cara fast erneut in Tränen ausbrechen. Mann, sie war echt fertig.

Der Umkleideraum war menschenleer. Überall lagen offene Sporttaschen herum, von denen aus sich T-Shirts und Schuhe über den Boden verteilten. Hier und da lag ein offener Deostick auf der Erde. Sarit warf einen Blick auf Caras Knie. »Wow, das blutet ja richtig«, sagte sie. »Warte, setz dich. Ich hol den Erste-Hilfe-Kasten.«

Cara ließ sich auf eine Bank sinken und untersuchte ihr schmerzendes Knie. Ein mehrere Quadratzentimeter großes Stück Haut war aufgeschürft. Sie betrachtete die feinen Steinchen, die in ihrem rohen, blutigen Fleisch steckten. Sarit kehrte mit dem Erste-Hilfe-Kasten zurück. Sie kniete sich vor Cara auf den Boden und öffnete die Box. Cara humpelte zum Waschbecken und befeuchtete ein paar Papierhandtücher. Sie biss vor Schmerz die Zähne zusammen, als sie die Wunde damit abtupfte. Sarit reichte ihr ein Fläschchen Desinfektionsmittel. Cara schüttete sich die Flüssigkeit aufs Knie und sah zu, wie sie weiß aufschäumte. Dann trug sie eine antibakterielle Salbe auf und umwickelte das Ganze mit einem steifen weißen Verband.

Erleichtert atmete Cara aus und ließ sich mit hängenden Schultern auf die Bank sinken. Sarit setzte sich neben sie und streichelte ihr den Rücken. Sie schwiegen einen Moment. Dann sagte Sarit: »Hey, weißt du was … Ein paar der Mädels kommen heute Abend zu mir rüber. Hast du vielleicht Lust, auch zu kommen?«

Cara blickte sie überrascht an. »Klar …«, sagte sie zögerlich.

Sarit lächelte. »Sehr gut. Wir machen alle gerade eine harte Zeit durch, mit Sydneys Tod und Alexis' Verschwinden. Wir müssen jetzt zusammenhalten.«

Cara nickte. »Ja. Stimmt.«

Sarit stand auf. »Um sieben, okay? Wir wollen Pizza bestellen und einfach nur abhängen.«

»Okay.« Cara stand ebenfalls auf. Mit den Mädels abhängen, entspannen, Pizza essen – das klang einfach traumhaft. Sie konnte es gar nicht erwarten. Doch dann fiel ihr ein, dass sie das Gespräch mit Zoe noch vor sich hatte … und wer weiß, wie Zoe reagieren würde?

Kapitel 22

Als Cara die Haustür öffnete, fiel ihr Blick als Erstes auf ihre Mutter, die im Wohnzimmer auf dem Sofa saß. Sie hatte einen Stapel Akten auf dem Schoß liegen, doch als sie Cara erblickte, legte sie die Unterlagen sofort auf den Couchtisch. Argwöhnisch stellte Cara ihre Sporttasche an der Tür ab. Einen gedehnten Moment lang beäugten sie einander stumm. Moms Gesichtsausdruck wirkte streng. Sie räusperte sich.

»Ich habe mit deinem Vater gesprochen«, setzte sie an. »Er ist äußerst beunruhigt. Genau wie ich.« Ihr Blick ging über Caras Schulter hinweg. »Wir machen uns schon seit einiger Zeit Sorgen um dich, und der Zustand deines Zimmers hat unsere Befürchtungen nur noch bestätigt.« Moms Gesicht wirkte erschöpft, ihre Wimperntusche war unter den Augen verschmiert, ihr Lippenstift zu einem tristen Rosa verblasst.

Cara leckte sich über die Lippen. Die Luft im Raum war abgestanden, stickig. Warum machte hier niemand das Fenster auf? »Mom, es ist genau so, wie ich es dir gestern erklärt habe. Ich hatte in letzter Zeit echt viel um die Ohren. Aber es geht mir gut! Ich war noch nie so glücklich wie jetzt.« Sie versuchte, ihrer Mutter ein beruhigendes Lächeln zu schenken, aber an ihrem Haaransatz bildeten sich Schweißperlen.

Mom schüttelte den Kopf. »Lüg mich nicht an, Cara.« Ihre Stimme wurde ein wenig lauter. »Es geht dir nicht gut. Jeder, der gestern dein Zimmer gesehen hätte, würde mir da zustimmen.« Ihre Hände zitterten, und sie wischte sich die Handflächen am Rock ab. Zahlreiche kurze graue Haare drängten sich aus ihrem Knoten und glitzerten im Licht, sobald ihre Mutter den Kopf bewegte. »Dein Vater und ich sind der Meinung, du solltest wieder zu Dr. Samuels gehen. Ich weiß, wir waren schon lange nicht mehr dort, aber ich glaube, er kann dir helfen, die Situation wieder in den Griff zu bekommen.«

Cara verspürte einen Anfall von Klaustrophobie. Als sie gerade hierhergezogen waren, hatten sie Dr. Samuels jede Woche besucht. Aber irgendwann waren die Besuche eingeschlafen.

Cara schnappte nach Luft, doch ihre Lungenflügel fühlten sich an, als würden sie brutal zusammengepresst. »Nein«, stieß sie hervor und hob abwehrend die Arme, bevor sie sich rückwärts zur Treppe flüchtete.

Mom stand auf und folgte ihr. »Nein ist keine Option, Cara. Genauso hast du dich damals benommen, als wir hierhergezogen sind. Du brauchst Hilfe.« Mom kam auf sie zu, und Cara floh rückwärts die Treppe hinauf, mit der Hand am Geländer. Ihre schlimmsten Ängste drohten sie zu überwältigen. Mom würde in ihr Zimmer gehen. Sie würde Zoe entdecken und sie von hier fortbringen. Es wäre alles Caras Schuld. Und weil sie Zoe bei sich versteckt hatte, würde man sie ebenfalls fortbringen. Sie würde Ethan nie wiedersehen. Cara stolperte am Treppenabsatz und klammerte sich ans Geländer. »Mom, warte!« Sie startete einen weiteren Versuch. »Es ist alles halb so schlimm.«

»Schluss jetzt!« Mom kreischte beinah. Sie kam unaufhaltsam näher und trieb Cara die Treppe hinauf. Sie waren fast oben angekommen. »Du verdrängst die Tatsachen, Cara. Sieh dir das nur an! Dieses Chaos! Du brauchst Hilfe …« Sie stieß Caras Zimmertür auf und erstarrte. Ihre Worte rissen so abrupt ab, als hätte ihr jemand eine Hand auf den Mund gelegt.

Cara spähte durch die Tür. Der Fußboden war vollkommen frei von Klamotten – zum ersten Mal, seit Zoe hier aufgekreuzt war. Zoe selbst war nirgends zu sehen. Sie musste die Auseinandersetzung gehört und sich rasch versteckt haben. Die Schranktür, die leicht offen stand, hing wieder in ihren Angeln. Sämtliche Kleidungsstücke waren wie in einer Boutique fein säuberlich in Reih und Glied aufgehängt. Die Kleiderbügel zeigten alle in dieselbe Richtung, und die Kleidungsstücke waren der Art, Länge und Farbe nach sortiert. Am Boden des Kleiderschranks standen Caras Schuhe wie die Zinnsoldaten aufgereiht. Die dreckigen Teller und Gläser waren allesamt verschwunden. Cara mochte sich nicht vorstellen, wie Zoe während ihrer Abwesenheit hinunter in die Küche geschlichen war, doch anscheinend war sie das. Das Bett war ebenfalls gemacht. Und der Raum roch nach nichts anderem als nach frischer Luft, die durch das offene Fenster hereinwehte.

Mom wandte sich von der Tür ab. Sie sah aus, als hätte man ihr einen Schlag ins Gesicht verpasst.

»Ich hab doch gesagt, ich räum alles auf«, erwiderte Cara. Ihr fiel nichts Besseres ein. Sie schluckte und wartete ab. Mom starrte sie an. Cara spürte, wie ihr Gleichgewichtssinn zurückkehrte. Sie zwang sich, einen Schritt auf ihre Mutter zuzugehen. »Ehrlich, Mom, du machst die Sache schlimmer, als sie ist.« Sie klopfte ihrer Mutter beruhigend auf die Schulter.

Mom zuckte zusammen, als hätte man ihr eine Spinne auf den Arm gesetzt. Sie stolperte einen Schritt zurück. »Ich … ich … wir reden noch darüber.« Sie floh die Treppe hinunter. Sekunden später hörte Cara, wie sich die Tür zu ihrem Arbeitszimmer schloss.

Mit zitternden Knien setzte sie sich auf die Bettkante. Ihr hämmernder Puls beruhigte sich ein wenig. Sie schloss die Augen und starrte für eine Weile in die beruhigende Dunkelheit ihrer Augenlider. Als sie sie wieder öffnete, saß Zoe ihr lächelnd gegenüber auf der Kommode und baumelte mit den Beinen. Wo hatte sie sich bloß versteckt?

»Hi«, sagte sie fröhlich. Sie hatte Spuren von Lippenstift an den Zähnen. Ihr Haar war feucht, so als hätte sie gerade geduscht, allerdings ohne Shampoo zu benutzen. Ihre Fußsohlen waren schwarz von irgendwelchem klebrigen Dreck. Sie trug ein T-Shirt und Jeans, aber ihr Hosenschlitz stand offen und der Kragen ihres T-Shirts war ausgeleiert, sodass man ihren schmuddeligen grauen BH erkennen konnte.

»Wo warst du?«, erwiderte Cara nur.

»Im Bad.« Zoe nickte und grinste, als hätte sie einen genialen Witz gerissen. Sie blickte sich im Zimmer um. »Ich dachte mir, deine Mutter freut sich bestimmt, wenn ich hier ein bisschen aufräume.«

»Ja«, antwortete Cara zögerlich. »Die Situation war inzwischen ziemlich angespannt.« Sie bemerkte ein großformatiges Foto auf dem Nachttisch, das vorher nicht dort gestanden hatte. Sie nahm es in die Hand. Es war ein Schnappschuss von ihr und Zoe aus der Grundschulzeit. Cara saß auf ihrem Fahrrad, und Zoe hielt sich von hinten an ihr fest. Sie standen bei strahlendem Sonnenschein vor Zoes Haus. Beide Mädchen lachten hysterisch. Cara ließ das Foto langsam sinken und lehnte es gegen die Nachttischlampe. Dann richtete sie den Blick wieder auf Zoe.

Zoe beobachtete sie. »Was hältst du von dem Bild?«, fragte sie. »Das hab ich in deinen alten Sachen gefunden.« Sie lächelte ein ganz normales Lächeln. Mit einem Mal konnte Cara hinter all dem Chaos und den Merkwürdigkeiten wieder ihre alte Freundin erkennen.

Eine innere Wärme breitete sich in ihr aus. Sie nahm Zoe spontan in den Arm und drückte sie. Doch dann wich sie instinktiv zurück. Zoes Haut war feucht und kalt, obwohl es im Zimmer angenehm warm war. Ihr Körper wirkte seltsam teigig, so als hätten ihre Muskeln sämtliche Kraft verloren. Cara hatte das beunruhigende Gefühl, wenn sie ihren Finger in Zoes Arm drückte, würde sie die Knochen spüren.

Cara nahm all ihren Mut zusammen, um die geplante Rede über Zoes Fortgehen vorzutragen, die sie den ganzen Nachmittag über einstudiert hatte. Doch dann sah sie ihre Freundin an, wie sie da so klein und zerbrechlich vor ihr auf dem Bett kauerte. Sie schloss den Mund wieder. »Ich geh heute Abend weg«, verkündete sie stattdessen. Ihre Muskeln spannten sich, während sie auf Zoes Wutausbruch wartete.

Doch Zoe nickte nur. »Okay. Wo willst du denn hin?«

»Zu Sarit. Sie hat ein paar Mädels zu sich nach Hause eingeladen.« Cara musterte Zoe aufmerksam. Doch die erwartete Explosion blieb aus. Zoe nickte erneut.

»Cool. Willst du, dass ich dir was zum Anziehen raussuche?«

»Klar«, erwiderte Cara verblüfft. Sie beobachtete, wie Zoe den Kleiderschrank öffnete und ihre Sachen durchsuchte. Sie schnappte sich ein gerafftes, smaragdgrünes T-Shirt und dazu dunkle Jeans. Dann warf sie beides aufs Bett und legte ein Paar zierliche silberne Kreolen dazu.

Cara nickte, immer noch verblüfft. »Perfekt«, sagte sie.

»Zu irgendwas muss ich ja schließlich gut sein, oder?« Zoe lächelte. Cara lächelte zurück. Zoe machte es sich auf dem Bett bequem, und Cara stand auf, um ihren verschwitzten Pulli über den Kopf zu ziehen. Doch irgendetwas an Zoes Blick gab ihr das Gefühl, einen Striptease hinzulegen.

»Ich spring nur schnell unter die Dusche«, sagte sie, ohne Zoe anzusehen. Sie schnappte sich ihr Handtuch und ging ins Bad. Dann schloss sie die Tür und verriegelte sie. Während sie darauf wartete, dass das Wasser heiß wurde, starrte sie in den Spiegel. Ihr eigenes blasses Gesicht starrte unbarmherzig zurück. Ihre Augen waren von dunklen Ringen umrahmt, ihr Haar hing schlaff herab. Die Wunde an ihrem Knie brannte unter dem Verband. Kein Wunder, dass sich ihre Eltern Sorgen machten. Sie sah wirklich aus wie jemand, der dringend Hilfe brauchte.

Als Cara endlich unter der Dusche stand und sich mit Pfefferminz-Duschgel einschäumte, fühlte sie sich auf der Stelle besser. Sie hielt ihr Gesicht unter den warmen Wasserstrahl und atmete tief ein, bis der heiße Dampf ihre Lunge erfüllte. Es war ein gutes Zeichen, dass Zoe nicht ausgerastet war, nur weil sie heute Abend zu Sarit gehen wollte. Vielleicht hatte sie endlich begriffen, dass es in Ordnung war, wenn Cara noch andere Freunde hatte.

Cara wandte den Kopf hin und her und ließ sich vom Prasseln des Wassers im Gesicht kitzeln. Vielleicht hatte sie die ganze Zoe-Situation ein wenig überbewertet. Zoe hatte definitiv Probleme, aber im Grunde hatten sich die Dinge zum Besseren gewandt, seit sie wieder da war. Alexis und Sydney waren … verschwunden … und die Sache mit Ethan lief besser, als sie es sich je erhofft hätte. Außerdem hatte sie endlich Freunde gefunden. Und sie hatte Zoe zurück, auch wenn sie sich manchmal ein wenig seltsam benahm.

Cara blieb so lange unter der Dusche, bis ihre Finger runzelig wurden. Erst als ihr das heiße Wasser ausging, drehte sie den

Hahn zu. Sie steckte sich ihr Handtuch unter den Armen fest und öffnete die Tür. Dichter Wasserdampf quoll aus der Dusche in ihr Schlafzimmer. Einen Moment lang fühlte sie sich geradezu blind, doch dann lichtete sich der Dunst, und sie sah, dass Zoe ihre Klamotten ordentlich auf dem Bett ausgebreitet hatte, das T-Shirt oberhalb der Jeans. Ihre schwarzen Ballerinas lagen am Ende der Hosenbeine, und über ihrem Shirt waren die silbernen Kreolen so ausgelegt, als würden sie an einem unsichtbaren Kopf hängen. Es sah aus, als hätte Cara in ihren Klamotten auf dem Bett gelegen und wäre dann spurlos verschwunden, während ihre Kleidung und ihr Schmuck zurückgeblieben waren.

Zoe saß neben den Kleidungsstücken, den Rücken kerzengerade aufgerichtet, die Hände im Schoß gefaltet.

»Danke«, sagte Cara zögerlich.

»Gern«, erwiderte Zoe. Ihre Stimme klang freudig erregt.

Cara sah sich nervös im Zimmer um, aber es kam ihr irgendwie albern vor, zurück ins Bad zu gehen, um sich anzuziehen. Sie nahm das Shirt vom Bett und zog es sich unbeholfen über den Kopf, während sie zugleich ihr Handtuch festhielt. Sie spürte Zoes Blick auf sich. Irgendwie schaffte sie es, in ihre Jeans zu schlüpfen, während das Handtuch immer noch ihre Hüften bedeckte. Dann ließ sie es fallen und drehte sich zur Wand, um ihre Hose zuzuknöpfen.

Als sie erst einmal angezogen war, fühlte sie sich besser. Zoe stand auf und schnappte sich das Glätteisen von Caras überfülltem Schminktisch. »Komm, ich mach dir die Haare«, sagte sie. Die Metallplatten qualmten, als das Gerät aufheizte. Zoe ließ sie geräuschvoll gegeneinanderschnappen.

Gehorsam setzte Cara sich vor den Schminktisch. Sie beobachtete im Spiegel, wie ihre Freundin sich über ihr Haar beugte, das bereits kräuselig antrocknete. Geschickt teilte Zoe eine Strähne über dem Ohr ab und setzte das Glätteisen an. *Pfff.* Eine kleine Dampfwolke erhob sich in die Luft.

Minutenlang sortierte und glättete Zoe ihr Haar, und die beiden versanken in geselligem Schweigen. Cara betrachtete den konzentrierten Gesichtsausdruck ihrer Freundin, während sich diese der Arbeit widmete. Im gedämpften Licht des Zimmers war sie erneut wunderhübsch – ihr dunkles Haar glänzte, ihre violetten Augen wirkten ruhig und aufmerksam. Sie schien so friedlich, dass Cara das Gefühl hatte, ihr endlich die Frage stellen zu können, die sie seit Tagen beschäftigte. Sie musste es ganz einfach wissen.

»Zoe«, sagte Cara. Ihr Herz fing auf der Stelle an zu rasen. *Ist schon in Ordnung*, beruhigte sie sich selbst. *Es ist eine völlig harmlose Frage.*

»Hmm?«, machte Zoe und glättete weiter.

»Zo, hör mal, ich weiß, das klingt jetzt irgendwie seltsam, aber ich muss dich einfach fragen …« Cara hörte, wie ihre Stimme bebte.

»Spuck's aus«, erwiderte Zoe, ohne aufzublicken. »Und nein, ich bin nicht drogensüchtig, falls du das fragen wolltest.« Sie schloss die heißen Metallplatten über einer Haarsträhne in Caras Nacken.

Cara zwang sich zu einem winzigen Lachen. »Sag mal, Zoe. Hast du vielleicht irgendetwas … mit … Alexis' Verschwinden zu tun?«

Im selben Moment spürte Cara einen glühenden Schmerz im Nacken. Sie schrie und sprang erschrocken auf, sodass der Stuhl hinter ihr umfiel. Reflexartig legte sie sich eine Hand in den Nacken, als wollte sie ihn schützen.

Zoe stand mit dem glühenden Glätteisen vor ihr. »Tut mir leid«, sagte sie, aber sie sah nicht gerade aus, als täte es ihr leid. »Ich hab es wohl zu hoch eingestellt.«

Statt zu antworten, schnappte sich Cara einen Handspiegel vom Schminktisch und drehte ihn hin und her, bis sie ihren Nacken erkennen konnte. Dort leuchtete eine tiefrote Brandwunde in Form eines perfekten Rechtecks, wie die Spitze des Glätteisens. »Verdammt, Zoe!« Der brennende Schmerz auf ihrer Haut war so durchdringend und frisch, als würde Zoe ihr das glühend heiße Metall noch immer in den Nacken drücken.

»Tut mir leid«, wiederholte Zoe ruhig. Sie ging ins Badezimmer und kehrte mit einem feuchten Waschlappen zurück. »Hier.« Sie machte Anstalten, Cara den kalten Lappen in den Nacken zu legen. Cara schlug eine Hand über die Stelle und wich abrupt vor ihr zurück. Zoe hielt inne. Einen gedehnten Moment lang starrten sie sich im Spiegel an, die Augen fest aufeinandergeheftet. Dann nahm Cara ihre Hand herunter und ließ zu, dass Zoe ihr den Waschlappen in den Nacken drückte.

»Wie kannst du mich nur so etwas fragen?« Zoes Stimme klang traurig. Cara schloss die Augen, während die Kühle des Waschlappens den brennenden Schmerz in ihrem Nacken allmählich linderte.

»T-tut mir leid«, murmelte sie. Alles, woran sie denken konnte, war dieser Schmerz. »Es war eine dumme Frage.« Ein Gefühl der Angst rollte sich in ihrer Magengrube zusammen.

»Ja, das war es«, stimmte Zoe ihr zu. Sie legte den Waschlappen neu zusammen und drückte ihn Cara in den Nacken. »Es war wirklich eine dumme Frage.«

Kapitel 23

»Hallo!« Sarit öffnete die Tür, unmittelbar nachdem Cara auf den Klingelknopf gedrückt hatte. Sie trug ein Kapuzenshirt mit der Aufschrift »Jingle Ball 2010« und eine Schlafanzughose aus Flanell mit verwaschenen Herzen. Unter den weiten Hosenbeinen lugten Elchpantoffeln hervor. Cara blickte auf ihr Zoe-Styling hinab.

»Ich hab mich wohl ein bisschen zu schick gemacht«, sagte sie verlegen.

»Ach, so ein Quatsch.« Sarit zog Cara zu sich herein und schloss die Tür. Im Haus war es angenehm warm, und ein köstlicher Pizzageruch erfüllte die Luft. Aus dem Keller drang Stimmengewirr zu ihnen herauf. »Komm mit. Die anderen sind unten.« Cara folgte Sarits hüpfendem Pferdeschwanz die teppichbesetzten Stufen hinunter.

Fünf oder sechs Mädels aus ihrem Leichtathletikkurs hatten es sich auf dem Fußboden oder auf den Sofas rings um den großen, niedrigen Couchtisch bequem gemacht. Im Hintergrund lief stumm ein Flachbildfernseher. Auf dem Tisch lag ein Stapel ungeöffneter Pizzakartons, und daneben standen zwei Literflaschen Cola und eine Tüte Chips. Die meisten der Mädels trugen Sweatshirts und Leggings, doch Cara stellte erleichtert fest, dass Julie ebenfalls Jeans und ein schickes Top anhatte.

»Hey, Cara«, begrüßte sie Madeline.

»Hallo.« Cara nickte in die Runde. Sie setzte sich auf die Sofakante neben Madeline, die unbeirrt auf ihr Handy starrte.

»Oh, wow, sieh dir das an«, sagte sie und hielt Cara das Display hin. »St. James hat Country Day heute Morgen eiskalt abserviert.«

Cara sah sich die örtlichen Leichtathletikergebnisse auf dem Handy an. »Ist ja irre – dabei hat deren bester Läufer Gürtelrose. Das hätte ich echt nicht gedacht«, sagte sie zu Madeline.

»Kommt, lasst uns was essen.« Sarit öffnete die Pizzakartons, und auf der Stelle breitete sich ein herzhafter Duft von geschmolzenem Käse und Peperoni im Raum aus. Jede schnappte sich ein Stück. Cara wählte ein besonders kleines und bemühte sich, möglichst vorsichtig hineinzubeißen, um ihr Oberteil nicht zu bekleckern.

»Mann, habt ihr gesehen, was Coach Sanders heute anhatte?«, rief Julie in die Menge. Sie sprang auf und wackelte mit den Hüften. »Kürzer ging's echt nicht!«

Alle lachten. »Er zeigt eben gern Arsch«, kommentierte Madeline augenzwinkernd.

»Iiih«, kreischte Sarit. Sie rollte sich lachend am Boden und drückte sich ein perlenbesetztes Kissen vors Gesicht.

»Man konnte sogar seine Arschbacken sehen«, setzte Cara hinzu. Die anderen kicherten. Cara grinste.

»Echt widerlich!«, sagte Rachael, die in der Ecke des Raums auf einem Hometrainer saß und rückwärtstrampelte.

Cara lehnte sich entspannt zurück, ließ sich von der Unterhaltung umfangen und aß den Rest ihrer Pizza. Es kam ihr so vor, als würde sie im Körper eines anderen Menschen stecken – einer Person, die selbstbewusst war und mutig und frech. *So wie Zoe.* Ihr Kiefer stockte beim Kauen. Sie sah Zoe im Geiste vor sich – nicht die Zoe von heute Nachmittag, mit dreckigen Klamotten und fettigem Haar, sondern die Zoe vom ersten Abend, als sie bei ihr aufgetaucht war, mit glänzendem Haar, das ihr lang über den Rücken fiel, und strahlend violetten Augen. Stets ein selbstsicheres Lächeln auf den Lippen und einen Witz – oder eine Umarmung – parat. Das war die Zoe, die sie liebte. Die Zoe, die sie vermisste.

Sarit griff nach einem Stapel Bücher unter dem Couchtisch und zog das Jahrbuch vom letzten Jahr hervor. Sie klappte es auf, und Cara erhaschte einen flüchtigen Blick auf das Titelblatt und die Innenseite des Deckels, die mit unzähligen Unterschriften versehen waren – ganz im Gegensatz zu ihrem eigenen nackten Exemplar zu Hause. »Okay, wir gehen alle Typen in unserem Jahrgang durch«, verkündete sie, »und jede muss sagen, wen sie süß oder ätzend findet. Keine Enthaltungen.«

O Gott. Cara sackte der Magen in die Kniekehlen. Vermutlich wussten die anderen längst, dass sie noch nie mit einem Jungen zusammen gewesen war und noch nicht einmal jemanden geküsst hatte. Sie konnte eben nur für eine begrenzte Zeit den normalen Teenager spielen.

»Dave Alcorn.« Sarits manikürter Finger zeigte auf das erste Foto des elften Jahrgangs, das einen mondgesichtigen Jungen mit zusammengewachsenen Augenbrauen zeigte.

»Ätzend.« Allgemeine Zustimmung.

Als Nächstes folgte ein großer blonder Typ mit süßem Lächeln. »Mike Balducci.« Sarit blickte sich um. »Madeline fährt voll auf den ab.«

Madeline wurde ein wenig rot. »Der ist echt nett. Er hat mir heute in Mathe seinen Stift geliehen.«

Sarit verdrehte lächelnd die Augen, ehe sie fortfuhr. Sie

nannte die Namen von ein paar weiteren Typen, die bis auf wenige Ausnahmen alle als ätzend eingestuft wurden. Von ihrem Platz auf der Couch aus beobachtete Cara mit einer Mischung aus Erregung und Entsetzen, wie sich Sarits durchgestylter Fingernagel auf *ihn* zubewegte.

»Ethan Gray.« Sarits Finger hielt inne.

»Süß.« Da waren sich alle einig. Sarit drehte sich um. »Caarraa.« Sie zog das Wort in die Länge. »Auf den fährst *du* doch wohl voll ab, oder?« Sie grinste.

»Stimmt«, schloss sich Rachael an. »Ich hab euch beide miteinander quatschen sehen.«

Cara senkte den Kopf. »Ich fühle mich irgendwie schuldig«, murmelte sie. »Ich meine, seine Freundin ist gerade verschwunden. Aber ich kann's nicht ändern. Er ist einfach der netteste Typ, der mir je begegnet ist.«

»Und der netteste Typ, der dir jemals mit dem Heimlich-Handgriff das Leben gerettet hat!«, brüllte Julie dazwischen. Ihr innerer Lautstärkeregler war permanent defekt. Sie lachte, doch als sie bemerkte, dass Cara nur stumm vor sich hin starrte, ein riesiges Brokatkissen im Arm, riss sie sich zusammen. »Tut mir leid«, sagte sie. »War 'n Witz. Wenn du meine ehrliche Meinung hören willst, ich finde, Alexis war total grauenhaft. Du hättest ihn viel eher verdient.«

Sarit schnappte leise nach Luft, aber Madeline nickte bestätigend. »Stimmt. Julie hat recht, Cara. Mir ist es völlig schnuppe, dass Alexis weg ist. Warum sollte eine Zicke wie sie mit jemandem wie ihm zusammen sein? Die hat ihn doch wie Dreck behandelt.«

»Ja, das hat sie echt!« Die Worte kamen aus Caras Mund, als hätte sie ein anderer gesprochen. Bevor ihr so richtig bewusst wurde, was sie da eigentlich tat, schleuderte sie das riesige Kissen quer durch den Raum, wo es am Fernseher abprallte. »Scheiß auf Alexis!«, rief sie. Einen Moment lang herrschte schockierte Stille. Dann fingen alle im Raum an zu jubeln. Sarit stürzte sich auf Cara und umarmte sie so überschwänglich, dass sie beide kopfüber auf den dicken beigen Teppich fielen. Die anderen klatschten oder klopften ihr auf die Schultern. Atemlos richtete sie sich wieder auf, ein breites Grinsen auf dem Gesicht. Es kam ihr vor wie eine Art Entschädigung für all die Erniedrigungen, die ihr Alexis im Laufe der Zeit zugefügt hatte.

Als das Gelächter zu vereinzeltem Schnauben und Kichern verebbt war, legte Cara sich auf den Rücken und starrte die Unterseite des Couchtisches an. Von hier unten wirkte er, als wäre er zehn Stockwerke hoch. Julies rundliches Gesicht beugte sich über den Rand der Couch. Ihr Haar fiel ihr über die Schultern und berührte fast Caras Brust. »Okay. Aber jetzt kommt die eigentliche Frage. Hast du ihn schon mal geküsst?«

Alle setzten sich auf und blickten Cara erwartungsvoll an.

Allein schon bei dem *Gedanken*, Ethan zu küssen, beschleunigte sich ihr Atem. »Nein. Er steht leider auf meine böse Zwillingsschwester.«

Alle lachten. Cara zuckte mit den Schultern und versuchte möglichst lässig zu wirken. So lässig wie Zoe.

»Worauf wartest du noch?«, fragte Madeline. »Aber pass auf, eh du dich's versiehst, taucht Alexis wieder auf und holt ihn sich zurück.« Bevor Cara irgendetwas erwidern konnte, hatte sich Madeline über ihren Schoß gereckt und griff nach ihrer Handtasche.

»Hey«, protestierte sie halbherzig.

Madeline hielt Caras Handy in die Luft. »Ich hab's!«

Alle anderen quiekten und hüpften vergnügt auf und ab. »Ich! Ich! Ich will schreiben«, rief Sarit. Sie schnappte Madeline das Handy aus der Hand.

»Hey, warte«, startete Cara einen weiteren Versuch, obwohl sie genau wusste, dass es hoffnungslos war.

Die anderen Mädels scharten sich um Sarit, die auf das winzige Display starrte. »Hast du die Nummern vom Team komplett hier drin? Warte, spar dir die Antwort. Schon gefunden. Hier, ich hab ihn.« Sie tippte sich nachdenklich an die Wange, dann schrieb sie etwas und drückte auf SENDEN. Die anderen kreischten vor Lachen.

»O Gott, was hast du da geschrieben?« Cara griff nach ihrem Handy. Diesmal reichte Sarit es ihr. Cara las die gesendete Nachricht.

Hast du Lust, dich morgen mit mir zu treffen? Ich bin's, Cara.

»O Gott.« Cara ließ das Telefon fallen. Im nächsten Moment brummte und schlidderte es über den Couchtisch wie ein dicker fetter Käfer. Alle kreischten, als stände das Haus in Flammen, und grapschten gleichzeitig nach dem Handy. Sarit war am schnellsten und drückte auf LESEN. Cara versteckte ihren Kopf unter dem Kissen.

»›Gern. Ich hol dich morgen Nachmittag ab‹«, las Sarit mit lauter, dramatischer Stimme vor. Alle kreischten und hüpften herum wie durchgeknallte Affen. Cara kreischte ebenfalls.

»O Gott, ich habe ein Date mit Ethan Gray«, rief sie. Julie packte ihre Hände und fing an, wie irre auf der Couch herumzuhüpfen. Cara hüpfte mit, bis sie sich erschöpft, aber glücklich in den Fernsehsessel in der Ecke fallen ließ.

Während sie so dalag und sich ihr Handy an die Brust drückte, wurde ihr plötzlich bewusst, dass sie nicht nur ein Date mit Ethan

Gray hatte. Für ein paar kurze Minuten hatte sie sich wie ein ganz normales Mädchen gefühlt, das mit seinen Freundinnen abhängt und lacht. Nicht wie jemand, der ein Geheimnis verbirgt.

Nicht wie jemand, der einen Flüchtling verbirgt.

Kapitel 24

Cara, bist du dir wirklich sicher, dass du hier allein klar kommst?«, fragte Mom am nächsten Nachmittag zum hunderttausendsten Mal. Sie warf ihr vom Beifahrersitz aus einen skeptischen Blick zu, während Cara sich vorbeugte, um in den hektischen Berufsverkehr auf der Schnellstraße einzubiegen. Hinter ihr kam ein Truck herangerauscht, aber sie schob sich dennoch dazwischen. Sie wollte ihre Mutter so schnell wie möglich am Flughafen absetzen. Schließlich musste sie rechtzeitig für ihr Date mit Ethan wieder zu Hause sein.

Mom redete ohne Punkt und Komma. »Du verstehst doch, dass ich dahinmuss, oder, Liebling? Es ist einfach unheimliches Pech, dass das ausgerechnet jetzt passiert, wo Papa auch noch weg ist, aber ich muss heute Abend wirklich da sein, wenn Oma diese OP hat. Onkel Bruce kann leider erst morgen früh kommen, aber ich werde auf jeden Fall verschwinden, sobald er da ist. In weniger als vierundzwanzig Stunden bin ich also wieder da, und Dad kommt am Montag von seiner Konferenz zurück.«

Welch gütiger Gott wohl dafür gesorgt hatte, dass Oma Lynn genau im richtigen Moment stürzte und sich die Hüfte brach, war Cara schleierhaft. Doch das Timing hätte nicht besser sein können. Ihr Vater war heute Morgen zu einem Rechtskongress nach Phoenix geflogen, und ihre Mutter musste sich um Oma kümmern. Ihr *erstes* Date mit Ethan, und ihre Eltern konnten ihr nicht in die Quere kommen!

»Pass auf, Cara!« Ihre Mutter klammerte sich an den Türgriff. Cara hatte einem silbernen Minivan die Vorfahrt genommen. Der Fahrer bremste abrupt ab und drückte auf die Hupe. Cara hielt das Lenkrad des Volvo fest gepackt, um nicht auf die andere Spur zu driften.

»Sei bitte vorsichtig!« Mom sah sie mit gerunzelter Stirn an.

Cara warf ihrer Mutter einen flüchtigen Blick zu und trat behutsam auf die Bremse, um das Tempo zu drosseln. »'tschuldigung«, erwiderte sie ungerührt. Ihre Mutter ging ihr allmählich auf die Nerven.

Raschelnd kramte Mom in ihrer Handtasche. »Lass uns das Ganze noch mal durchgehen«, sagte sie. Cara brauchte nicht einmal hinzusehen, um zu wissen, dass ihre Mutter die ach-so-wichtige Liste mit den Notfallnummern und Anweisungen in der Hand hielt.

»Mom, ich hab's kapiert«, fiel Cara ihr ins Wort. »Du bist bei Oma, die Nummer steht auf dem Zettel. Heizung nachts auf fünfzehn Grad stellen.«

»Keine Jungs, kein Feuer, keine Partys«, fuhr ihre Mutter fort.

Cara lächelte finster. Das bewies nur einmal mehr, dass Mom nicht die geringste Ahnung von ihrem Leben hatte, wenn sie glaubte, Cara wegen Jungs und Partys ermahnen zu müssen. Als hätte Cara jemals eine Party veranstaltet. Was allerdings Jungs anging … Cara lächelte zufrieden in sich hinein. Vielleicht war die Ermahnung ja gar nicht so abwegig.

»Cara!«, kreischte ihre Mutter und stemmte ihre Füße gegen den Boden. Cara sah die Rücklichter der anderen Autos auf sich zukommen, und zwar viel zu schnell. Sie trat abrupt in die Eisen und kam gerade noch zum Stehen, ohne mit dem Auto vor ihr zu kollidieren.

»Sorry, sorry, Mom«, brachte sie hervor. Sie fuhr im Schneckentempo weiter. Vor ihr lag bereits die Ausfahrt zum Flughafen. Erleichtert setzte sie den Blinker und fuhr ab.

»Cara, ich mache mir wirklich Sorgen, dich hier allein zu lassen«, sagte Mom. Sie drehte sich zur Seite, um ihrer Tochter ins Gesicht zu sehen. Cara konzentrierte sich auf das Labyrinth von Hinweisschildern vor ihr. Der Himmel war bleigrau. Ein riesiger Jet rauschte über sie hinweg. Von hier aus wirkten die Triebwerke so groß wie Einfamilienhäuser.

Mom redete weiter. »Ich werde dich heute Abend anrufen und gleich morgen früh. Und, Cara, ich will, dass du sofort ans Handy gehst. Keine Mailbox, oder ich komme auf der Stelle zurück.«

»Okay, Mom«, sagte Cara ernsthaft, obwohl sie den irren Drang verspürte, laut loszuprusten. Es war echt zuvorkommend von ihrer Mutter, so prompt zu verschwinden. Cara reihte sich in die lange Schlange der Autos ein, die vor dem Terminalgebäude hielten.

Die Entladezone wimmelte nur so von Flughafenmitarbeitern mit riesigen Gepäckwagen, Fluggästen, die hektisch ihre Koffer aus den Autos hievten, und kleinen Kindern mit Rucksäcken, die begeistert durch die automatischen Türen rannten. Cara hielt an und öffnete den Kofferraum. Dann stieg sie aus, um ihrer Mutter zu helfen, die Tasche aus dem Auto zu hieven.

»Cara.« Sie nahm das Gesicht ihrer Tochter in beide Hände. »Liebling, ist wirklich alles in Ordnung? Du kommst mir so vor … als wärst du nicht ganz du selbst.«

Cara wandte den Blick ab. Die Sorge in Moms kornblumenfarbenen Augen war einfach unerträglich. Für einen kurzen Moment verspürte Cara das seltsame Bedürfnis, ihren Kopf auf Moms Schulter zu legen – etwas, das sie seit der fünften Klasse nicht mehr getan hatte. Doch sie verdrängte den Gedanken. Jede Verzögerung würde sie nur unnötig von ihrem Date mit Ethan fernhalten.

»Mir geht's gut«, erwiderte sie schroff. Ihre Mutter ließ die Hände sinken.

»Das hoffe ich«, sagte sie leise, als würde sie mit sich selbst reden. Dann packte sie den Griff ihres Rollkoffers. »Ich hab dich sehr lieb, Cara.«

»Ich weiß. Ich hab dich auch lieb.« Cara hatte das Gefühl, die Anspannung keine Sekunde länger ertragen zu können. Endlich, *endlich*, ging Mom mit ihrem Trolley durch die breiten Glastüren. Cara blieb so lange winkend an der Bordsteinkante stehen, bis ihre Mutter verschwunden war. Die Last, die mit einem Mal von ihr abfiel, war gewaltig, so als hätte jemand ihre Fesseln durchtrennt. Sie sprang in den Wagen und startete den Motor.

Ethan erwartete sie.

Blindlings raste Cara nach Hause. Ihr Verstand plante bereits voraus: erst duschen, dann Haare glätten, dann anziehen. Sie dachte an das grüne Oberteil, das sie bei Sarit getragen hatte. Perfekt. Der Verkehr rauschte an ihr vorbei, doch ihr Blick war einzig und allein auf Ethans Bild gerichtet, das verführerisch vor ihren Augen tanzte.

Doch plötzlich trat ihr ein anderes Bild vor Augen. Zoe, die sich zu Hause auf ihrem Bett rekelte und Samson streichelte. »Du hast doch nicht etwa vor, mich schon wieder im Stich zu lassen, Cara?«, säuselte sie. Cara trat hart auf die Bremse. Sie war geradewegs an ihrer Einfahrt vorbeigefahren.

Cara blinzelte und setzte ein Stück zurück, dann parkte sie den Volvo vor dem Haus. Als sie den Motor abstellte, durchflutete die friedvolle Stille des kleinen Vororts ihren Verstand und beruhigte ihre rasenden Gedanken. Wie hatte sie nur Zoe vergessen können? Sie verspürte ein flaues Gefühl bei dem Gedanken, Zoe erklären zu müssen, dass sie sofort wieder verschwinden würde. Cara stieg aus dem Wagen und ließ die Autotür zufallen – ein Geräusch, das ihr unnatürlich laut vorkam. Sie blieb einen Moment vor dem Haus stehen, die Haustürschlüssel in der Hand. Überall längs der Straße erstreckten sich die grünen Quadrate der frisch gemähten Rasenflächen vor den Häusern. Kein einziges Auto fuhr vorbei. Auf einer der Telefonleitungen saß eine Spottdrossel, die einen einzigen Ruf von sich gab und dann verstummte. Caras Haus lag geduldig vor ihr, so als würde es auf etwas warten.

Cara öffnete die Haustür, und auf der Stelle schlug ihr ein beißender Gestank entgegen, so jäh, als hätte ihr jemand eine Ohrfeige verpasst. Sie taumelte einen Schritt zurück, doch dann hielt sie sich den Stoff ihres Ärmels unter die Nase und ging hinein. Es war, als würde sie eine Gruft betreten. Sie warf einen Blick in das finstere Erdgeschoss des Hauses. Alles war noch genauso, wie sie es verlassen hatte.

Der Gestank nahm zu, als sie die Treppe hinaufstieg. Die Tür zu ihrem Zimmer stand offen, weit offen. Mit einem Gefühl zwischen Traum und Grauen ging Cara an ihrem Zimmer vorbei und folgte dem Geruch zum Schlafzimmer ihrer Eltern am Ende des Flurs. Es überraschte sie nicht, Zoe am Schminktisch ihrer Mutter sitzen zu sehen. Sie hatte Cara den Rücken zugekehrt. Moms schwarzer Satinmorgenmantel umhüllte Zoes skeletthafte Gestalt, und eine graue Pelzstola hing ihr über die Schultern.

Als Zoe ihre Schritte hörte, schwenkte sie auf dem kleinen Drehhocker herum. Cara taumelte einen Schritt zurück und hielt sich eine Faust vor den Mund, um den brodelnden Schrei in ihrer Kehle zu ersticken. Zoes Gesicht glich einer Maske aus einem Horrorfilm. Grob verschmierter Lippenstift bildete einen entarteten Clownsmund, der fast von einem Ohr bis zum anderen reichte. Schwarzer Kajal umrahmte ihre Augen und rann ihr in dunklen Schlieren über die Wangen. Ihr Haar stand in wirren Büscheln ab und war mit mehreren riesigen, glitzernden Broschen verziert. Vor ihr auf dem Schminktisch lag Moms geöffnete Schmuckschatulle, deren Deckel zerbrochen war. Der winzige Schlüssel, der das Schloss für gewöhnlich verriegelte, lag neben einem Hammer am Boden zu Zoes Füßen. Unzählige Armreifen baumelten an ihren Handgelenken, und mehrere Halsketten hingen von ihrem Nacken herab wie ein Brustpanzer. Wenn sie den Kopf bewegte, klirrten die gigantischen Hängeohrringe und schwangen hin und her wie funkelnde Lüster.

Caras Blick wanderte von Zoes entstelltem Gesicht zu dem Pelz über ihren Schultern. Ihre Mutter besaß keine Stola. Plötzlich wurde ihr voller Entsetzen bewusst, was sie da eigentlich sah. *Samson.* Seine Vorderpfoten und der Kopf hingen auf der einen Seite herab, seine Hinterpfoten auf der anderen. Sein Hals schien unnatürlich verdreht. Seine grünen Augen waren bereits milchig und eingesunken.

Cara schrie auf, während Zoe sie stumm beobachtete und mit Samsons Ohr spielte. Sie hatte ein freudig interessiertes Lächeln auf dem Gesicht, so als würde sie dem Ruf eines seltenen Vogels lauschen.

Caras Schrei riss abrupt ab. Sie fasste sich an den Hals. Zoe wartete.

»Was hast du getan?«, fragte Cara heiser. Vor lauter Schreien tat ihr der Hals weh. Sie konnte es kaum ertragen, Samsons Kopf zu betrachten, der an Zoes Brust baumelte und mit seinen Schnurrhaaren die blasse Haut ihres Oberarms streifte. Cara schauderte. Eine feine Gänsehaut breitete sich über ihren Körper aus.

»Oh, das hier?« Zoe blickte auf Samson herab. Ein irres Grinsen zerriss den Lippenstiftstrich in ihrem Gesicht. »Er hat schließlich deinen Turnbeutel zerfetzt, oder? Du hast ihn schon immer gehasst. *Miau!*« Sie sprang Cara mit einem winzigen Fauchen entgegen. Cara schrie und wich erschrocken zurück.

Zoe wandte sich lachend von Cara ab und ließ sich wieder auf den Hocker sinken. »Weißt du was?« Sie kramte in Moms Schmuckschatulle herum. »Das meiste hier ist nur billiger Schund. Ich hatte gehofft, ein paar echte Diamanten zu finden.« Sie griff nach Moms Chanel No. 5 und sprühte es sich geziert auf den Hals.

Cara bewegte sich langsam rückwärts, den Blick fest auf die Tür geheftet. Ihr Atem kam stoßweise. Mit einer Hand tastete sie nach dem Treppengeländer. Ihre Füße verhakten sich, und sie stolperte rückwärts die Treppe hinunter. Verzweifelt packte sie das Geländer und klammerte sich daran fest, um nicht zu fallen.

Als sie mit pfeifendem Atem den Fuß der Treppe erreichte, klingelte es an der Tür. Sie stürzte zur Klinke und krallte sich daran fest, während sie die Tür aufriss. Vor ihr stand Ethan, dessen breiter Brustkorb extrem hart und stark und sicher aussah. Cara stürzte sich auf ihn und schluchzte aus tiefster Seele.

»Hey«, sagte Ethan erschrocken. Seine Arme schlossen sich um ihren Körper. »Ist ja schon gut«, murmelte er und streichelte ihren Rücken. »Was ist denn passiert?« Er warf einen Blick über ihre Schulter. Cara griff hinter sich und zog rasch die Tür zu.

»Komm«, brachte sie mühsam hervor. »Ich muss hier weg!«

Kapitel 25

Ethan blinzelte verwirrt, aber er sammelte sich rasch wieder. »Okay, klar.« Er führte sie die Stufen hinunter. »Wo willst du hin?«

»Lass uns einfach nur spazieren gehen, okay?« Cara steuerte auf den Bürgersteig zu und versuchte, Zoes irren Gesichtsausdruck aus dem Gedächtnis zu verbannen. Sie schritt immer schneller und schneller den leeren Bürgersteig entlang, bis sie plötzlich spürte, wie sich Ethans Finger zwischen ihre schoben.

»Hey, nicht so eilig.« Er hielt sie zurück, bis sie neben ihm herging. »Beruhige dich.« Er legte einen Arm um ihre Schultern und zog sie fest an sich. Sie gingen mehrere Blocks schweigend nebeneinander her. Cara war froh, dass er sie nicht gleich mit Fragen bombardierte. Sie betrachtete sein männliches Gesicht und seinen kräftigen Kiefer, der von einem Dreitagebart bedeckt wurde. Das Gewicht seines starken Arms, den er fest um ihre Schulter gelegt hatte, drückte gegen ihr Schlüsselbein und beruhigte sie. Allmählich trat die grauenvolle Szene im Schlafzimmer ihrer Eltern in den Hintergrund. Sie spürte, wie sich ihr Körper entspannte.

Ethan nahm ihre Hand und zog sie über die Straße.

»Wo gehen wir hin?«, fragte Cara.

»Komm mit«, erwiderte er. »Der Lamont Park ist gleich hier

drüben.« Er führte sie in einen gepflegten kleinen Park. Im Sommer wimmelte es hier von Kindern, die T-Ball spielten oder sich auf dem Abenteuerspielplatz tummelten, während ihre Mütter auf den Bänken miteinander plauderten. Aber heute waren die Spielfelder verlassen. Das Klettergerüst stand schweigend da, die Holzschnitzel auf dem Abenteuerspielplatz waren glatt und unberührt. Die Schaukeln, die sich vor dem bleigrauen Himmel abzeichneten, schwankten sanft im Wind.

Cara setzte sich auf eine der Schaukeln und umklammerte die eisigen Ketten. Sie grub ihre Zehen in die Mulde am Boden, die Hunderte winziger Füße über die Jahre hinweg geschaffen hatten.

Ethan setzte sich auf die Schaukel neben ihr und drehte sich erst nach rechts, dann nach links. »Also«, sagte er, »willst du mir vielleicht verraten, was da eben bei dir los war? Du sahst aus, als würdest du jeden Moment in Ohnmacht fallen.« Er blickte auf sie herab, die Stirn sorgenvoll gerunzelt.

Cara atmete tief ein und schüttelte den Kopf. Auf gar keinen Fall konnte sie Ethan von Zoe erzählen. Das Ganze klang viel zu verrückt. »Es geht um … meine Katze«, sagte sie zögerlich. »Meine Katze ist gerade gestorben.« Sie hörte, wie ihre Stimme von Tränen erstickt wurde. Natürlich galten diese Tränen nicht Samson. »Ich habe ihn eben erst gefunden, kurz bevor du gekommen bist.« Ihre eigene Stimme klang in ihren Ohren albern und falsch. Sie starrte die Spitzen ihrer Turnschuhe an, die sich unter ihr in den Dreck bohrten. »Ich weiß, es ist bescheuert, sich wegen einer Katze so anzustellen, jetzt, wo Alexis … verschwunden ist.« Sie stolperte ein wenig über die letzten Worte.

»Überhaupt nicht.« Ethan schüttelte vehement den Kopf. Er drehte die Schaukel so, dass er Cara geradewegs ansehen konnte.

»Das ist völlig in Ordnung. Mach dir keine Gedanken deswegen.« Er griff nach ihrer Hand. Sie spürte, wie sich seine warmen, trockenen Finger um ihre kalte Hand schlossen. Sie drückte fest zu.

»Denkst … denkst du eigentlich viel an Alexis?«, fragte sie beinahe flüsternd. Die Worte schienen ihr irgendwie herauszurutschen. Sie betrachtete Ethans Gesicht, während sie auf eine Antwort wartete.

»Manchmal«, sagte er leise. »Und manchmal … denke ich an dich.« Sein Gesicht war extrem nah an ihrem, so nah, dass sie die Wärme seines Atems an ihrer Wange spüren konnte. Zitternd wartete sie ab, während sein Daumen sanft über ihren strich. Sie stellte sich vor, sie könnte das reibende Geräusch von seiner Haut auf ihrer hören. »Cara, ich weiß nicht, wie ich die letzte Woche ohne dich durchgestanden hätte.«

Sie starrte ihn an. Sein Gesicht wirkte riesig und füllte ihr gesamtes Gesichtsfeld aus. Er beugte sich vor, und Cara schloss die Augen. Sie spürte, wie sein Mund ihre Lippen berührte. Seine waren kühl und schmeckten nach Äpfeln. Plötzlich erinnerte sie sich an Zoes Kuss in der Scheune – ihre kalten Lippen, ihren faulen Atem. Caras Atem stockte. Sie stieß den Gedanken mit aller Macht von sich.

Ethan musste irgendetwas gespürt haben. Er wich ein wenig zurück und sah sie fragend an. Cara blickte zu ihm auf, dann reckte sie sich ihm entgegen. Zeigte ihm, dass sie noch mehr wollte.

Er küsste sie erneut. Sie spürte, wie sich seine Hand in ihren Nacken und in ihr Haar schob, um sie noch näher zu sich heranzuziehen. Sie legte den Kopf schräg und öffnete leicht die Lippen. Sein Mund drängte fest gegen ihren.

Dann lösten sie sich voneinander. Cara versuchte, ihren Atem unter Kontrolle zu bringen. Ethan atmete ebenfalls heftig. Sein Gesichtsausdruck wirkte eindringlich und intensiv. Er öffnete den Mund, um etwas zu sagen, doch ehe er dazu kam, heulte in der Nähe eine Polizeisirene auf. Sie sahen sich um und entdeckten einen Streifenwagen, der langsam die Straße entlangfuhr.

In Höhe des Parks hielt der Wagen am Straßenrand an. Das Heulen der Sirene riss abrupt ab, doch die Lichter flackerten weiter, erst rot, dann gelb, dann blau, dann wieder von vorn. Zwei Polizisten stiegen aus. Trotz der Entfernung konnte Cara Stanton und Fitzgerald erkennen. Sie bekam einen trockenen Mund. Ihre Finger schlossen sich fester um Ethans.

Gemeinsam beobachteten sie, wie die Polizisten über den ausgetrockneten Rasen näher kamen. Ihre dunkelblauen Gestalten zeichneten sich klar und deutlich vor den weichen Konturen der Herbstlandschaft ab. Vor der Schaukel blieben sie stehen. »Ethan Gray?«, fragte Fitzgerald.

Ethan nickte zögerlich.

»Wir haben Sie gesucht.« Stanton trat einen Schritt vor. »Wir müssen Sie bitten, uns zu folgen, Mr Gray. Nur um uns auf der Wache ein paar Fragen zu beantworten.«

Ethan blickte von einem Polizisten zum anderen. »Darf ich fragen, worum es geht?«

Die Gesichter der Beamten blieben ausdruckslos. »Leider müssen wir Ihnen mitteilen, dass die Leiche von Alexis Henning gefunden wurde«, erklärte Stanton. »Mehr können wir Ihnen zu diesem Zeitpunkt nicht sagen.«

Cara hörte, wie Ethan der Atem stockte. Seine Hände verkrampften sich.

Alexis war also tot. Das war's. Sie war tot.

Cara verspürte einen hysterischen Drang zu lachen. Sie biss sich auf die Innenseite ihrer Wange, und zwar heftig. Alexis war *tot*. Die Erkenntnis traf sie mit voller Wucht, und ihre Hände rutschten kalt und schlaff von den Ketten ab. Sie spürte, wie sie nach vorn kippte, in Richtung Boden.

Jemand packte sie an den Schultern. Sie blickte in Fitzgeralds teilnahmsloses Gesicht. »Alles in Ordnung, Ms Lange?«

Cara nickte. Sie wusste, dass ihr Gesicht leichenblass war. Ethan stand plötzlich zwischen den beiden Polizisten. Neben ihnen wirkte er irgendwie klein, geschrumpft. So als würde er ihr bereits entgleiten. »Ethan«, flüsterte sie.

Er reagierte nicht. Einer der Polizisten packte ihn am Oberarm und führte ihn zum Streifenwagen.

Cara blieb wie erstarrt sitzen. Der kalte Gummigurt der Schaukel grub sich in ihren Körper, während sie beobachtete, wie Ethan auf die Rückbank des Streifenwagens kletterte und verschwand.

Kapitel 26

Cara lief wankend durch die stillen Straßen. *Ethan ist weg, Alexis ist tot*, ging es ihr immer wieder durch den Kopf. Ihr Brustkorb zog sich krampfartig zusammen. Tränen und Rotz tropften von ihrer Nase.

Sie stürmte durch die Eingangstür ihres Hauses. »Zoe!«, schrie sie ins Halbdunkel. Ihr Atem kam schluchzend aus ihrer Lunge. Sie ballte die Fäuste. »Zoe!«, rief sie erneut. Ihre Stimme brach.

Zoe erschien am oberen Ende der Treppe. Sie hatte Moms schwarzen Morgenmantel wieder ausgezogen und Samson wer weiß wo hingelegt. Stattdessen trug sie nun Jeans und einen schwarzen Rollkragenpulli. Langsam schwebte sie die Treppe hinunter auf Cara zu. Als sie sich näherte, konnte Cara erkennen, dass sie sich die Schminke ebenfalls aus dem Gesicht gewischt hatte. Ihre Haut war völlig rein und strahlte vor Sauberkeit. Ihr Haar wirkte frisch gewaschen und fiel ihr wie ein seidiger Vorhang rechts und links am Gesicht herab. Cara schnappte unwillkürlich nach Luft. Zoe war wieder so schön wie an dem Tag, als sie unerwartet auf ihrer Bettkante gesessen hatte. Der ekelhafte Gestank war ebenfalls verschwunden, wie Cara überrascht feststellte. Als hätte er nie existiert. Stattdessen wehte ihr ein sanfter Duft von Lavendelseife entgegen.

»Ja?« Zoe lächelte sie freundlich an, so als würde sie einen unerwarteten Gast begrüßen.

Für einen Moment fühlte sich Cara überrumpelt. Sie blieb unschlüssig stehen, und Zoe sah mit einem wohlwollenden Lächeln auf sie herab. »Die Polizei ist gekommen und hat Ethan mitgenommen«, sagte Cara schließlich. Ihre Worte klangen leer.

»Oh?« Zoe nickte und zog die Augenbrauen hoch, als hätte Cara ihr gerade erklärt, dass sie Honigmelonen hasst. »So ein Pech.«

Cara blinzelte. »Was?« Dann sammelte sie sich wieder. »Ja, das ist wirklich Pech.« Sie trat näher an ihre Freundin heran, und die Wut kochte erneut in ihr hoch. »Alexis ist tot, Zoe! Sie ist tot, und Ethan steht unter Verdacht.« Sie beugte sich vor. »Ich weiß, dass du ihr etwas angetan hast. Ich weiß es!« Ihre Stimme steigerte sich zu einem hysterischen Kreischen.

»Ja.« Zoe nickte, ohne ihr nettes, höfliches Lächeln abzulegen.

Cara erstarrte. »Hast du da gerade Ja gesagt?«

»Ja.« Zoe nickte. »Ich hab die Schlampe umgebracht. Und ihre Leiche hab ich im Dachgebälk der alten Scheune versteckt, die du so sehr liebst.« Sie lächelte freundlich und setzte sich auf einen Stuhl im Flur, die Beine anmutig übereinandergeschlagen. Ihre Fingerspitzen strichen über die gepolsterten Armlehnen. »Hat ziemlich lange gedauert. Sie umzubringen, meine ich. Ich hatte ganz vergessen, wie viel Mühe es kostet, jemanden zu erdrosseln«, sagte sie beinahe träumerisch.

Cara stockte der Atem. Zoe hatte Alexis umgebracht. Und es war nicht das erste Mal, dass sie jemanden erdrosselt hatte. Zoes frühere Worte spukten Cara im Kopf herum. *Ich habe etwas Schlimmes getan, Cara. Aber nichts Schlimmeres, als was er mir angetan hat.*

Zoe starrte für einen Moment ins Leere, dann kehrte sie abrupt in die Realität zurück. »Jedenfalls, als sie erst einmal tot war, konnte ich sie problemlos in den Wald schleifen. Aber sie da hoch ins Gebälk zu hieven, das war vielleicht ein Akt!« Sie lachte – ein helles, fröhliches Lachen. »Tote Last, Cara. Hast du schon mal richtig tote Last gespürt?«

Benommen schüttelte Cara den Kopf. Ihr Blick war wie gebannt auf Zoes süßes Engelsgesicht gerichtet.

»Aber mal ehrlich, ich hätte wirklich ein bisschen Hilfe gebrauchen können.« Zoes Tonfall veränderte sich. »Wo hast du überhaupt gesteckt, Cara?«

Cara starrte sie nur an. Sie hatte das Gefühl, sich verhört zu haben. »Was meinst du? Ich war an dem Abend mit Ethan zusammen.« Ihre Lippen fühlten sich taub an.

»Ach, stimmt ja.« Sie umfasste erneut die Armlehnen ihres Stuhls, diesmal heftiger. »Du hast dich da draußen mit deinem neuen Freund amüsiert. Während ich mich in der Kälte abgeplagt habe, um deine Erzfeindin ins Dachgebälk zu hieven. Sie ist mir übrigens auf halbem Wege stecken geblieben, weißt du? Sie ist stecken geblieben und wäre mir fast wieder heruntergefallen.«

»Hör auf«, flüsterte Cara. Ihr Magen rebellierte. Sie sah plötzlich Alexis' leuchtend blondes Haar vor sich, das über ihr im Gebälk hing. Ein einzelner weißer Arm, der schlaff herabbaumelte, die Fingerspitzen zu Boden gerichtet. An jenem Tag in der Scheune. Am Tag nach der Party. Ein Aufblitzen von Weiß. Alexis' Leiche war dort oben gewesen – die ganze Zeit hatte sie direkt über ihrem Kopf gehangen.

»Warum, Cara? Warum sollte ich damit aufhören?« Zoes Stimme schwoll an. »Warum? Ich habe es nur für dich getan.

Alles habe ich für dich getan. Die ganze Zeit über. Und hast du irgendetwas davon zu schätzen gewusst? Erst diese fette Schlampe Sydney …«

Cara wich einen Schritt zurück, die Hände vor den Mund geschlagen. »Sydney? Soll das heißen, sie ist gar nicht … ertrunken?« Ihre Stimme steigerte sich zu einem atemlosen Schrei. Sie stolperte über ein paar Schuhe und stürzte beinahe.

»Dann Alexis. Ich habe sie beide erwürgt – ich fand das irgendwie passend. Als angemessene Retourkutsche für diese miesen Schlampen, die dich Würger getauft haben. Und wie hättest du mit Ethan zusammenkommen sollen, solange dir Alexis im Weg stand? Ich hab das alles für *dich* getan, Süße, alles nur für dich.« Mit einem Mal riss Zoe die Armlehne ihres Stuhls brutal aus der Verankerung.

Cara zuckte zusammen. Zoe stand auf und kam langsam auf sie zu. Ihre violetten Augen glühten in ihrem leichenblassen Gesicht. »Und hast du irgendetwas davon zu schätzen gewusst? Hast du auch nur ein einziges Mal gesagt: ›Danke, Zoe?‹ Nein.« Sie blieb wenige Zentimeter vor Caras Gesicht stehen. »›*Wann verschwindest du endlich, Zoe?*‹« Sie ahmte Caras Stimme nach. »Was anderes bekomme ich von dir nicht zu hören. Du hängst ständig mit Ethan ab und lässt mich im Stich. *Du bist mir was schuldig*, Cara. *Du bist mir was schuldig*.« Sie schrie beinahe.

Cara trat einen weiteren Schritt zurück. Sie spürte etwas Hartes im Rücken. Die Tür. Sie drückte sich dagegen. »Sydney auch? Du hast sie beide umgebracht? Zoe, du musst es jemandem sagen«, flüsterte sie. »Der Polizei. Du musst es der Polizei sagen.«

Zoe schnaubte. »Na sicher, Cara. Ich spazier da einfach so rein: ›Hallo, Leute. Ihr könnt den netten Jungen freilassen. Hier ist eure wahre Mörderin – sie steht direkt vor eurer Nase.‹« Sie zeigte auf sich selbst, dann machte sie eine wegwerfende Handbewegung in Caras Richtung. »Du hast schon immer in einer Traumwelt gelebt, Cara. Du solltest endlich mal aufwachen.«

Cara sah Ethan im Geiste an einem Metalltisch sitzen, in einem kleinen, grell erleuchteten Raum. Zwei Polizisten beugten sich über ihn und schrien ihn an, sein Gesicht war tränenüberströmt. Sie schüttelte den Kopf. »Nein, Zoe.«

Zoe drehte sich zu ihr um, und Cara erschrak angesichts der Boshaftigkeit in ihrem Ausdruck. »Was hast du da gerade gesagt?«, fragte Zoe. Ihre Stimme klang gefährlich leise.

Cara zitterte, doch sie zwang sich weiterzureden. »Wenn du nicht zur Polizei gehst, werde ich es tun. Ich werde ihnen alles erzählen.« Ihre Stimme war kaum mehr als ein Flüstern. Sie presste ihre Handflächen gegen die Tür hinter ihr. Die Oberfläche fühlte sich kühl an.

Zoe musterte Caras Gesicht und lächelte flüchtig. Dann schüttelte sie den Kopf. »Du hast mich mit meinem Stiefvater im Stich gelassen, Cara. Du warst die Einzige, die wusste, wie schlimm es wirklich war, *aber du hast mich da verrotten lassen*. Du wirst *nicht* zur Polizei gehen. Das kannst du nicht. Du bist mir etwas schuldig, Cara.«

»Ich habe dich nicht darum gebeten!«, schrie Cara plötzlich. Sie spürte, wie sich etwas in ihr löste und zerbrach. »Ich habe dich um gar nichts gebeten! Ich will das alles nicht. Ich will es nicht.« Sie verstummte und tastete mit einer Hand nach dem Stuhl, um sich erschöpft hinzusetzen. Sie beugte sich vor und umklammerte ihre Knie, während sie das Gesicht in ihrer Jeans vergrub.

»Wir sitzen im selben Boot, Cara. Und das weißt du.« Zoe

riss die Haustür auf und schleuderte sie so hart gegen die Wand, dass der Putz herabrieselte. Sie stürmte die Eingangstreppe hinunter und floh ins dämmrige Abendlicht. Ihre schwarzen Haare breiteten sich wie Flügel hinter ihr aus.

Cara umklammerte ihre eiskalten Oberarme – der einzige Trost, der ihr noch blieb – und beobachtete, wie Zoe verschwand.

KAPITEL 27

Die Nacht senkte sich langsam herab. Tiefe Schatten sammelten sich in den Ecken der Küche, wo Cara im Halbdunkel am Tisch saß, vor sich das Foto von ihr und Zoe auf dem Fahrrad. Das Licht wurde immer schwächer, und die grauen Quadrate der Fenster verwandelten sich zunehmend in schwarze Flächen.

Zoe hatte Alexis umgebracht. Sie hatte sie umgebracht und ihre Leiche im Gebälk der Scheune versteckt. Cara verspürte plötzlich den Drang aufzustehen und zur Scheune zu gehen, obwohl sie genau wusste, dass die Leiche nicht mehr dort war. Einfach nur, um die Stelle mit eigenen Augen zu sehen. Doch ein winziger, gesunder Teil ihres Verstandes hielt sie davon ab. Zoe war irgendwo da draußen. Und sie war wütend.

Cara war vage bewusst, dass sie das Licht hätte einschalten sollen, aber irgendetwas ließ sie an ihrem Platz verharren. Vielleicht der Gedanke, dass Zoe sie im Dunkeln nicht so leicht finden würde.

Das letzte Tageslicht war inzwischen vom Himmel gewichen. Kühlschrank und Herd hatten sich in finstere Schemen verwandelt. Die Uhr an der Wand tickte unerbittlich. Es war der einzige Laut im Raum. Cara saß reglos da. Sie rührte keinen Finger. Sie atmete kaum. Wenn sie sich absolut ruhig verhielte, würde Zoe sie nicht finden.

Plötzlich ging neben ihrem Ellbogen das Handy los. Um ihren Schrei zu unterdrücken, biss sich Cara so fest auf die Lippe, dass sie Blut schmeckte. Mit pochendem Herzen starrte sie das kleine leuchtende Display an. Es war Mom. Caras Hand zitterte so stark, dass sie hilflos an dem Handy herumfummelte und es auf den Tisch fallen ließ, ehe sie es endlich aufklappte.

»Liebling?« Moms Stimme schien von einem anderen Planeten zu kommen.

»Hallo Mom«, flüsterte Cara. Sie wischte sich das Blut vom Kinn, das von ihrer verletzten Lippe herunterrann.

»Wie geht's dir, Liebling? Alles in Ordnung?«

Cara hörte Stimmen im Hintergrund. Sie stellte sich ihre Eltern im hell erleuchteten Wohnzimmer ihrer Großmutter vor, wo immer der Fernseher lief. Opa Lorin saß im Fernsehsessel, während hinter ihm auf dem Tisch die Reste des Abendessens standen. Cara starrte ins Dunkel.

»Mom, hier stimmt was nicht«, flüsterte sie. »Ich brauche Hilfe.«

»Was ist los, Cara?« Ihre Mutter klang erschrocken. »Liebling, was ist los?«

»Es ist Zoe. Sie ist wieder da, und sie hat etwas Schreckliches getan.« Sie wartete, atmete. Sie fühlte sich plötzlich erleichtert. Jetzt würde alles gut werden. Wenigstens war sie nicht mehr allein. Ihre Eltern würden ihr helfen, das Richtige zu tun.

»Zoe? Oh nein. Nein, Cara.« Ihre Mutter klang erschüttert. »Cara, sag mir, was passiert ist. Was meinst du mit ›etwas Schreckliches‹? Cara? Cara?« Cara verspürte einen unbändigen Drang, die Augen zu schließen. Sie sehnte sich nach absoluter Dunkelheit, nur für einen Moment. Hinter ihren geschlossenen Augenlidern hörte sie ein scharrendes, kratzendes Geräusch, und plötzlich riss die Stimme ihrer Mutter ab.

»Mom?«

Die Leitung war tot. Cara nahm das Handy vom Ohr und starrte es an. Es fühlte sich ungewöhnlich leicht an. Vor ihr auf dem Tisch lag irgendetwas. Der Akku. Sie drehte das Gerät um. In der Rückseite klaffte ein Loch.

Cara starrte das Handy an. Plötzlich ging in der Ecke das Haustelefon los. Cara zuckte zusammen. Sie durfte sich nicht vom Fleck rühren. Zoe würde sie sonst finden. Das Telefon klingelte und klingelte, doch ehe sie rangehen konnte, hörte sie das leise Geräusch von Schritten. Es kam von der Eingangstreppe. Ihr stockte der Atem. Vielleicht war es lediglich ein Ast, der gegen das Vordach schlug. Doch so nah am Haus standen keine Bäume. Sie setzte sich aufrecht hin und lauschte.

Ritsch. Ritsch. Jetzt klang es so, als würde jemand mit den Fingernägeln über die Tür kratzen. *Ritsch.* Caras Hals schnürte sich zu. Sie stellte sich vor, wie Zoe katzengleich vor der Tür hockte und daran scharrte, um hereingelassen zu werden. Von Grauen gepackt, hörte sie, wie sich das Türschloss quietschend öffnete. Zoe war hier. Ihre Schritte durchquerten den Flur. Jetzt war sie im Wohnzimmer. Jetzt hatte sie das Wohnzimmer durchquert. Jetzt war sie in der Küche.

Eine Gestalt erschien im Türrahmen. Cara schrie. Sie schrie und schrie, während sich ein Paar Hände in ihre Schultern krallten. Jemand rief ihren Namen. Zoe rief ihren Namen. Im nächsten Moment würde sie ihre Hände um Caras Kehle legen, um sie zu erwürgen, so wie sie Sydney und Alexis erwürgt hatte.

»Cara! Cara!« Es war nicht Zoes Stimme. Es war eine Männerstimme. Die Hände auf ihren Schultern gehörten einem Mann – Ethan. Ethan stand vor ihr.

Cara ließ sich in seine Arme fallen und schluchzte hysterisch.

»Sie war hier, Ethan«, keuchte sie. »Sie ist rausgerannt. Und ich weiß nicht, wo sie steckt. Ich hab solche Angst.«

»Cara, Cara.« Ethan packte ihre Schultern und sah ihr ins Gesicht. »Alles wird gut. Ich bin hier. Was auch immer passiert ist, es wird alles gut.« Ethan schloss sie in die Arme und wiegte sie hin und her, bis ihr Schluchzen nachließ und erstarb. »Siehst du. Schon besser.«

Er setzte sie auf einen Küchenstuhl und ging zur Spüle. Cara hörte, wie er das Wasser laufen ließ, dann fühlte sie ein warmes feuchtes Geschirrtuch in ihren Händen. Im nächsten Moment schaltete er die Deckenbeleuchtung ein, die den Raum in ein grelles Licht tauchte. Cara musste von der Helligkeit blinzeln. Ihre gute alte Küche umgab sie, sicher und solide. Sie spürte, wie ihre Panik verebbte. Zitternd drückte sie sich das feuchte Tuch aufs Gesicht.

Plötzlich fiel ihr ein, was vor ein paar Stunden passiert war. »Ethan, du bist wieder da! Was ist auf der Polizeiwache passiert?«

Sein Gesicht verfinsterte sich. Er setzte sich an den Tisch. »Sie haben mich nur verhört und dann wieder gehen lassen.« Sein Tonfall klang scharf. »Verhört über den Tod meiner eigenen Freundin! Und sie haben sich dabei echt wie Arschlöcher benommen.« Die Schärfe wich aus seiner Stimme, und er vergrub sein Gesicht in den Händen. Seine Schultern sackten nach vorn. »Ich kann dir sagen, Cara, es war grauenhaft. Sie haben mir immer wieder dieselben Fragen gestellt. Warum wir uns gestritten haben. Wo ich als Nächstes hingegangen bin, nachdem ich dich zu Hause abgesetzt hab. Sie haben zwar nicht gesagt, dass sie mich für den Täter halten, aber genau das haben sie gedacht. Und sie ist *tot*!« Seine Stimme brach. »Sie ist tatsächlich tot. Das ist das Allerschlimmste. Ihre Leiche …« Er verstummte, unfähig den Satz zu beenden.

Cara streichelte ihm den Rücken. Ethans Schmerz schien mit wabernden Tentakeln um sich zu greifen. »Ich weiß«, murmelte sie. »Ich mag mir auch nicht vorstellen, wie sie da oben in der Scheune verrottet.« Sie schüttelte den Kopf.

Ethan blickte auf. Die Tränen hatten feuchte Linien auf seinen Wangen hinterlassen. »Was redest du da? Woher weißt du das?«

Cara starrte ihn völlig entgeistert an. Seine großen blauen Augen starrten zurück. Dann wandelte sich sein Gesichtsausdruck. Er zog die Augenbrauen zusammen. »Was hast du vorhin gesagt, als ich reinkam? Wer war hier?«

Caras Mund öffnete und schloss sich ein paarmal. Sie sehnte sich danach, ihm alles zu erzählen, doch irgendeine Blockade in ihrem Innern hielt sie davon ab. Ethan beugte sich über den Tisch und legte seine Hand auf ihre geballte Faust. »Was ist hier los, Cara?« Seine Stimme klang tief und eindringlich.

Cara spürte, wie sich die Anspannung in ihrem Innern bis zum Höhepunkt steigerte und schließlich unter Ethans durchdringendem Blick zerriss. Sie öffnete den Mund, und mit einem tiefen zitternden Seufzer strömte die ganze furchtbare Geschichte aus ihr heraus, angefangen bei Zoes Auftauchen in ihrem Schlafzimmer und ihrem seltsamen Verhalten bis hin zu dem Geständnis, dass sie Sydney und Alexis ermordet habe. Cara verstummte und starrte auf ihre Jeans. Ihr T-Shirt war mit Lippenstift beschmiert. Ethan lehnte sich auf seinem Stuhl zurück. Er sah aus, als hätte man ihm brutal ins Gesicht geschlagen.

»Cara … wir müssen es der Polizei sagen.« Er legte einen Arm vor die Stirn, als wollte er das Gehörte sicher in seinem Kopf einschließen. »Dieses Mädchen läuft da draußen frei herum, und sie ist gefährlich. Wir müssen sie finden.«

Cara nickte stumm. Sie konnte nicht länger dagegen ankämpfen. Irgendjemand musste Zoe finden, und sie musste gestehen.

Das Spiel war aus.

KAPITEL 28

Cara bahnte sich einen Weg durch die abgestorbenen Goldruten auf dem Feld hinter ihrem Haus. Über ihr jagten Wolken über den tiefblauen Nachthimmel. Das Licht der Taschenlampe tanzte vor ihr her wie ein geisterhafter Suchscheinwerfer und beleuchtete hier einen Ast, da ein Stück Boden, dort die nahen Bäume. Die Luft war kalt und frostig, ihr Atem hing wie eine Wolke vor ihrem Gesicht.

Hinter ihr folgte Ethan vorsichtig ihren Schritten, er hatte ebenfalls eine Taschenlampe in der Hand. Cara konnte seinen Atem hören. Das Rascheln und Knacken hinter ihm verriet, dass Stanton und Fitzgerald ihnen unmittelbar folgten. Ihre kraftvollen Handscheinwerfer durchschnitten die Dunkelheit mit gleißenden Lichtbündeln. Sie hatten den Streifenwagen vor Caras Haus geparkt, nachdem Ethan und Cara auf der Polizeiwache angerufen hatten. Cara hatte ihnen erklärt, dass Zoe nur an einem einzigen Ort sein konnte.

Sie näherten sich der Scheune. Das Beweismaterial in ihrem Innern war bereits entfernt worden, hatten die beiden Polizisten erklärt. Alle wichtigen Fingerabdrücke waren gesichert. Cara sah den massigen Umriss der Scheune zwischen den Bäumen aufragen. Die silbrig grauen Wände schienen in der Dunkelheit zu schimmern. Das Licht von Caras Taschenlampe beleuchtete die Baumstämme, dann sprang es auf das Scheunentor über, das noch immer mit Absperrband umhüllt war. Caras Herz verkrampfte sich, als sie das Tor einen Spaltbreit offen stehen sah. Sie drehte sich um.

»Sie ist hier!«, zischte sie.

Stanton und Fitzgerald blieben abrupt stehen und verteilten sich lautlos hinter den nahe gelegenen Büschen. Ethan trat hinter einen Baum. Gemäß dem Plan, den sie bei Cara zu Hause besprochen hatten, wollten die Polizisten in dem Fall, dass Zoe in der Scheune war, zunächst draußen warten. Cara sollte dann allein hineingehen und versuchen, Zoe davon zu überzeugen, freiwillig herauszukommen.

Cara schlich sich zum Scheunentor. Sie blieb vor dem finsteren Spalt stehen und lauschte. Einen gedehnten Moment lang hörte sie gar nichts. Vielleicht hatte sie sich geirrt. Vielleicht war Zoe geflüchtet. Doch dann hörte sie es: ein raschelndes Geräusch. Das Rascheln wiederholte sich. Sie war da drin.

Cara drehte sich um und begegnete Ethans Blick. Seine Stirn war sorgenvoll gerunzelt. Er machte Anstalten, zu ihr zu kommen. Cara schüttelte vehement den Kopf. *Alles okay*, sagte sie lautlos. Widerwillig verschwand er hinter dem Baum.

Cara wandte sich wieder dem Tor zu. Sie drehte sich zur Seite und zwängte sich mühsam durch den Spalt. Im Innern wurde sie von undurchdringlicher Schwärze umfangen. Cara drückte sich mit dem Rücken gegen die beruhigend raue Oberfläche des Scheunentors. Dann hob sie die Taschenlampe. Erschrocken schnappte sie nach Luft, als ihr Lichtstrahl unmittelbar auf Zoes Gestalt fiel, die nur einen Meter vor ihr stand, kalt und blass im geisterhaften Licht.

»Ich habe dich erwartet, Cara«, sagte Zoe. Sie lächelte nicht, ihre Stimme klang kalt und tot. »Verräterin.«

Das Wort hing zwischen ihnen in der Luft.

»Zoe, es ist vorbei«, erwiderte Cara. Sie hörte das Zittern in ihrer Stimme und versuchte es zu unterdrücken. Ihr Puls pochte so laut, dass sie kaum etwas anderes hören konnte. Einen Moment lang fühlte sie sich extrem benommen, als würde sie vom Schwindel überwältigt. Gegen ihren Willen spähte sie hinauf ins Dachgebälk, fast in der Erwartung, Alexis' totes Gesicht würde von oben auf sie herabstarren. Doch über ihr war alles schwarz. Die Leiche war längst entfernt worden. Mit einiger Anstrengung zwang sie sich, den Blick wieder auf Zoe zu richten, die direkt vor ihr stand. »Die Polizei ist da draußen, Zoe«, sagte sie. »Du musst mitkommen.«

»Ich kann nicht glauben, dass du deiner besten Freundin so etwas antust.« Zoes Stimme brach, und ihre Schultern sanken nach vorn. Sie fing plötzlich an zu weinen, ungehemmt und herzzerreißend wie ein kleines Kind. Ihr atemloses Schluchzen ging Cara durch und durch. Wie im Traum trat sie auf ihre Freundin zu. Zoe hob den Kopf. Die Haare hingen ihr wild ins Gesicht. »Ich hab dich immer so lieb gehabt«, weinte sie. »So lieb.«

Cara spürte, wie sie die Hände hob und sie an Zoes Gesicht legte. »Ich hab dich auch lieb«, flüsterte sie. »Aber irgendetwas ist hier furchtbar schiefgelaufen.«

Mit beängstigender Geschwindigkeit packte Zoe ihre Handgelenke. Cara schnappte entsetzt nach Luft. Zoes Gesicht war schneeweiß, ihre Augen funkelten wie zwei glühende Edelsteine tief in ihrem Schädel.

»Es ist noch nicht vorbei«, fauchte sie. Bevor Cara reagieren konnte, versetzte Zoe ihr einen kräftigen Stoß. Sie stürzte hart zu Boden. Im nächsten Moment war Zoe über ihr und stützte sich mit Ellbogen und Knien auf sie, wie eine riesige knochige

Spinne. Zoes Gesicht schwebte direkt über ihr wie ein wabernder Mond. Cara warf den Kopf hin und her und versuchte sich mit Händen und Füßen zu befreien. Doch Zoes Körper war wie eine tote Last, die sie niederdrückte. Tote Last. *Hast du schon mal richtig tote Last gespürt?*

Cara öffnete den Mund und schrie, so laut sie konnte. Ihre Stimme brach, und ihre Kehle brannte, doch sie schrie erneut. Das Geräusch wurde von dem riesigen Hohlraum der Scheune verschluckt, und Cara empfand dieselbe Panik wie an dem Tag, als sie fast erstickt wäre – niemand würde sie hören. Niemand würde ihr helfen.

Doch dann hörte sie hinter sich ein ratterndes Geräusch wie Donnergrollen, und sie wusste, dass Ethan da war und das Tor öffnete. »Cara!«, rief er. Zoe ließ unvermittelt los und sprang auf. Mühsam kniete Cara sich hin. Stanton und Fitzgerald eilten ihr zur Seite. Ethan umklammerte ihren Arm.

»Elende Schlampe«, fauchte Zoe. Ihr Gesicht war zu einer wütenden Maske verzerrt. »Du glaubst, jetzt bist du in Sicherheit. Aber du irrst dich – du irrst dich gewaltig.«

Sie drehte sich um, als wollte sie durchs Tor fliehen.

»Halt sie auf!«, rief Cara. »Ethan! Halt sie auf!« Sie versuchte, Zoe hinterherzurennen, doch sie stolperte und fiel erneut zu Boden. Mühsam stützte sie sich auf ihre Hände und Knie. »Sie entkommt!« Cara deutete auf das Tor, durch das Zoe gerade hinausschlüpfte. Doch niemand rührte sich. Stanton und Fitzgerald standen nur da wie zwei Statuen und starrten Cara an. Ethan war kreidebleich geworden. Er streckte die Hände aus und half Cara auf die Beine.

»Ethan«, schluchzte sie erneut. »Bitte. Sie entkommt.«

»Cara!«, schrie Ethan. »Hier ist niemand!« Sein Gesicht war

von Verwirrung gezeichnet. »Hier ist niemand«, wiederholte er etwas ruhiger.

Stanton und Fitzgerald ließen ihre Waffen sinken. Cara sah, wie sie einen Blick wechselten. Alle Augenpaare richteten sich auf Cara. Sie wich ein wenig zurück. »Was? Was soll das heißen? Sie hat mich angegriffen! Sie stand genau hier … Du hast sie doch gesehen … oder nicht?«, wimmerte sie.

Fitzgerald zog die Augenbrauen hoch. Er packte Cara oberhalb des Ellbogens am Arm. Wie eiserne Schellen legten sich seine Finger um ihren Oberarm. »Sie müssen mit uns mitkommen, Cara.«

Ethan rang nach Luft. »Oh nein, Cara …« Eine Woge der Erkenntnis überrollte sein Gesicht. Er atmete aus und ließ sich erschöpft zu Boden sinken, als wäre mit einem Mal alle Kraft aus seinen Beinen gewichen.

Cara versuchte sich aus Fitzgeralds Griff zu befreien, doch seine Hand packte nur noch fester zu. »Ethan, hilf mir«, flehte sie. »Sie verstehen es nicht – es war Zoe.« Ihr Atem drang pfeifend aus ihrer Kehle. Tränen erfüllten ihre Brust.

Ethan trat auf sie zu. Stanton hielt ihn mit einem Arm zurück. »Tut mir leid. Ms Lange, Sie müssen mit uns mitkommen.«

»Ethan!«, rief Cara über ihre Schulter hinweg, als man sie abführte. »Hilf mir!«

KAPITEL 29

Das Verhörzimmer war klein und dreckig. Die Wände bestanden aus nackten Betonsteinen, und die Neonröhren an der Decke tauchten den Raum in ein harsches, grelles Licht. Cara saß an einem einzelnen Metalltisch, den Kopf in die Hände gestützt. Ihre Eltern saßen links und rechts von ihr, Stanton und Fitzgerald gegenüber.

»Wir haben uns sofort auf den Weg gemacht, nachdem ich mit Cara gesprochen hatte«, erklärte Mom. »Mir war klar, dass sie gerade einen ihrer Zustände bekam, als sie meinte, Zoe wäre zurückgekehrt. Ich habe mir furchtbare Sorgen gemacht, als plötzlich die Verbindung abriss. Wir sind auf der Stelle losgefahren.«

Stanton machte sich eine Notiz auf ihrem gelben Block. »Was meinen Sie mit ›Zustand‹, Mrs Lange?«

Caras Mutter wechselte einen flüchtigen Blick mit ihrem Vater. Sie atmete tief ein. »Cara hatte lange Zeit psychische Probleme.« Während sie sprach, strich sie ihrer Tochter mit der Hand rhythmisch über den Rücken. »Es fing an, als sie noch ganz klein war. Sie sprach andauernd von ihrer imaginären Freundin, Zoe. Alle kleinen Kinder haben imaginäre Freunde, aber Caras Freundin schien irgendwie … realer. Sie spielte oft in einem verlassenen Haus auf der anderen Straßenseite, und wenn sie nach Hause kam, erzählte sie mir, was sie alles mit Zoe unternommen hatte. Sie nannte es immer ›Zoes Haus‹.«

Mom atmete tief durch, ehe sie fortfuhr. »In unserem Haus passierte andauernd irgendetwas: Dinge zerbrachen, Gegenstände verschwanden. Und jedes Mal behauptete Cara, es sei Zoe gewesen. Sie schob es sogar auf Zoe, als ich eines Tages ein Küchenmesser in ihrem Zimmer fand. Damals hatten wir zum ersten Mal das Gefühl, dass mit Cara irgendetwas ... nicht stimmte.«

Cara starrte in die dunkle Höhle unter ihren Armen. Sie hörte, wie jemand auf einem Notizblock kritzelte.

Dad räusperte sich. »Ähm ... ja ... aber uns wurde erst bewusst, dass wir etwas unternehmen mussten, als Cara in der fünften Klasse von einer Nachbarin beobachtet wurde, wie sie einen Hund aus der Nachbarschaft vergiftete. Der Hund hatte sie einige Tage zuvor gebissen.« Dads Mund bildete eine finstere Linie. »Immer, wenn Cara eine schwierige Zeit durchmachte, fing sie an, von Zoe zu reden. Nach der Sache mit dem Hund kamen wir zu dem Schluss, dass ihr ein Umgebungswechsel vielleicht ganz guttun würde. Aus diesem Grund sind wir hierhergezogen.«

Cara hob den Kopf. Ihr Gesicht spannte von den getrockneten Tränen. »Es war Zoes Idee!«, schluchzte sie. »*Sie* hat dieses Gift gestohlen.«

»Cara, Cara.« Mom tätschelte ihre Schulter. Sie wandte sich erneut an Stanton, die ihren neutralen Ausdruck beibehalten hatte. »Sie dürfen nicht denken, dass wir Cara vernachlässigt hätten. Cara hat sich nach dem Umzug wunderbar gemacht. Wir sind mit ihr zu einem hervorragenden Psychiater gegangen, Dr. Robert Samuels. Er hat ihr ein neues Medikament verschrieben, das ihre Wahnvorstellungen scheinbar unter Kontrolle brachte. Aber ... ich glaube, dieses Jahr hatte Cara es in der Schule recht schwer, und anscheinend nimmt sie ihre Tabletten nicht mehr.«

Stanton hielt inne und blickte von ihren Notizen auf. »Woher wissen Sie das, Mrs Lange?«

Ihre Mutter zögerte ein wenig und sah ihren Vater an, der bestätigend nickte. Sie holte einen kleinen Seidenbeutel aus ihrer Handtasche.

»Gib sie mir!« Cara griff danach. Fitzgerald trat einen Schritt vor, und Cara ließ sich zurück auf ihren Stuhl sinken. Ihre Mutter fuhr fort.

»Als wir vorhin nach Hause gekommen sind, habe ich in Caras Schmuckschatulle einen Tablettenvorrat von circa drei Wochen gefunden.« Sie schüttete den Inhalt des Beutels auf den Tisch. Kleine blaue Pillen hüpften über die Tischkante und rollten in die dreckigen Winkel des Raums.

»Es ist alles Zoes Schuld! Sie hat das alles getan. Sie hat mich angefleht, sich bei mir verstecken zu dürfen!«, schrie Cara. Sie fuhr mit der Hand über den Tisch und verteilte die verbliebenen Tabletten quer über den Raum. Eine von ihnen rollte Stanton geradewegs in den Schoß. Sie starrte die Tablette ungerührt an, ehe sie sie mit Daumen und Zeigefinger auflas und zurück auf den Tisch legte.

»Liebling, Zoe ist nicht echt. Sie existiert nur in deinem Kopf.« Mom griff nach Caras Hand und drückte sie sanft.

Cara entriss sie ihr. Die Berührung ihrer Mutter war unerträglich sanft. »Wie kannst du behaupten, Zoe wäre nicht echt, wenn sie doch die letzten Wochen über in meinem Zimmer gelebt hat?« Sie sah ihre Eltern herausfordernd an und erwartete überraschte und verärgerte Blicke. Doch stattdessen sah sie in ihren Gesichtern nichts als Trauer. Ihr Vater warf den Polizeibeamten einen vielsagenden Blick zu. Stanton legte ihren Stift beiseite.

In diesem Moment krächzte das Funkgerät, das vor ihnen auf

dem Tisch stand. Fitzgerald hob es an sein Ohr und lauschte aufmerksam. Cara versuchte, die Stimme am anderen Ende der Leitung zu verstehen, doch es gelang ihr nicht. »Verstanden«, sagte Fitzgerald. Er steckte sich das Funkgerät an den Gürtel. »Sie haben den Namen überprüft«, sagte er zu Stanton. »Wir haben keine Zoe Davis im System. In der Scheune befand sich nur ein einziger Satz von Fingerabdrücken. Sie stimmen mit Cara Langes überein. Und die Perle in Caras Hosentasche passt ebenfalls. Sie gehört zu Alexis Hennings Kette.«

Stanton nickte. Sie schob ihren Stuhl mit einem kreischenden Geräusch zurück und stand auf. »Mr Lange, Mrs Lange, wir müssen Sie zudem in Kenntnis setzen, dass die Fingerabdrücke an Alexis Hennings Hals mit den Würgemalen an Sydney Powers Leiche übereinstimmen«, erklärte sie. »Bislang hatten wir keine stichhaltigen Beweise, lediglich einen Verdacht. In solchen Fällen ziehen wir es vor, die Öffentlichkeit nicht zu informieren. Doch aufgrund der neuen Beweislage lautet Ms Powers offizielle Todesursache nun nicht mehr Unfalltod durch Ertrinken, sondern Verdacht auf Mord.«

Caras Eltern schnappten nach Luft. Mom schlug sich die Hand vor den Mund. Cara sprang abrupt auf und warf ihren Stuhl um. Stanton und Fitzgerald fassten sich alarmiert an den Gürtel.

»Ihr habt Zoe doch schon immer gehasst!«, schrie Cara. Ihre Stimme klang in dem winzigen Raum wie erstickt. »Ihr wart der Meinung, ihre Familie wäre nicht gut genug für mich. Aber nur weil ihr sie hasst, könnt ihr nicht einfach so tun, als würde es sie nicht geben. Ich habe einen Beweis! Ich habe dieses Foto hier.« Sie zog das zerknitterte Foto von sich und Zoe aus der Hosentasche und hielt es ihnen unter die Nase.

Doch niemand rührte sich. Die Polizeibeamten wechselten einen Blick. Stanton zog die Augenbrauen hoch. Mom und Dad saßen reglos da, die Köpfe geneigt. Cara ließ die Arme sinken. Das Foto entglitt ihren schlaffen Händen und flatterte auf den dreckigen Linoleumboden. Das einsame Mädchen auf dem Fahrrad grinste sie alle aus dem Foto heraus an.

Epilog

Oprah interviewte einen Koch. Er erklärte ihr gerade, warum er Schalotten über alles liebte. Cara seufzte und rutschte auf dem rauen, knubbligen Sofakissen hin und her. Von der Couch im Gemeinschaftsraum bekam sie Ausschlag an den Beinen. »Oprah, das A und O bei Schalotten ist, sie absolut frisch zu verwenden«, verkündete der Koch. Cara fletschte die Zähne und beugte sich vor, um die Familienpackung Vaseline vom Couchtisch zu nehmen. Sie hob nacheinander die Beine und schmierte sich die fettige Paste systematisch auf die wunden roten Striemen an der Rückseite ihrer Beine.

Außer dem verblichenen braunen Sofa, auf dem sie selbst saß, befanden sich in dem Raum nur ein durchgesessenes orangefarbenes Zweiersofa und mehrere wackelige Klappstühle, die allesamt dem uralten Fernseher zugekehrt waren. Cara befand sich allein im Raum. Die anderen waren gerade bei ihrer täglichen »Fitness«, von der Cara befreit war, da sie jeden Morgen auf dem Laufband trainierte. Regelmäßige Abläufe seien angeblich gut für sie.

Nebenan hörte sie Wanda laut aufheulen. Anscheinend versuchte man mal wieder, sie anzuziehen. Sie rannte ständig in ihrem Schlafanzugoberteil über den Flur und behauptete steif und fest, zu einem Termin mit Jesus zu spät zu kommen.

»Nach einer kurzen Pause geht es weiter.« Oprahs Gesicht

verschwand und wurde von einer bierernsten Sprecherin vor einer Wetterkarte ersetzt.

»Es wird heute überaus ungemütlich da draußen«, säuselte sie. »Schneeregenschauer verteilen sich über den ganzen Tag, also denken Sie an Ihre Handschuhe!«

Caras Blick wanderte zu dem einzelnen Fenster. Die doppelt verglasten Scheiben waren grün getönt und mit einem Drahtgeflecht verstärkt. Sie würde heute garantiert nicht durch den Schneeregen spazieren.

Oprah stellte dem Publikum gerade eine Visagistin vor, als Phyllis durch die offene Tür hereingerauscht kam. »Medizin!«, trällerte die Schwester. Heute trug sie einen Kittel, der über und über mit Teddybären bedruckt war. Cara schaltete Oprah aus.

»Wie geht's uns denn heute, Cara?«, fragte Phyllis. Sie zog die Vorhänge weiter zurück, um das spärliche Tageslicht hereinzulassen. »Ist Ihnen inzwischen ein bisschen fröhlicher zumute?«

Cara zwang sich zu einem Lächeln. »Ja, schon«, erwiderte sie. Sie streckte die Hand aus, und Phyllis schüttete ihr drei Tabletten in die Handfläche. Blau, weiß und rosa. Cara legte sie sich auf die Zunge. Dann drückte ihr Phyllis einen Pappbecher Wasser in die Hand, und Cara nahm ihn entgegen. Sie legte die Füße auf den Tisch und starrte den schwarzen Bildschirm an. Die Schwester, die ihre Stimmung offenbar spürte, wandte sich zum Gehen. »Kunsttherapie um eins«, sagte sie über ihre Schulter hinweg. Unter extremer Anstrengung zwang sich Cara, den Kopf zu drehen und zu nicken. Sie schenkte der Schwester ein Lächeln. Phyllis lächelte zurück und verließ den Raum, offenbar zufriedengestellt.

Als Cara erneut nach der Fernbedienung griff, hörte sie, wie Phyllis' Gummisohlen quietschend zum Gemeinschaftsraum zurückkehrten. Die Schwester steckte den Kopf zur Tür herein. »Wollen Sie denn gar nichts essen?«

Cara warf einen Blick auf die Wanduhr. Punkt zwölf. Sie aß jeden Tag um diese Zeit, obwohl sie nie Hunger hatte. Manchmal redete sie mit den übrigen Patienten, aber wenn die anderen bei der »Fitness« waren, aß sie allein, was ihr ohnehin lieber war. Sie rappelte sich von der Couch auf. »Okay.«

Phyllis führte Cara in einen mit Linoleum ausgelegten Raum, der den Patienten als Cafeteria diente. Sie ließ Cara an der Türschwelle allein und verschwand im benachbarten Schwesternzimmer, um irgendwelche Daten in eine Tabelle einzutragen. Mit gesenktem Blick suchte sich Cara einen Platz und setzte sich. Sie starrte den traurigen Teller Erbsen mit Huhn an, den Phyllis ihr hingestellt hatte.

»Verschluck dich nicht«, sagte eine vertraute samtige Stimme.

Cara stockte der Atem. Sie sah auf und erblickte ein Paar violetter Augen, umrahmt von glänzenden kohlschwarzen Haaren.

»Hör zu, es tut mir echt leid, wie das Ganze gelaufen ist«, fuhr Zoe fort und ließ sich Cara gegenüber in dem leeren Raum nieder. »Aber sieh's mal positiv.« Ein Lächeln breitete sich über ihre rosigen Lippen. »Jetzt haben wir wenigstens jede Menge Zeit zum Quatschen.«

© Elizabeth Woods

Elizabeth Woods, geboren in Cincinatti, USA, wuchs in einem uralten Haus auf, das viele unheimliche Winkel zu bieten hatte. Nach ihrem Studium lebte sie an den unterschiedlichsten Orten, doch inzwischen wohnt sie wieder unweit von ihrem alten Zuhause. Sie ist die Autorin verschiedener psychologischer Thriller.

Vier Freundinnen – eingeschneit und abgeschnitten

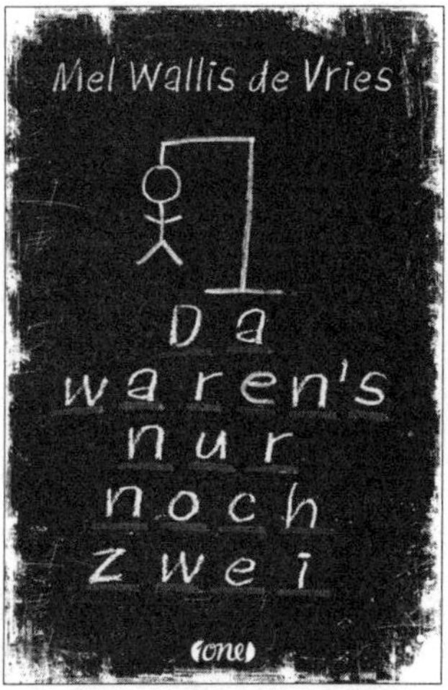

Mel Wallis de Vries
DA WAREN'S NUR NOCH ZWEI
Thriller
Aus dem Niederländischen von Verena Kiefer
288 Seiten
ISBN 978-3-8466-0016-0

Kurz vor Weihnachten: Die vier Freundinnen Kim, Feline, Abby und Pippa möchten zusammen ein paar Tage Urlaub machen. Doch kaum sind sie in dem einsam gelegenen Ferienhaus angekommen, fängt es an zu schneien – und hört nicht mehr auf. Die vier sitzen fest, das nächste Ferienhaus ist kilometerweit entfernt und das Mobilfunknetz funktioniert nicht mehr. Auf engstem Raum werden die Spannungen zwischen den Mädchen immer deutlicher, denn jede von ihnen hat etwas zu verbergen. Als sie Spuren im Schnee entdecken, kommt die Angst auf, dass jemand sie beobachten könnte. Dann verschwindet die erste von ihnen ...

Kiss & Crime – Jeder Kuss ein Treffer

Eva Völler
KISS & CRIME 1 -
ZEUGENKUSSPROGRAMM
368 Seiten
ISBN 978-3-8466-0015-3

Emily, 17, kann es nicht fassen: Eigentlich wollte sie vor den Abiklausuren bloß noch etwas feiern, doch dann gerät ihr Leben komplett aus den Fugen: Nach einem bewaffneten Überfall landen ihre Mutter und deren Freund Jonas im Krankenhaus. Und das nur, weil Jonas sich mit den falschen Leuten eingelassen hat. Sogar ein Personenschützer passt plötzlich auf sie alle auf. Pascal, jung und gutaussehend, sorgt bei Emily für noch mehr Pulsrasen, obwohl ihr sein Machogehabe ziemlich auf die Nerven geht. Dann muss die Familie ins Zeugenschutzprogramm, und Pascal ist ihre einzige Verbindung zu ihrem alten Leben …

one by Lübbe